DESTINATION : VIDE

ŒUVRES DE FRANK HERBERT

DANS PRESSES POCKET :

DUNE
LE MESSIE DE DUNE
L'ÉTOILE ET LE FOUET
LES ENFANTS DE DUNE
DOSADI
LES PRÊTRES DU PSI

LE LIVRE D'OR DE LA SCIENCE-FICTION :
Frank Herbert – Anthologie réunie et présentée par Gérard Klein

SCIENCE-FICTION

Collection dirigée par Jacques Goimard

FRANK HERBERT

DESTINATION : VIDE

Traduit de l'américain par Jacques Polanis

ÉDITIONS ROBERT LAFFONT

Titre original : DESTINATION : VOID

(édition originale :
ISBN 0.425.03922-6 Berkley Publishing Corporation New York)
ISBN 2-266-01669-5

Je vis le pâle étudiant des arts impies s'agenouiller près de la chose qu'il avait assemblée. Je vis la hideuse chimère humaine étendue là montrer soudain des signes de vie sous l'action de quelque puissant moteur, puis remuer maladroitement d'un mouvement à demi mécanique. Terrifiant spectacle, certes, car suprêmement terrifiant doit être l'effet de toute tentative humaine visant à reproduire le prodigieux mécanisme du Créateur.

Mary SHELLEY,
à propos de la création
de *Frankenstein*

PROLOGUE

C'était le cinquième équipage de clones qui avait quitté Lunabase dans le cadre du Programme Conscience, et Morgan Hempstead se pencha en avant pour observer attentivement l'image, comme le demandait sa fonction. L'image montrait l'astronef en train de dépasser l'orbite de Pluton; il savait qu'à ce stade du voyage, l'équipage avait déjà dû affronter l'habituelle séquence de frustrations programmées, et même déplorer quelques morts et quelques blessures graves, mais cela faisait partie du Programme.

La nef s'appelait *Terra V*.

C'était un ovoïde géant, moitié ombre obscure vacillant sur un fond d'étoiles, moitié réflexion argentée du lointain Soleil.

Quelqu'un toussa nerveusement dans l'obscurité, derrière lui, et il dut réprimer le réflexe sympathique qui le poussait à en faire autant. Certains eurent plus de mal à se contrôler.

Quand les dernières quintes de toux se furent apaisées, *Terra* avait amorcé son virage. Le mouvement était théoriquement impossible, mais ils ne pouvaient nier ce qu'ils voyaient tous. La nef décrivit un arc de cent quatre-vingts degrés, puis reprit en sens inverse la trajectoire qu'elle avait suivie jusque-là.

– Quelqu'un a-t-il une idée de la manière dont ils ont accompli ça? demanda Hempstead.

– Non, sir. Aucune.

– Je veux que vous repreniez l'examen de la capsule-message, dit-il. Quelque chose nous échappe.

– Oui, sir. C'était un soupir de résignation.

Une voix s'éleva dans l'obscurité : « Paré au lancement de la capsule... »

Oui, ils y avaient tous assisté assez souvent pour prévoir la séquence.

La capsule était un minuscule fuseau argenté. Elle quitta le *Terra* en un preste looping et demeura prudemment dans l'angle mort de l'astronef (pouvait-on savoir de quelles armes celui-ci disposait maintenant?) jusqu'à ce qu'elle fût devenue invisible sur le fond étoilé du cosmos.

Une flamme jaillit au-dessous de leur champ visuel – le relais laser et son ordre d'*autodestruction*. Une lueur pourpre effleura le nez arrondi de la nef. Elle dura l'espace de trois battements de cœur, et le vaisseau explosa en une aveuglante corolle orangée.

– Ce modèle Flatterie est bigrement fiable, dit quelqu'un.

Un rire nerveux parcourut la salle mais Hempstead, les yeux fixés sur l'écran, n'y prêta pas attention. Pourquoi diable pensaient-ils toujours que c'était le modèle Flatterie? Ce pouvait être n'importe quel membre de l'équipage.

La vue se rapprocha de la corolle grandissante à vitesse accélérée, et l'éclat orange de l'expression s'effaça trop rapidement sous l'effet de la compression temporelle. Puis le mouvement se ralentit et leur champ visuel progressa parmi les débris qui s'éparpillaient dans l'espace, les sondant de brefs éclairs cristallins jusqu'à ce que l'objectif eût trouvé ce qu'il cherchait : la boîte enregistreuse. Cette boîte et la capsule-message étaient les éléments les plus importants à récupérer de cet échec.

On vit des pinces escamotables saisir la boîte et la soustraire au champ de vision. Le faisceau cristallin continuait à sonder. Tout ce qu'ils voyaient pouvait se révéler utile. Mais la lumière n'accrochait rien d'autre que du métal tordu, des lambeaux de plastique et, çà et là, des membres sans corps ou des tronçons de cadavres. Une vision fugitive particulièrement atroce permit d'entrevoir une tête rattachée à une épaule dont le bras se terminait juste au-dessous du coude. Une gelée de gouttes de sang s'était formée autour du visage, mais ils le reconnurent néanmoins.

– Tim! dit quelqu'un.

Loin au fond de la salle, on entendit une voix de femme répéter : « Merde... merde... merde... », jusqu'à ce que quelqu'un la fît taire.

L'écran s'éteignit; Hempstead se laissa aller contre son dossier, soudain conscient de la tension douloureuse qui lui tenaillait le dos, entre les épaules. Il savait qu'il lui faudrait identifier cette femme et la faire transférer. On ne pouvait se méprendre sur le ton de sa voix, proche de l'hystérie; une catharsis sévère s'imposait. Il coupa les contacts du poste holovidéo, bascula d'une chiquenaude l'interrupteur qui commandait l'éclairage de la salle, puis il se leva et se tourna vers la lumière aveuglante.

– Ce sont des clones, dit-il d'une voix volontairement glaciale. « Ce ne sont pas des humains, mais des clones, comme l'indique le deuxième nom qu'ils portent tous : " Lon ". Ce sont des biens d'équipements! Tous ceux qui l'oublieraient quitteront Lunabase par la prochaine navette. Il y a sur ma porte une plaque " Morgan Hempstead, Directeur ". Je n'admettrai plus ce genre de réactions affectives dans cette salle tant que je dirigerai le Programme Conscience. »

I

« Nous l'appelons Programme Conscience, et nos outils de base sont des clones soigneusement sélectionnés – nos doubles. L'élément catalyseur est la frustration ; nous incluons donc dans la conception de notre système un certain nombre de faux objectifs et de malfaçons. C'est pourquoi nous avons choisi Tau Ceti pour destination : il n'existe pas de planète habitable dans le système de Tau Ceti. »

Morgan HEMPSTEAD,
Conférences de Lunabase.

– Il est mort, dit Bickel.

Il montra l'extrémité sectionnée d'un tube d'alimentation, les yeux fixés sur le panneau d'où il l'avait coupé. Son cœur battait trop vite, et il sentait ses mains trembler.

Sur le panneau, devant lui, un avertissement s'étalait en lettres rouges fluorescentes hautes de huit centimètres. Après ce qu'il venait de faire, l'avertissement avait quelque chose de dérisoire.

« NOYAU PSYCHO-ORGANIQUE – ACCÈS STRICTEMENT RÉSERVÉ À L'INGÉNIEUR DES ÉQUIPEMENTS BIOFONCTIONNELS. »

Bickel eut l'impression que l'astronef était soudain plus calme. Quelque chose (pas *quelqu'un*, pensa-t-il) avait cessé d'exister. On aurait dit que la tranquillité moléculaire de l'espace cosmique avait envahi les coques concentriques de *Terra* et s'était infiltrée jusqu'au cœur de ce morceau de métal ovoïde qui fonçait vers Tau Ceti.

Bickel se rendit compte que ses deux compagnons étaient enkystés dans ce silence. Ils craignaient de briser le calme de ce moment de honte, de culpabilité, de colère... et de soulagement.

– Que pouvions-nous faire d'autre? demanda-t-il. Il éleva le tube sectionné en le fixant d'un œil farouche.

Raja Lon Flatterie, leur psychiatre-aumônier, s'éclaircit la voix :

– Du calme, John. La responsabilité est partagée par tous.

Bickel tourna son regard furieux vers Flatterie, observant l'expression narquoise, calculée et pénétrante, le visage étroit à l'air hautain dont les yeux bruns distants concentraient d'une certaine façon sous des sourcils noirs hérissés le sentiment d'une terrible supériorité.

– Vous savez ce que vous pouvez faire de votre responsabilité! grommela Bickel. Mais les paroles de Flatterie avaient anéanti sa colère, il se sentait vaincu.

Il reporta son attention sur Timberlake – Gerrill Lon Timberlake, ingénieur des équipements biofonctionnels, l'homme qui aurait dû se charger de ce sale boulot.

Timberlake, qui évoquait un épouvantail vif et nerveux dont la peau avait pratiquement la même teinte que ses cheveux bruns, gardait les yeux fixés sur le pont métallique à ses pieds, évitant le regard de Bickel.

Honte et peur – voilà tout ce que ressent Tim, pensa Bickel.

La faiblesse de Timberlake – l'inhibition qui l'avait empêché de tuer le NPO alors même qu'il s'agissait de sauver la nef et les milliers de vies sans défense qui se trouvaient à bord – avait failli les tuer. Et tout ce que cet homme éprouvait maintenant c'était de la honte... et de la peur.

La décision à prendre n'avait pourtant fait aucun doute. Le NPO s'était emballé, transformé en une conscience déchaînée, incontrôlable. Ce n'était plus qu'une boule morbide à base de matière grise qui avait transformé chacun des servomécanismes de la nef en une arme mortelle, qui les épiait de manière démente par chaque senseur, qui leur jetait des propos hargneux et incohérents par chaque vocodeur.

Non, il n'y avait eu aucun doute – trois d'entre eux n'avaient-ils pas déjà été tués? – et le seul élément de surprise était qu'on leur eût permis de détruire la chose.

Peut-être voulait-il mourir, pensa Bickel.

Et il se demanda si les six autres nefs du Programme qui avaient disparu sans laisser de trace dans le néant avaient connu le même sort.

Leurs NPO sont-ils devenus fous? Les équipages ombilicaux ont-ils flanché quand il fallait choisir entre tuer ou être tué?

Une larme se mit à glisser sur la joue gauche de Timberlake. Pour Bickel, c'en fut trop. Une partie de sa colère lui revint. Il se tourna vers l'ingénieur : « Que faisons-nous, maintenant, *Capitaine?* »

L'ironie du titre n'échappa à aucun de ses compagnons. Flatterie fut sur le point de répondre, mais se ravisa. Si l'on pouvait considérer que la cosmonef *Terra* avait un capitaine (hormis le Noyau Psycho-Organique en service à un moment donné), un accord tacite attribuait ce titre à l'ingénieur des équipements biofonctionnels de l'équipage ombilical. Aucun d'entre eux, cependant, n'avait jamais employé le terme officiellement.

Timberlake finit par soutenir le regard de Bickel, mais il se contenta de dire : « Vous savez pourquoi je n'ai pas pu me résoudre à le faire. »

Bickel continuait à l'observer. Quelle mesquine vanité avait produit cette excuse venant d'un ingénieur des équipements biofonctionnels? L'équipage ombilical avait comporté six membres – les trois ici présents plus l'infirmière de bord Maida Lon Blaine, le spécialiste de l'outillage Oscar Lon Anderson, et le biochimiste Sam Lon Scheler. A présent, Blaine, Anderson et Scheler étaient morts – le corps éclaté de Scheler bloquant un boyau de communication sur le périmètre arrière, Anderson étranglé par un sas-sphincter assassin, et la gentille Maida broyée par une cargaison désarrimée.

Pour la plus grande part, Bickel attribuait la responsabilité de cette tragédie à Timberlake. Si ce maudit imbécile avait seulement pris dès les premiers signes de difficultés les mesures impitoyables qui s'imposaient! Les deux premiers NPO frappés de catatonie auraient dû constituer un avertissement suffisant. L'origine de leurs ennuis avait été évidente. Et les symptômes... exactement les mêmes que ceux qui avaient précédé l'échec de l'ancien programme de Conscience Artificielle, sur la Terre : destruction démente de personnel et matériel. Mais Tim avait refusé de l'admettre. Tim avait débité des sornettes à propos du caractère sacré de toute vie.

La vie, ha, ha! pensa Bickel. Ils étaient tous – même les colons dans leurs hibernateurs – du matériel sacrifiable issu de biopsies, des doubles élevés sur Lunabase dans une stérilité gnotobiotique. « Vierges de tout contact humain [1] » C'était leur plaisanterie secrète. Tout ce qu'ils avaient connu de leurs professeurs venus de la Terre, c'étaient des voix et des images en réduction sur les écrans cathodiques du réseau intercom de la base – et en de rares occasions une vision directe à travers la triple cloison de verre des sas qui isolaient la crèche stérile. Ils avaient émergé des cuves embryogéniques pour être pris en charge par les pinces métalliques et capitonnées de nurses qui n'étaient que des extensions servomotrices du personnel de Lunabase, bannis à jamais de tout contact personnel avec ceux qui les commandaient.

Bannis de tout contact – voilà l'histoire de notre vie, pensa Bickel, et cette pensée adoucit la colère qu'il éprouvait à l'égard de Timberlake.

1. Allusion au célèbre recueil de Robert Sheckley, *Untouched by human hands*, 1954.

Celui-ci commençait à s'agiter nerveusement sous le regard insistant de Bickel.

Flatterie intervint : « Bon... il vaudrait peut-être mieux faire *quelque chose* », dit-il.

Flatterie savait qu'il devait les faire agir. Cela faisait partie de ses fonctions – les maintenir actifs, occupés, en mouvement, même si ce mouvement aboutissait à un conflit déclaré. Un conflit était un problème qu'on pouvait résoudre quand et s'il se présentait.

Raj a raison, pensa Timberlake. *Il faut que nous fassions quelque chose*. Il prit une profonde inspiration, essayant de chasser le sentiment de honte et d'échec... et son ressentiment contre Bickel – maudit Bickel, Bickel le supérieur, Bickel l'unique, l'homme aux innombrables talents, Bickel de qui leurs vies dépendaient.

Timberlake jeta un regard circulaire sur la salle familière du poste Central de Commandes, située au cœur de l'astronef – un espace de vingt-sept mètres de long sur douze de diamètre. Comme l'astronef lui-même, Central-com avait une forme vaguement ovoïde. Équipés de tableaux de commandes pratiquement identiques, quatre sièges-couchettes de service pareils à des cocons en occupaient l'extrémité la plus large, disposés à peu près parallèlement dans la courbe. Des tuyaux et des fils multicolores, des cadrans et des pupitres de commandes, des panneaux d'interrupteurs et des lampes témoins s'étalaient en une confusion ordonnée sur les parois de métal gris. Tout cela était nécessaire au contrôle du vaisseau et de sa conscience autonome – le Noyau Psycho-Organique.

Noyau Psycho-Organique, pensa Timberlake, et il se sentit submergé à nouveau par la culpabilité et l'affliction. *Pas un cerveau humain, oh non. Un Noyau Psycho-Organique. Mieux encore, un NPO. L'euphémisme aide à oublier que le noyau a d'abord été un cerveau humain dans le corps d'un monstre enfant condamné à mourir. Nous ne prenons que des cas terminaux, ce qui rend plus acceptable l'aspect moral de l'acte.*

Et voilà que nous l'avons tué.

– Je vais vous dire ce que je vais faire, dit Bickel. Il

regarda le pupitre du Récepteur-Traducteur auxiliaire de son transmetteur, sur sa console de commandes personnelle. « Je vais rendre compte à Lunabase de ce qui s'est passé. » Il se détourna du panneau fracturé et laissa tomber le tube d'alimentation sectionné sur le pont sans y accorder un regard. Le tube descendit lentement dans le champ gravifique de 0,25 g qui régnait à bord de la nef.

– Nous n'avons pas de code pour ce... ce genre d'urgence. Timberlake faisait face à Bickel, fixant d'un œil furieux le visage carré de son compagnon, plein d'aversion pour le moindre de ses traits, depuis les cheveux blonds coupés ras jusqu'à la bouche large et la mâchoire agressive.

– Je sais, dit Bickel et il contourna Timberlake. Je vais transmettre en clair.

– Vous ne pouvez pas faire ça! protesta Timberlake qui s'était retourné et continuait à fixer d'un air courroucé le dos de Bickel.

– Chaque seconde ajoute au décalage temporel, dit Bickel. Il faut déjà que ça franchisse un quart du système solaire. Il se laissa tomber dans son siège de quart, referma à demi son cocon sur lui et mit le transmetteur en position.

– Toute la Terre va vous entendre, y compris vous-savez-qui! dit Timberlake.

Parce qu'il était en partie d'accord avec Timberlake, et qu'il voulait gagner du temps, Flatterie s'approcha de façon à surplomber Bickel, installé dans son siège :

– Qu'allez-vous leur dire exactement?

– Je n'ai pas l'intention de mâcher mes mots, répliqua Bickel. Il enclencha les interrupteurs de préchauffage du transmetteur, commença à vérifier la bande de séquence. Je vais leur dire qu'il a fallu que je débranche le dernier cerveau des systèmes de contrôle de l'astronef... et que je le tue par la même occasion.

– Ils nous diront d'abandonner, dit Timberlake.

Une hésitation à peine perceptible des doigts de Bickel sur le clavier du perforateur de bande indiqua qu'il avait entendu.

– Et comment allez-vous leur expliquer ce qui est arrivé aux cerveaux? demanda Flatterie.

– Je leur dirai qu'ils sont devenus dingues, dit Bickel. Je vais rendre compte de nos pertes.

– Ce n'est pas précisément ce qui s'est passé, dit Flatterie.

– Nous ferions mieux d'en discuter d'abord, dit Timberlake qui commençait à se sentir proche du désespoir.

– Écoutez, vous, dit Bickel en se tournant vers Timberlake, vous êtes censé tenir le rôle de capitaine à bord de ce morceau de ferraille, et nous voilà en train de dériver sans personne aux commandes. – Il reporta son attention sur le clavier. – Vous pensez que vous êtes qualifié pour *me* dire ce que je dois faire?

Timberlake blêmit de colère. *Bickel me mouche à tous les coups,* pensa-t-il, mais il se contenta de marmonner : « Le monde entier sera à l'écoute. » Puis il se dirigea vers son propre siège, où il brancha les commandes de fortune mises en place peu après les premiers signes de défaillance du cerveau originel, avant de s'installer pour vérifier les circuits de l'ordinateur et demander les données de cap.

– Les Noyaux Psycho-Organiques ne sont pas devenus dingues, dit Flatterie. Vous ne pouvez pas...

– En ce qui *nous* concerne, c'est ce qui s'est passé. Bickel enclencha le contact principal. Central-com s'emplit aussitôt du bourdonnement irritant des amplificateurs laser qui atteignaient progressivement leur pleine puissance.

Je pourrais l'arrêter, se dit Flatterie tandis que Bickel introduisait la vocobande dans le transmetteur. *Mais il faut que le message parte, et la seule façon de l'envoyer, c'est en clair.*

On entendit le cliquetis indiquant que le message était comprimé et multiplié avant d'être projeté par laser à travers le système solaire.

D'un geste sec qui trahissait de façon subtile une certaine indécision, Bickel enfonça la touche orange du transmetteur, puis il s'adossa dans son siège tandis que la séquence de transmission prenait la relève. La salle ovoïde retentit du cliquetis des relais qui s'enclenchaient les uns après les autres.

Faire quelque chose, même si c'est une erreur, se rappela Flatterie. *Les manuels de règlements ne servent à rien, là où nous sommes. Et maintenant, il est trop tard pour arrêter Bickel.*

Il vint alors à l'esprit de Flatterie qu'il avait été trop tard pour arrêter Bickel dès l'instant où leur vaisseau avait quitté son orbite lunaire. Cet homme direct, autoritaire et violent (ou l'un de ses remplaçants dans les chambres hibernatoires) détenait la clef de leur véritable objectif. Tous les autres n'étaient que des figurants.

Au bruit des relais qui s'enclenchaient, Timberlake saisit une poignée et l'étreignit désespérément dans un geste de frustration. Il savait qu'il ne pouvait pas en vouloir à Bickel d'être furieux. Le sale boulot qui constituait à tuer leur dernier Noyau Psycho-Organique aurait dû incomber à l'ingénieur des équipements biofonctionnels. Mais Bickel connaissait certainement les inhibitions inculquées aux spécialistes des équipements biofonctionnels.

Il laissa ses pensées s'attarder un instant sur la crèche stérile et les laboratoires lunaires – le seul foyer qu'eussent jamais connu les occupants de *Terra.*

La plus grande aventure humaine : le saut vers les étoiles!

Ils avaient vécu avec cet imposant concept depuis leurs premiers instants de conscience. Ceux qui servaient à bord de *Terra* avaient été triés sur le volet; c'étaient les trois mille six survivants du plus sévère processus d'élimination que les responsables du Programme aient pu concevoir pour les Doubles dont ils avaient la charge. Les six derniers représentaient la fleur de l'élite – l'équipage ombilical qui devait contrôler le fonctionnement de la nef jusqu'à ce qu'elle eût quitté le système solaire, puis déconnecter les quelques commandes manuelles et s'en remettre, pour les deux cents ans de traversée jusqu'à Tau Ceti, à la conscience solitaire d'un Noyau Psycho-Organique.

Et tandis que les trois mille six passagers vivraient au

ralenti derrière les boucliers de protection hydrauliques des hibernateurs, au cœur de la nef, leurs vies devraient dépendre des servomécanismes et des senseurs chirurgicalement connectés au NPO.

Mais nous ne sommes plus que trois mille trois, pensa Timberlake avec le même sentiment de chagrin, de honte et de défaite. *Et notre dernier NPO est mort.*

Face aux commandes de secours, Timberlake se sentait maintenant seul et vulnérable. Tant que les cerveaux existaient et que l'un d'eux était responsable en dernier ressort de la sécurité de la nef, il avait gardé une certaine confiance, que la présence des commandes de secours avait d'ailleurs contribué à renforcer... jusqu'à présent.

Maintenant, les yeux fixés sur les rangées d'interrupteurs, les compteurs, les voyants de contrôle, les commandes manuelles, le pupitre auxiliaire de l'ordinateur avec les entrées-sorties accouplées du vocodeur et du code ruban – maintenant, Timberlake se rendait compte de l'insuffisance de ses pauvres réactions humaines face à des exigences qui se chiffraient en millisecondes pour la moindre urgence.

Tout va trop vite, songea-t-il.

Il savait que leur vitesse était faible par rapport à ce qu'elle aurait dû être à ce stade de leur voyage... mais c'était pourtant trop rapide. Il alluma le petit écran d'un senseur, à sa gauche, et s'accorda une brève vision du cosmos, les yeux fixés sur l'éclat dur des étoiles piquées dans le néant énergétique de l'espace.

Comme à l'accoutumée, cette vision le réduisit au sentiment qu'il n'était qu'une minuscule étincelle à la merci du hasard aveugle. Il éteignit l'écran.

Un mouvement, à son côté, le fit se retourner. Il vit s'approcher Bickel, qui s'appuya contre une main courante près de la console des commandes. Son visage exprimait un tel soulagement que Timberlake eut une soudaine intuition : Bickel venait d'expédier sa culpabilité vers Lunabase en même temps que le message. Timberlake se demanda alors ce qu'il avait pu éprouver au moment de tuer – même si le meurtre était dirigé contre une créature dont l'humanité avait disparu derrière une aura mécanique depuis bien longtemps, depuis le moment où on l'avait extraite d'un corps mourant.

Bickel examina le tableau de contrôle des propulseurs. Ils avaient mis hors circuit le dispositif d'accélération quand le second NPO avait commencé à donner des signes de défaillance. Mais le *Terra* n'en serait pas moins sorti du système solaire dans dix mois.

Dix mois, songea Bickel. *Trop vite – et trop lent.*

Au cours de ces dix mois, les probabilités statistiques d'un état d'alerte général demeureraient maximales. L'équipage ombilical n'avait pas été préparé à de telles contraintes.

Regardant Flatterie à la dérobée, Bickel remarqua l'air taciturne et renfermé du psychiatre-aumônier. Il y avait des moments où il était agacé de constater combien il était difficile de cacher quoi que ce fût à Flatterie, mais ce n'était pas le cas pour l'instant. Là où ils étaient, il se rendait compte que chacun d'eux devait apprendre à connaître à fond ses compagnons. Sinon, la conjugaison des contraintes technologiques et des contraintes psychologiques risquait de les détruire.

– A votre avis, combien de temps faudra-t-il à Lunabase pour répondre? demanda Bickel en s'adressant à Timberlake.

Flatterie se raidit, les yeux fixés sur la nuque de Bickel. Cette question... un mélange parfait de camaraderie et d'excuse dans le ton de la voix... Flatterie se rendit compte que Bickel avait agi délibérément. Bickel était plus subtil qu'ils ne l'avaient supposé, mais peut-être auraient-ils dû s'en douter. Après tout, il était la figure centrale de *Terra.*

– Il va leur falloir un moment pour digérer ça, répondit Timberlake. Je persiste à penser que nous aurions dû attendre.

Mauvaise tactique, pensa Flatterie. *Une première approche devrait être acceptée.* Il passa un doigt sur l'un de ses sourcils épais et s'avança vers eux avec une maladresse calculée, les forçant à prendre conscience de sa présence.

– Leur principal problème est celui des relations

publiques, dit-il. C'est cela qui va prendre un certain temps.

– La première chose qu'ils vont demander, c'est la raison de la défaillance des NPO, dit Timberlake.

– Il n'y avait aucune raison médicale, assura Flatterie. Il se rendit compte qu'il avait parlé trop vite, qu'il s'était mis sur la défensive.

– On va s'apercevoir que c'est quelque chose de nouveau, quelque chose que personne n'avait prévu, vous verrez, dit Timberlake.

Quelque chose que personne n'avait prévu? se demanda Bickel. Il en doutait, mais il garda le silence. Pour la première fois depuis qu'il était à bord, il ressentit la masse de *Terra*, autour de lui, et songea à tous les espoirs et à toute l'énergie investis dans cette aventure. Il prit alors conscience du gigantesque travail d'organisation pratique qui avait été consacré au Programme.

Il devinait les nuits blanches, les séminaires réunissant ingénieurs et savants, où les rêveurs pragmatiques jonglaient avec leurs idées par-dessus les tasses de café et les cendriers débordants de mégots.

Quelque chose que personne n'avait prévu? Peu probable.

Et pourtant, six autres nefs avaient disparu dans le silence de l'espace – six autres nefs tout à fait semblables à leur *Terra.*

Quand il parla, ce fut plus pour se redonner courage que pour discuter :

– Ce n'est pas le genre de chose qu'ils auraient laissé passer. Lunabase doit avoir un plan. Quelqu'un, à un moment ou à un autre, a envisagé cette possibilité.

– Alors pourquoi ne nous y ont-ils pas préparés? demanda Timberlake.

Flatterie observa attentivement Bickel, conscient de la façon dont la question l'avait touché. *Maintenant, il va commencer à avoir des doutes,* pensa-t-il. *C'est maintenant qu'il va commencer à se poser des questions véritablement insidieuses.*

II

« L'holoscan que vous avez sous les yeux est celui de notre modèle Bickel, notre " Organe d'Analyse " le plus efficace. Il est chargé d'explorer au-delà des modes de conscience innés dont hérite l'espèce humaine au travers de ses gènes. »

Morgan HEMPSTEAD,
Conférences à Lunabase

Timberlake tourna un bouton, sur sa console, pour corriger une erreur de contrôle automatique de la température dans le quadrant trois de l'anneau neuf de la seconde coque de la nef :

– Nous devrions être enfermés dans nos cellules d'hibernation et sortis depuis longtemps du système solaire, marmonna-t-il.

– Tim, affichez le relevé chrono, dit Flatterie.

Timberkale enfonça la touche verte, dans le coin gauche de son tableau de commandes, puis il jeta un coup d'œil à l'écran supérieur, où s'affichaient les données fournies par le chronomètre à impulsions laser.

Supérieur ou égal à dix mois.

L'imprécision de la réponse donnait l'impression que l'unité centrale de l'ordinateur de *Terra* partageait leurs doutes.

– Combien jusqu'à Tau Ceti? demanda Flatterie.

– A ce train-là? demanda Timberlake. Il détourna un instant les yeux de son pupitre. Le regard qu'il posa sur Flatterie montrait qu'il n'avait pas envisagé *cette* possibilité : faire le voyage à la dure, un voyage long et lent qui exigerait le concours de l'équipage d'un bout à l'autre.

– Disons quatre cents ans, à peu de chose près, dit Bickel. C'est la première question que j'ai posée à l'ordinateur quand nous avons déconnecté l'accélérateur de propulsion.

Il possède l'acuité du cristal, pensa Flatterie. *Il faudra le surveiller, de crainte qu'il ne se brise.* Flatterie se réprimanda aussitôt :

– *Mais la mission que doit accomplir Bickel demande qu'il soit capable de se briser.*

– La première chose qui s'impose, c'est de faire sortir un remplaçant des hibernateurs, dit Bickel.

Flatterie jeta un regard sur sa gauche, vers les trois autres sièges de quart inoccupés qui attendaient dans Central-com, les bras de leurs cocons grands ouverts.

– Faire monter un seul remplaçant, hein? demanda Flatterie. Et vivre ici, dans Central-com?

– Nous aurons peut-être besoin de temps à autre d'une période de repos dans nos boxes, dit Bickel avec un signe de tête en direction de leurs cabines spartiates, mais Central-com est l'endroit le plus sûr sur la nef.

– Et si la Direction du Programme nous ordonne d'abandonner? demanda Timberlake.

– Ce ne sera pas leur premier ordre, dit Bickel. Sept pays ont investi dans cette entreprise une sacrée somme d'argent, d'efforts et de rêves. Ils ont un objectif auquel ils ne renonceront pas aussi facilement.

L'acuité du cristal, pensa Flatterie, et il demanda :

– Qui allez-vous désigner pour être déshiberné?

– Prudence Weygand, docteur en médecine, répondit Bickel.

– Ainsi vous pensez qu'il nous faut un autre médecin?

– Je pense que nous avons besoin de Prudence

Weygand. Elle est médecin, évidemment, mais elle peut aussi remplir les fonctions d'infirmière pour remplacer... Maida. C'est une femme, et un mode de penser féminin peut nous être utile. Vous avez une objection contre Weygand, Tim?

– Que vaut mon opinion? marmonna Timberlake. Vous deux en avez déjà décidé, non?

Bickel s'était déjà retourné vers son siège de quart. Le ton irrité de Timberlake le fit hésiter, mais il se pencha vers l'étagère située sous le siège, en retira la tenue spatiale qui s'y trouvait et commença à l'enfiler. Il parla sans se retourner.

– Je vais vous relever pendant que vous irez avec Raj la sortir d'hibernation. Vous feriez bien de passer tous les deux vos tenues spatiales, et de les garder. Sans NPO aux commandes... Il haussa les épaules, acheva de fermer sa combinaison étanche et s'étendit dans son siège de quart. Au top, je prendrai le bouton rouge.

Timberlake procéda au transfert de quart. Le pupitre principal glissa sur ses rails pour aller s'accoupler à la console de Bickel.

– Et si Lunabase répond pendant que nous sommes dans les chambres hiber? demanda Flatterie. Nous ne pourrons pas interrompre le processus et remonter pour...

– Qu'y a-t-il d'autre à faire que d'enregistrer le message? demanda Bickel.

Il ajusta les senseurs d'intégrité de la coque et vérifia le fonctionnement du Récepteur-Traducteur, puis il fit glisser le pupitre RT près de lui de façon à voir l'indicateur lorsque Lunabase répondrait.

Flatterie haussa les épaules et sortit à son tour sa tenue spatiale. Il s'aperçut que Timberlake enfilait déjà la sienne – mais ses gestes gauches trahissaient sa réticence.

Tim se rend compte que Bickel est en train de prendre le commandement absolu, pensa Flatterie, *mais il n'en reconnaît pas la nécessité... et il a du mal à l'accepter. Cela viendra, pourtant.*

Bickel s'assura que la nef fonctionnait aussi bien que possible sans le contrôle homéostatique d'un NPO, puis il se renfonça dans son siège pour surveiller le pupitre tandis que les autres quittaient Central-com. Il entendit le sifflement des joints étanches de la porte, suivi du claquement métallique des serrures magnétiques qui la verrouillaient hermétiquement.

Bickel sentait maintenant la nef tout autour de lui comme si des connexions neurales l'avaient relié à chaque senseur répertorié sur son pupitre. *Terra* se déployait pour lui, monstrueuse Jaggernaut... cependant fragile comme un œuf, un ovoïde en fer blanc.

Malgré lui, son regard se porta sur le voyant éteint, à l'angle inférieur gauche de son pupitre – le voyant qui aurait dû briller d'un jaune vif pour indiquer que le NPO fonctionnait normalement.

Mais le NPO ne fonctionnait plus ; les *cerveaux* qui ne dormaient jamais avaient flanché.

On a testé leur résistance aux contraintes dans toutes les situations concevables, se dit Bickel. *Il s'est donc passé quelque chose d'inconcevable. Mais est-ce bien sûr ?*

La question de Timberlake le harcelait : *Pourquoi ne nous y ont-ils pas préparés ?*

Sur le pupitre principal, au-dessus de lui, apparut une ligne de voyants jaunes : le centre de gravité de l'astronef s'était déplacé. Une variation brutale du champ de gravité avait arraché une cargaison à ses amarres et tué Maida. Doucement, pour éviter les oscillations, Bickel manipula les commandes afin de réajuster le champ gravifique.

Il aurait été tellement plus simple de se passer de gravité ! songea-t-il. Mais la science médicale n'avait jamais vraiment résolu le problème des détériorations physiques de l'organisme humain dues aux séjours prolongés en apesanteur. Le mécanisme d'équilibre de l'oreille interne était toujours le plus vulnérable. Quatre ou cinq semaines sans gravité provoquaient chez certains sujets des lésions irréversibles. Ils vivaient donc dans un champ gravifique minimal – celui-là même dont le mécanisme avait attrapé un virus aussi meurtrier qu'imprévu.

Les voyants commencèrent à s'éteindre.

Bickel poursuivit soigneusement le processus de réajustement. Ils n'avaient qu'une idée très vague de ce qui pouvait causer ces fluctuations du champ gravifique – peut-être des anomalies locales rencontrées au cours de leur déplacement dans le champ gravitionnel du système solaire.

Le dernier voyant s'éteignit.

Bickel se radossa dans son siège. Il inspira profondément, le souffle court. Tout son corps était couvert de sueur, et il sentait peiner les mécanismes compensateurs de sa combinaison.

Il se rendit compte que les heures de quart passées dans Central-com risquaient de devenir un enfer tout à fait particulier. L'anxiété due à la responsabilité, le duel avec une mort inconnue, tout cela était épuisant. De leur poste, ils ne pouvaient couvrir que les fonctions essentielles de l'astronef; les instruments de contrôle n'avaient jamais été prévus pour ce travail. Il faudrait remettre à plus tard les réglages précis et les réparations délicates, jusqu'au moment où l'importance des écarts exigerait qu'on envoie un technicien pour guider les servomécanismes dans leur tâche.

Un calcul différentiel de la progression des avaries – celles-ci s'ajoutant les unes aux autres – permettrait de savoir à quel point le vaisseau cesserait de fonctionner. Il y avait quelque part devant eux un seuil mortel pour l'astronef, et on pouvait l'estimer en fonction des avaries.

Bickel se refusa à introduire le problème dans l'ordinateur. Il connaissait ses propres limites. A moins que l'intervention ne prenne un caractère d'urgence, la connaissance précise de cet instant futur ne ferait que le handicaper. Il leur restait encore des mois – peut-être les dix mois entiers. Et dix mois, dans leur situation présente, c'était une éternité. La nef avait beaucoup plus de chances d'être frappée par un désastre d'une nature différente; il le sentait.

Il y avait dans l'Œuf de Fer Blanc quelque chose de louche – de très louche. Bickel trouvait absurde qu'un homme soit obligé de rester en permanence dans Central-com, écrasé un peu plus à chaque battement de cœur sous le poids de la responsabilité, avec la certitude qu'un mécanisme ou une fonction de compensation quelconques allaient bientôt se détériorer – tout en étant incapable d'affronter le problème autrement qu'avec de grossiers expédients.

Sous le contrôle des NPO, tout l'équilibre de la nef avait été un neuro-servo-réflexe finement accordé, presque automatique – une réaction homéostatique aussi parfaite que celle d'un corps humain en bonne santé.

Bickel ajouta maintenant son corollaire personnel à la question qu'avait posée Timberlake : *Pourquoi avait-on mis tous les œufs dans le même panier ?*

III

« Ce qui importe le plus, c'est la recherche elle-même. Elle est plus importante que les chercheurs. La conscience doit rêver ; il lui faut un territoire pour ses rêves et, rêvant, elle doit invoquer des rêves toujours nouveaux. »

Morgan HEMPSTEAD,
Conférences de Lunabase

Nous avons réussi ! Ce fut la première pensée de Prudence lorsqu'elle s'éveilla.

Elle fut emplie d'excitation à l'idée de descendre sur un monde vierge, plein d'étrange nouveauté et de problèmes jamais encore affrontés. Six échecs en valaient la peine. Le septième essai était un enchantement. *Nous avons réussi. Sinon... sinon...*

Son esprit s'enlisa dans l'apathie. *Sinon* était un concept d'où bifurquaient plusieurs voies.

Le picotement douloureux de la déshibernation courait au long des muscles de ses bras et de ses jambes, provoquant des nœuds de souffrance éphémères. En tant que médecin, elle connaissait les raisons de la douleur, elle pouvait en rationaliser l'existence : l'« hibernation » humaine était un processus très différent de l'hibernation animale. Pas une seule goutte d'eau ne devait demeurer à l'intérieur du corps – et on approchait si près des frontières de la mort que certains prétendaient qu'on était en suspension *dans* la mort.

Elle tenta de s'asseoir.

C'est alors qu'elle vit Timberkale et Flatterie penchés au-dessus d'elle, au-dessus de la navette du laboratoire sur laquelle elle était étendue. Leur expression ramena le terme *sinon* au centre de ses pensées. Par-delà les deux hommes, elle regarda un moment les tuyaux et les fiches de stimulation maintenant déconnectées de son corps.

Flatterie voulut l'apaiser.

– Restez calme, docteur Weygand, dit-il.

Docteur Weygand, pensa-t-elle. *Pas Prudence. Pas Prue. Docteur Weygand. Formalisme glacial.*

Son exultation première commençait à se dissiper.

Puis Flatterie lui donna des explications de sa voix douce et apaisante, et elle sut qu'elle pouvait remiser son allégresse. L'imprévu s'était produit. C'est pour cela qu'on l'avait réveillée.

– Dites-moi seulement qui nous avons perdu, demanda-t-elle. Sa gorge, inutilisée depuis des mois, lui faisait mal.

Timberlake lui répondit.

– Trois morts? Elle ne demanda pas comment ils étaient morts. L'autre problème, l'éventualité pour laquelle on l'avait préparée, prenait le pas sur la simple curiosité.

– Bickel a demandé qu'on vous fasse sortir d'hibernation, dit Flatterie.

– Sait-il pourquoi? demanda-t-elle, sans tenir compte du regard intrigué que Timberlake lançait à Flatterie.

– Il a rationalisé la chose, dit Flatterie. Il aurait aimé qu'elle gardât ses questions pour le moment où ils seraient seuls.

– Évidemment, dit-elle, mais a-t-il...

– Il n'a pas encore formulé le problème, coupa Flatterie.

– Ne le poussez pas, dit-elle. Elle jeta un regard à Timberlake. Oubliez ce que vous venez d'entendre, Tim.

Timberlake se renfrogna, soudain circonspect et renfermé.

Flatterie se pencha sur le bras droit de Prudence, une seringue automatique à la main.

– Il le faut? demanda-t-elle. Puis : oui, bien sûr.

– Vous n'avez rien d'autre à faire pour l'instant que récupérer, dit-il, et il pressa la seringue contre son bras.

Elle sentit le déclenchement du mécanisme, puis le doux envahissement de la narcose. Flatterie et Timberlake se muèrent en silhouettes vacillantes nimbées de lumière.

Du moins Bickel est-il vivant, se dit-elle. *Nous ne sommes pas obligés de recourir à un remplaçant de second choix.*

Et juste avant de sombrer dans le nuage ouaté du sommeil, elle se demanda : *Comment est morte Maida? Gentille Maida qui...*

Timberlake vit le voile de l'absence recouvrir ses yeux bleus. Elle se mit à respirer sur un rythme plus doux et plus régulier.

En tant que spécialiste des équipements biofonctionnels, Timberlake avait vérifié le dossier enregistré sur bandes de chacun des occupants de l'Œuf de Fer Blanc. Il se rappelait à présent que Prudence Lon Weygand était un chirurgien de grande classe – « neuf plus pour la dextérité », et l'échelle n'allait que jusqu'à dix. Il réfléchit à l'étrange conversation qu'elle avait eue avec Flatterie, et se rendit compte que les bandes ne disaient pas tout. Elle avait manifestement des fonctions à bord qui dépassaient celles d'un chirurgien-écologiste... et l'une au moins de ces fonctions concernait Bickel.

Oubliez ce que vous venez d'entendre, Tim.

Timberlake entendait encore le ton froid de commandement, et il savait que celui-ci ne cadrait pas avec l'index émotionnel inscrit dans la bande-dossier relative à Prudence Lon Weygand. Sur le vecteur tendresse, elle était cotée : « naïveté neuf-d ». Dans la promiscuité d'un équipage ombilical, cet index émotionnel posait des problèmes en raison des pulsions sexuelles qu'il impliquait. Il eut un choc en examinant de plus près l'analyse du tube d'alimentation, sur son diagramme d'hybernation; on lui avait injecté des répresseurs sexuels – les drogues anti-S – même en hibernation. Elle avait été maintenue prête.

Prête pour quoi ? se demanda-t-il.

Flatterie ferma et verrouilla le cocon de la civière.

– Elle va dormir jusqu'à ce qu'elle ait à peu près retrouvé son état normal. Nous ferions bien d'aller lui chercher une tenue spatiale au magasin, elle en aura besoin quand elle sortira.

Timberlake hocha la tête et vérifia une dernière fois les connexions biofonctionnelles encore branchées sur la civière. Flatterie avait un comportement bizarre – mystérieux.

– Ne faites aucun cas des propos qu'elle a tenus à son réveil, dit celui-ci. Confusion normale due à la déshibernation. Vous savez ce que c'est.

Mais on lui a administré des drogues anti-S en hibernation, pensa Timberlake.

Flatterie fit un signe de tête en direction de la porte étanche qui donnait sur Central-com.

– Il y a près de quatre heures que John est aux commandes. Il est temps de le relever.

Timberlake acheva son examen des jauges de la civière, puis il s'éloigna et franchit le passage devant Flatterie.

Cette femme et sa maudite langue trop bien pendue ! pensa Flatterie en remarquant l'expression songeuse et circonspecte de Timberlake. *Si Tim a une parole malheureuse devant Bickel, tout le Programme risque d'en être perturbé.*

IV

« Le statut légal qui fait du clone un bien d'équipement ne peut être remis en question. C'est une décision que nous avons prise en tant qu'espèce pour la survie de l'espèce. Le clone est une réserve de pièces détachées, et bien plus encore. Le clone n'entre pas dans le domaine de la prohibition légale qui interdit de pratiquer des expériences sur des êtres humains sans leur consentement formel. Les clones appartiennent à leurs propriétaires et c'est tout. »

Morgan HEMPSTEAD,
Conférences de Lunabase.

Bickel entendit Flatterie et Timberlake revenir dans Central-com, mais il dut garder son attention fixée sur le pupitre principal. Une impulsion périodique insolite était apparue dans les boucles primaires des registres analogiques de navigation de l'ordinateur. Elle apparaissait et disparaissait sans cause apparente. Chaque bizarrerie de l'ordinateur obligeait à reposer la question fondamentale : *Qu'est-ce qui avait causé la défaillance des NPO ?*

Cette étrange pulsation était-elle une chose à laquelle les cerveaux n'avaient pas été préparés? Comment était-ce possible alors que les tests indiquaient que tous les circuits des NPO étaient ouverts et opérationnels?

Bickel avait l'impression que les défaillances des NPO relevaient du domaine psychologique. Le nœud du problème résidait en ce lieu unique qu'ils ne pouvaient pas sonder – dans la matière grise qui avait jadis fait partie d'un être humain.

Bon, je sais comment nous devons nous attaquer à ce gâchis, se dit-il. *Mais les autres suivront-ils?*

Il entendit Flatterie se glisser dans son siège de quart et jeta un regard dans sa direction. Flatterie risquait d'être difficile à manier. Il était docteur en médecine et navigant breveté. Il pouvait tenir un quart, réparer les servos et les senseurs les plus simples, et observer les précautions courantes de sécurité qu'exigeaient les équipements biofonctionnels. Mais il y avait un autre Flatterie : le psychiatre-aumônier. Pour Bickel, la partie psychiatre de l'homme comportait son utilité particulière, mais l'énigme de l'aumônier n'offrait que mysticisme et discussions sans conclusion.

Je ne sais jamais quel masque porte Flatterie, pensa Bickel. Il souhaitait soudain que l'Œuf de Fer Blanc eût pu se dispenser d'aumônier. Mais c'était hors de question; les millions de fidèles du monde entier payaient d'énormes quantités d'impôts. Les psychiatres, lorsqu'ils avaient formé Flatterie, avaient fait honnêtement leur travail. Ils avaient eu peu de choix. Les psychiatres avaient depuis longtemps renoncé à nier qu'ils remplissaient les fonctions de sorcier de la tribu... et du sorcier à l'ecclésiastique, il n'y a qu'un pas.

Timberlake, venu se placer derrière Bickel, observa l'impulsion périodique des registres analogiques de navigation.

– On dirait l'impulsion de référence Doppler du chrono-enregistreur, dit-il. Vous étiez en train de vérifier notre position?

– Non, dit Bickel. A l'instant même où il parlait, il comprit soudain d'où venait cette pulsation insolite. Il *avait* programmé dans l'ordinateur un réseau de contrôle qui devait l'avertir dès que les avaries auraient atteint un point critique. Les détériorations du système de navigation pouvaient devenir cruciales – surtout les détériorations internes. Et contrairement à la destruction du matériel, les dommages internes ne se traduiraient que par des erreurs de position. Son circuit de contrôle avait déclenché l'un des programmes principaux de l'ordinateur, qui procédait maintenant à une vérification permanente de leur position par référence Doppler.

Bickel passa au pupitre de l'ordinateur, où il introduisit une série de tests dans les boucles de navigation. Il vérifia la résonance induite sur les compteurs : c'était bien cela.

Il expliqua ce qui se passait.

– L'ordinateur agit presque... humainement, dit Flatterie.

Bickel et Timberlake échangèrent un sourire entendu. *Presque humainement, vraiment?* Cette fichue bécane ne faisait rien de plus que ce qu'elle était censée faire.

– Nous ferions bien de prendre les schémas et les fiches de spécifications de l'ordinateur, et de nous pencher sérieusement sur le problème. Il faut découvrir quelle influence peut avoir l'absence de NPO sur son fonctionnement, dit Timberlake.

Bickel hocha la tête. Il était heureux que Timberlake fût à bien des égards aussi bon électronicien que n'importe qui à bord – base indispensable à sa spécialité. Il y avait toujours, cependant, une certaine restriction à la qualification de ses aptitudes. La maintenance des équipements biofonctionnels reléguait les hommes dans le coin du « généraliste ». Ils avaient des connaissances étendues en biophysique, mais ils n'étaient pas médecins. Ils étaient experts en électronique, mais il leur manquait cette aptitude à jongler harmonieusement avec les variables qui caractérise l'ingénieur créatif.

– Prêt à faire une pause, John? demanda Flatterie.

– Quand vous voudrez. Comment va Prue?

– Le docteur Weygand dort, répondit Flatterie. Elle a besoin de récupérer pendant quelques heures encore.

Pourquoi ce formalisme ? se demanda Bickel. *Raj doit savoir que j'ai suivi les cours avec elle. Je l'ai toujours appelée Prue. Pourquoi faut-il tout à coup qu'elle soit docteur Weygand ?*

– Je prendrai le pupitre au top, dit Flatterie, et ils procédèrent au changement de quart.

Timberlake, qui devinait les questions que se posait Bickel, se rendit compte que l'accent mis par Flatterie sur le titre du *docteur* Weygand n'était pas destiné à l'ingénieur électronicien.

C'est à moi que Raj parlait, pensa-t-il. *Il me disait que l'étrange comportement du docteur Weygand pouvait avoir des raisons médicales. Raj me recommande de tenir ma langue.*

Et Timberlake se sentit contrarié du fait que Flatterie ait cru nécessaire de le mettre en garde.

Bickel déconnecta les commandes, se glissa hors de son siège, et se livra aussitôt à quelques exercices de décontraction. Au souvenir des cours qu'il avait suivis en compagnie de Prue Weygand – maths informatiques, réparation des servo-senseurs, fonctionnement de l'astronef – il se rappela la femme. Sa sensibilité et son intense féminité avaient quelque chose de troublant, et ses sentiments n'étaient que trop apparents. Bickel se rendit compte à ce moment qu'une photographie de Prue Weygand au repos n'aurait révélé qu'une femme plutôt ordinaire, aux traits réguliers et aux formes harmonieuses, mais sans rien de sensationnel. Pourtant, elle faisait partie de ces femmes qui attirent les regards masculins. Il émanait d'elle une vitalité provocante – surtout quand elle marchait.

Est-ce pour cela que je l'ai choisie ? se demanda Bickel. Il interrompit ses exercices pour réfléchir à la question. Au sein d'un équipage entièrement masculin, ce genre de femme était une source d'ennuis – à moins qu'ils ne prennent tous des anti-S. Mais ils ne pouvaient pas se permettre d'émousser leurs facultés à ce point.

Je l'ai choisie, parce qu'à bord d'un vaisseau où chacun dispose de cinq remplaçants, elle représente une valeur particulière, se dit Bickel pour se rassurer. *Elle a une formation d'écologiste, de médecin et d'informaticienne. Elle va nous être bigrement utile.*

Mais le doute persistait.

Pour le chasser de son esprit, Bickel parcourut du regard Central-com, concentrant son attention sur la nef – avec son ordinateur et ses colons en hibernation. C'était un ensemble de ressources que Bickel avait l'impression de pouvoir ranger dans une case logique, évaluer, peser et utiliser selon les besoins.

Il sentait autour de lui les seize coques concentriques de l'astronef, cette énorme masse ovoïde longue de plus d'un kilomètre. Au-delà de la barrière hydraulique et des chicanes qui protégeaient le cœur de *Terra*, s'étendaient des kilomètres de coursives, de boyaux de communication, de compartiments étanches, à travers lesquels se déployait le fouillis organisé des équipements indispensables à la vie humaine dans cet environnement étranger.

Ils avaient dans les caissons d'hibernation deux mille adultes et mille embryons humains, ainsi que plus de six mille embryons animaux – une « gamme écologique complète ».

Bickel se retourna pour contempler son pupitre. Son plan comportait un risque sérieux pour l'ordinateur, mais c'était un risque nécessaire. Même si les autres s'y opposaient, ils seraient obligés de suivre.

Il regarda Flatterie, absorbé par le pupitre principal, Timberlake qui se décontractait, abandonné à l'automasseur de son siège de quart. Son regard revint au pupitre de l'ordinateur. L'ordinateur de l'Œuf de Fer Blanc était essentiellement un multisystème muni d'horloges internes en « temps réel » contrôlées par des lasers à rubis, ce qui lui permettait d'enregistrer ses « expériences » personnelles. Il comptait plus de huit cent mille programmes spécialisés, établis par une prodigieuse armée de techniciens. Bickel songeait au potentiel de l'ordinateur, jamais encore mis à l'épreuve ; son temps de réaction d'une trinanoseconde et ses équipements polyvalents permettaient d'intercaler simultanément des milliers de programmes. Il pouvait contrôler leur enchaînement, leur intercalation et l'introduction de données grâce à une mémoire centrale dotée d'une vaste réserve de fonctions d'interruption, d'instructions de branchement et de réseaux d'alarme.

Du temps où ils étaient connectés au NPO qui tenait lieu de programme superviseur – d'arbitre suprême – l'ordinateur et la nef qu'il contrôlait avaient constitué une créature vivante de métal. Mais dans cette puissante et délicate relation, trois *cerveaux* avaient flanché. Or, Bickel-le-pragmatique n'accordait sa confiance qu'à ce qui fonctionnait. Sans NPO, l'ordinateur de bord n'était qu'une machine inerte qui suivait des processus figés, et dont les résultats ne pouvaient être acceptés ou refusés qu'après décision humaine.

– Dans combien de temps Prue viendra-t-elle nous rejoindre? demanda Bickel.

– Environ trois heures, répondit Timberlake.

– Je veux son opinion sur les autopsies. Je ne suis pas satisfait de ce que nous avons trouvé dans les deux premiers cerveaux.

Timberlake coupa le contact de l'automassage et posa sur Flatterie un regard inquisiteur.

Le psychiatre-aumônier se contenta de sourire; il n'oubliait pas que Bickel était féru de logique et qu'il n'avait aucune considération pour tout ce qui sortait de la ligne maîtresse de raisonnement, ce qui le faisait paraître parfois un peu rustre.

– Lunabase va poser des questions pour lesquelles nous n'avons pas de réponses, dit Bickel. Nous ne pouvons pas nous permettre d'avoir l'air de tâtonner. Il regarda Timberlake :

– Ils vont nous disséquer un par un – depuis les équipements biofonctionnels jusqu'à...

– Les équipements biofonctionnels étaient parfaits! coupa Timberlake.

– Il vaudrait mieux que nous puissions le prouver, dit Bickel.

– J'ai examiné toute la console quand Cerveau Un a lâché, dit Timberlake. Vérifiez vous-même.

– Je l'ai fait. Il y a une ou deux choses qui m'ont intrigué. Cerveau Un préférait qu'on l'appelle Myrtle. Pourquoi ? Je n'ai rien trouvé dans la mémoire centrale qui puisse expliquer ça – sinon que Cerveau Un a été extrait d'un monstre génétique qui était probablement de sexe féminin.

– Aux tests de la Base Anders, l'équipement biofonctionnel particulier de Myrtle s'écartait de moins de deux millièmes du centre homéostatique, dit Timberlake.

– Ne vous laissez pas abuser par cette préférence d'identité, dit Flatterie. C'était à notre intention – pour que nous puissions anthropomorphiser le NPO de la nef.

– Ouais, dit Bickel, c'est la raison que chacun d'eux a fournie, mais est-ce la vraie raison ?

– Ces *cerveaux* étaient aussi parfaits que n'importe quel autre, dit Flatterie, tout en se demandant pourquoi il se laissait irriter par l'attitude de Bickel. D'accord, ils ont été élevés depuis leur petite enfance comme des parties intégrantes du système global servos-senseurs-nef et alors ? Ils n'ont jamais connu d'autre vie ni voulu...

– Vous avez dit qu'une ou deux choses vous intriguaient, interrompit Timberlake. Quelle est la seconde ?

– Votre rapport sur les équipements biofonctionnels, répondit Bickel, article 9107 sur Myrtle. Vous dites : « Aucun des équipements ne semble être en cause. » Pourquoi avez-vous employé le mot *semble*, Tim ? Vous avez des doutes que vous ne pouviez pas consigner dans le rapport ?

– Pas le moindre ! répondit Timberlake. Ces équipements étaient parfaits !

– Alors pourquoi ne l'avez-vous pas écrit simplement ?

– Par prudence uniquement, dit Flatterie. Si vous avez vérifié les dossiers, vous verrez que mon rapport médical confirme en tous points ses conclusions.

– Sauf une, dit Bickel.

– Et *laquelle ?* demanda Timberlake. Le visage

empourpré, la mâchoire crispée, il fixait sur Bickel un regard furieux.

Bickel ne releva pas ces symptômes de colère :

– Rien n'explique la brûlure interne que Raj a découverte dans ces cerveaux. « Brûlure interne », dites-vous, « surtout au long des axones collatéraux surdimensionnés du côté afférent ». Que diable entendez-vous par *surdimensionnés ?* Surdimensionnés par rapport à quoi ?

– L'un des canaux principaux aboutissant aux centres supérieurs du cerveau était environ quatre fois plus gros que tout ce que j'avais jamais vu, dit Flatterie. Je n'en connais pas la raison, mais je suppose qu'il s'agit d'une croissance compensatoire. Ces NPO devaient manipuler un nombre beaucoup plus élevé de bits d'information, en provenance de capteurs plus nombreux, que n'en reçoit jamais un cerveau humain normal. Vous remarquerez que les lobes frontaux étaient également plus volumineux, mais le...

– Les spécifications du processus NPO expliquent tout cela, dit Bickel. Croissance compensatoire, ouais, mais je ne trouve pas un mot qui fasse allusion à des axones collatéraux surdimensionnés. Pas un mot.

– Ces *cerveaux* étaient intégrés à l'équipement depuis plus longtemps qu'aucun de ceux que nous avions examinés jusque-là, dit Timberlake. La documentation ne signale que quatre cas antérieurs de morts dues à des causes naturelles, et nous...

– Causes *naturelles ?* demanda Bickel. Qu'est-ce qu'une cause naturelle de mort pour un NPO ?

– Vous savez aussi bien que moi ce qui s'est passé, dit Flatterie. Des accidents : des corps irritants dans le bain nutritif, un bouclier antiradiations laissé ouvert pendant...

– C'étaient des erreurs humaines, pas des erreurs du NPO ! coupa Bickel. Rien de *naturel.* Et encore une chose : Myrtle a été frappée de catatonie – ou d'autre chose – exactement dix jours, quatorze heures, huit minutes et onze secondes après notre départ de Lunabase. Nous avons mis Petit Joe en service, et il a duré six jours, neuf heures, une seconde. Nous avons alors confié l'astronef à Harvey – notre dernière chance – et Harvey a tenu quinze heures juste. Kaput!

– Soumis à un stress de plus en plus intense, ils ont flanché de plus en plus tôt, expliqua Flatterie. Mais vous observerez que les dernières paroles de chacun d'eux révélaient un type de dégradation apparenté à la schizo...

– Apparenté! ricana Bickel. Voilà ce qu'on trouve tout au long de ces foutus rapports : « Quelque chose de similaire à... », « Un état qui rappelle celui de... », « Apparenté à... » Son regard furieux alla de Flatterie à Timberlake. La vérité, c'est que nous ne savons fichtrement rien de ce qui se passe dans la matière grise d'un NPO.

Au-dessus de Flatterie, le pupitre principal se mit soudain à cliqueter et à bourdonner.

Bickel attendit, tandis que Flatterie se démenait pour ajuster manuellement la température dans une soute interne. Un moment plus tard, Flatterie essuya la sueur qui lui couvrait le front, puis il vérifia sur tous les indicateurs que l'équilibre se maintenait.

– Ce pupitre est infernal, marmonna Timberlake. Pas étonnant que les NPO n'aient pas tenu le coup.

Flatterie détourna les yeux du pupitre.

– Tim, vous savez très bien que cette partie du boulot était un jeu d'enfant pour un NPO en état de marche. Les *cerveaux* étaient capables de faire face à la plupart des problèmes homéostatiques du vaisseau par une sorte d'action réflexe

– Une sorte... dit Bickel.

– Exactement! aboya Flatterie. Vexé de s'être laissé démonter par Bickel, il feignit de s'affairer à son pupitre pour dissimuler sa confusion.

Un long silence s'établit dans Central-com; Flatterie ne le rompit que lorsqu'il eut recouvré son sang-froid :

– J'étais sur le point de vous expliquer qu'on relève sur les bandes témoins des trois cerveaux des propos similaires à l'écriture schizophrénique. On y trouve un faux-semblant de signification... et parfois une expression colorée, mais pour l'essentiel...

Il fut interrompu par l'apparition au pupitre principal de trois bandes diagonales qui jetaient des éclairs jaunes. Ses mains se précipitèrent vers les commandes, tandis que Bickel plongeait vers son siège en criant : « Une saute de gravité! »

Les cocons se refermèrent sur eux avec un claquement sec. Ils ressentirent aussitôt les brutales et angoissantes variations de pesanteur, les fluctuations désordonnées du système de centrage du champ – l'inexplicable dérèglement gravifique qui avait causé la mort de Maida.

V

« Il en est des ordinateurs comme du dressage des chiens. Il faut être plus intelligent que le chien. Si vous dotez un ordinateur d'une intelligence supérieure à la vôtre, ce ne peut être que par accident, synergie, ou intervention divine. »

Entretien avec John BICKEL (original) à La Paz

Bickel observa les mains de Flatterie tandis que celui-ci luttait avec le système gravifique pour rétablir l'équilibre. Après plusieurs minutes de meurtrissures, les saccades et les soubresauts commencèrent à s'atténuer. Le système se recentrait lentement. Flatterie attendit que tout soit apaisé avant de procéder à des réglages minutieux.

– Où en étions-nous? demanda Timberlake.

– Nous étions en train de fouiller dans nos données à la recherche de quelque chose d'utile, dit Bickel. Ce n'est pas un processus très élégant, mais il est nécessaire.

– Partage des culpabilités, dit Flatterie.

– Quoi? Bickel était outré.

– Peu importe, dit Flatterie. Reprenons au début : vous vous souvenez que le NPO Myrtle a dit : « Je n'ai pas d'incarnation. » C'est peut-être la seule chose juste qu'il y ait eu dans toute sa jacasserie. Après tout, en dehors de sa matière grise, elle n'avait pas de chair. Mais rappelez-vous, après un long silence, elle a dit : « Je compte mes doigts. » Elle n'avait pas de doigts, aucun souvenir conscient de doigts. Et sa dernière question : « Pourquoi êtes-vous tous aussi morts ? » A mon avis, ces déclarations et ces questions n'ont pu avoir qu'une signification purement accidentelle.

– Je pense qu'elle parlait de nous, de l'équipage, dit Bickel. C'était du délire, bien sûr, mais c'était une question posée directement par les vocodeurs, et nous étions le seul auditoire possible.

– A moins qu'elle n'ait voulu parler des colons enfermés dans les hibernateurs, dit Flatterie. On pourrait les croire morts sous un certain...

– Myrtle était en contact direct avec les senseurs des hibernateurs, fit observer Timberlake. Elle savait s'ils étaient vivants ou non.

Bickel hocha la tête. Et que faites-vous de Petit Joe qui rugissait dans tous les vocodeurs du vaisseau : « Je suis éveillé! Dieu me vienne en aide, je suis éveillé! »

– Un appel au secours, peut-être, dit Flatterie. Sous une forme ou sous une autre, un appel au secours ressemble toujours à de la démence.

– Ce qui laisse Harvey, dit Bickel. Harvey hurlait : « Vous m'empêchez d'être sain! » Et quand nous...

– Que pouvions-nous faire? demanda Timberlake. Bickel sentit l'hystérie percer dans sa voix. Il n'y avait aucun défaut dans leurs équipements biofonctionnels. Je le sais!

– Doucement, Tim, dit Flatterie. Ce n'était qu'une autre de ces insanités.

– Nous savions pourtant ce que ça signifiait. Personne n'a semblé surpris quand Harvey a dit : « Je l'ai perdu! » et qu'il s'est tu... définitivement. Nous nous sommes retrouvés avec trois *cerveaux* morts, et pas un de rechange.

La dureté des paroles de Bickel fit frissonner Timberlake, sans qu'il pût s'expliquer pourquoi. Il n'avait jamais été très attaché aux NPO. Les « entités » de la nef avaient toujours eu pour lui un côté légèrement accusateur. Raja Lon Flatterie lui avait assuré que c'était purement subjectif, et que ses dispositions personnelles étaient seules en cause. Raj avait toujours été catégorique : les entités que constituait l'assemblage NPO-nef-ordinateur étaient parfaitement adaptées à leur façon de vivre, heureuses des compensations qu'elles en tiraient.

Quelles compensations? se demanda Timberlake. *Une longévité exceptionnelle? Mais à quoi sert de vivre trois ou quatre mille ans, si chaque année de vie est un enfer?*

Timberlake se rendit compte alors qu'aucune des réponses toutes faites apprises aux cours de formation n'abordait vraiment la question fondamentale du bonheur des NPO.

Et si cette façon de vivre était véritablement un enfer? se demanda-t-il. Elle doit l'être. Ils sont attelés comme des moteurs à tout ce métal, ce verre et ce plastique, et le temps s'étend devant eux... à l'infini. Peut-être la mort était-elle préférable.

VI

> « Tout symbole comporte des prémisses cachées. Tout mot véhicule des hypothèses tacites enfouies dans l'histoire de la langue et dans les expériences qui ont conditionné ceux qui la parlent. Si vous arrachez aux mots ces sens cachés, un flot de compréhension nouvelle se déversera dans votre conscience. »
>
> Raja Lon FLATTERIE
> *Le Livre de la nef.*

Près de la moitié du temps prévu pour le rétablissement de Prudence Weygand s'était écoulé, fréquemment ponctué dans Central-com par des silences gênés.

Flatterie n'aimait pas ces silences. Il sentait que chacun d'eux emportait ses compagnons un peu plus loin – peut-être au-delà de tout contrôle. Et il lui fallait maintenir ce délicat contact, ce moyen de contrôle.

L'un de ces silences les étreignait en cet instant même ; il semblait venir à eux depuis l'espace, à travers la coque de l'astronef. Flatterie savait qu'il aurait dû dire quelque chose, mais il se sentait oppressé par le silence. Ils s'éclaircit la voix avant de déclarer finalement.

– Je voudrais dire un mot à propos de certaines

manifestations d'humeur. Depuis le début de l'alerte, nous en avons eu plusieurs exemples, sans oublier ma propre irascibilité.

Le ton docte, l'expression de son visage – tout indiquait que Flatterie parlait officiellement en tant qu'aumônier.

– L'agressivité pourrait nous perdre, dit-il. Les Proverbes nous mettent en garde : « Celui qui est prompt à la colère fait des sottises, et l'homme plein de malice s'attire la haine. Celui qui est lent à s'irriter a une grande intelligence, mais celui qui s'emporte aisément proclame sa folie. » Pratiquons donc la douceur, et ne suscitons pas la colère.

Bickel prit une profonde inspiration. Il savait que Flatterie avait raison, mais celui-ci l'agaçait par la façon dont il s'abritait derrière la religion pour aborder le problème. Il eût été tellement plus simple de dire qu'ils obscurcissaient leur jugement par un excès d'émotivité. C'était ce que Bickel détestait dans la religion – cette manière de faire appel à l'émotion plutôt qu'à l'intelligence.

– Nous avons pataugé dans tous les sens en voulant en faire trop, dit-il. Ce pupitre directeur est une monstruosité de bricolage. Il nous faut un plan logique et organisé pour faire face à nos problèmes. Quand Lunabase répondra, je veux pouvoir dire que nous avons...

Un soudain assaut de gravité le pressa contre la paroi de son cocon. Rien ne les avait prévenus, pas un coup de klaxon, aucun voyant d'alarme. Les verrous de sûreté des cocons s'enclenchèrent. Les voyants rouges clignotaient maintenant de concert avec les jaunes, dessinant de larges bandes sur le panneau du pupitre principal.

Flatterie frappa de la paume la commande de déconnexion du système gravifique. La gravité diminua aussitôt. Les voyants jaunes d'alerte s'éteignirent à mesure que leurs interrupteurs à pression coupaient le contact, mais une ligne de voyants rouges resta allumée.

– Avaries à la coque trois, section six-quatorze,

annonça Flatterie. Il mit en action des senseurs isolés pour inspecter la zone touchée.

Sans réflexion consciente et sans discussion, Bickel prit le commandement de la nef.

– Tim, chargez-vous des répétiteurs de gravité. Laissez le champ déconnecté en attendant que nous ayons testé tous les relais et rééquilibré le système.

Timberlake, obéissant, rapprocha son pupitre.

Bickel fit glisser le pupitre RT à son côté, enfonça les touches d'accès au contrôle informatique des équipements de bord et commença aussitôt à introduire les questions codées sur les enregistreurs de la mémoire centrale. Qu'avait rencontré l'astronef, qui pût expliquer cette déviation brutale? Qu'avaient enregistré les senseurs automatiques?

Les répondeurs se mirent à débiter de la bande presque immédiatement – beaucoup trop vite.

– Erreur de données, dit Flatterie, lisant les résultats par-dessus l'épaule de Bickel.

D'un geste furieux, Bickel arracha le mentonnet antidérivation fixé sur l'interrupteur de l'unité centrale et relia entre elles diverses commandes du RT par des cavaliers de connexion; puis il ouvrit l'accès à l'unité centrale de référence étalon.

– Vous êtes dans l'unité centrale! s'écria Flatterie d'une voix que la peur rendait perçante. Vous n'avez aucun fusible indicateur, aucune référence directrice. Vous risquez de bousiller les programmes de procédure.

– Débranchez ça! cria Timberlake en redressant la tête malgré les colliers de son cocon pour jeter à Bickel un regard furieux.

– Fermez-la, tous les deux! Je sais que l'unité centrale est fragile, mais il y a déjà quelque chose de bousillé, là-dedans – assez pour nous tuer.

– Vous croyez que vous aurez le temps de vérifier huit cent mille programmes? demanda Timberlake. Ne dites pas d'idioties!

– Ce que vous faites est spécifiquement prohibé, dit Flatterie, qui faisait un effort pour garder un ton raisonnable. Et vous savez pourquoi.

– N'essayez pas de m'apprendre mon métier, dit Bickel.

Tout en parlant, il explorait les répondeurs de la mémoire centrale en contact direct, procédant avec douceur pour éviter les retours de courant.

– Si vous faites une seule erreur, dit Timberlake, il faudra six ou sept mille techniciens armés d'un second équipement pilote et de plusieurs milliers de relais imprimés pour réparer les dommages. Êtes-vous prêt à...

– Vous m'empêchez de me concentrer!

– Que cherchez-vous? demanda Flatterie intéressé malgré son angoisse. Il finissait par se rendre compte que Bickel, profondément conditionné contre tout abandon de leur mission, était incapable de faire quoi que ce soit qui pût les priver d'un de leurs outils de base.

– Je vérifie l'accès des périphériques depuis la mémoire centrale, dit Bickel. Il doit y avoir une dérivation ou une accumulation quelque part. On le verra dans les boucles de contrôle de phase et de saisies des données à l'introduction. Il fit un signe de tête en direction d'un cadran de diagnostic, sur son pupitre. Et voilà! L'aiguille du compteur alla frapper le taquet d'arrêt puis retomba à zéro, où elle demeura immobile.

Bickel lança un programme pilote de diagnostic par contact direct, remit le mémoire-étalon en branchement auxiliaire protégé et entreprit de tester le secteur fautif de la mémoire centrale. Ne se référant que rarement à la mémoire-étalon, il força à travers les canaux de référence des données le programme modifié par les nouvelles informations des senseurs.

Les branchements de détection d'erreurs commencèrent à cliqueter au niveau des répondeurs. Bickel traduisit à haute voix les chiffres codés qui apparaissaient sur l'écran au-dessus de son pupitre.

– Secteur prévision de la mémoire centrale mis hors circuit. La masse et la dispersion des protons relativement à l'ensemble cap/masse/vitesse de l'astronef ne correspondaient pas aux prévisions.

A part lui, Bickel ajouta : Nous avons rencontré autre chose que de l'hydrogène, et en concentration inhabituelle – en partie à cause de la valeur de notre masse/vitesse.

– Des vents solaires, chuchota Timberlake. Ils ont dit que nous...

– Des vents solaires, vous voulez rire! dit Bickel. Regardez ça. Il montra d'un signe de tête un groupe de chiffres qui traversait l'écran.

– Vingt-six protons dans le noyau, dit Timberlake.

– Du fer, dit Bickel. Il y a des atomes libres de fer, par ici. Nous avons affaire à une bonne vieille déviation magnétique du champ gravifique.

– Il va falloir ralentir la nef, dit Timberlake.

– Pas question! Nous placerons un disjoncteur de surcharge protégé dans le système gravifique, dit Bickel d'un ton catégorique. Je ne vois pas pourquoi diable les ingénieurs n'en ont pas prévu un dès le départ.

– Peut-être ne pouvaient-ils imaginer de force assez grande pour infléchir le système, dit Flatterie.

– Sans doute. La voix de Bickel était chargée de dédain. Mais quand je pense qu'un simple interrupteur à cage avec un poids à l'intérieur aurait pu éviter la mort de Maida...

– Ils se fiaient aussi aux réflexes des NPO, dit Flatterie. Vous le savez.

– Ce que je sais, c'est qu'ils ont pensé en ligne droite alors qu'ils auraient dû penser en ronde-bosse, dit Bickel.

Après avoir déverrouillé son cocon de sécurité et enclenché le mode autonome de sa tenue spatiale, il s'élança en diagonale à travers Central-com vers la porte de la soute à outils. Sa dérive en apesanteur lui rappela qu'ils ne pouvaient rester sans gravité au-delà d'une certaine limite. Un séjour prolongé en apesanteur risquait de provoquer parmi l'équipage des lésions physiques irréversibles.

VII

« Je contemplai l'être que j'avais précipité dans l'humanité et investi de la volonté et du pouvoir d'accomplir d'horribles desseins... Un être que j'avais moi-même construit, et doté de la vie, était venu me retrouver à minuit parmi les précipices d'une montagne inaccessible. »

Frankenstein de Mary SHELLEY

Agrippé à une poignée de porte pour se stabiliser, Bickel fit sortir le chariot de réparation. Il ouvrit un panneau qui donnait sur les équipements gravifiques, identifia les câbles qui l'intéressaient et se pencha sur son travail. Il s'affairait silencieusement, l'air renfrogné, le geste vif et décidé, sans cesser de réfléchir à leur situation.

Du fer. Des ions de fer libres dans cette région de l'espace?

Possible, mais n'y avait-il pas une réponse plus simple à cette anomalie, quelque chose qui puisse provoquer un affichage fictif sur leurs instruments?

Était-il possible qu'une certaine partie de l'équipement informatique et de contrôle de bord leur eût été dissimulée, mise à l'abri de leur curiosité? Il savait que c'était non seulement possible mais probable. Cependant, pourquoi Lunabase aurait-elle fait cela?

La réponse globale lui échappait, mais il savait qu'il devrait continuer à la rechercher.

Pour l'instant, il venait d'intercaler un interrupteur à cage de fortune dans le câble principal d'alimentation du générateur gravifique. Il connecta le disjoncteur, testa les circuits à l'aide d'une fausse charge, puis replaça les plaques de protection.

– Il faudra le réarmer manuellement à chaque fois, dit-il. Il posa un pied contre la cloison pour se propulser en direction de son siège, qu'il verrouilla aussitôt. Il jeta un regard à Timberlake. Système équilibré?

– Autant qu'on puisse en juger d'ici, répondit Timberlake. Faites un essai, Raj.

Après avoir vérifié que Timberlake et Bickel étaient enfermés dans leurs cocons, Flatterie enclencha l'interrupteur de gravité. La montée en régime des générateurs s'accompagna d'un faible sifflement, qui disparut lorsque le système fut stabilisé. Flatterie sentit la pression s'accroître sous ses omoplates; il tendit la main vers le pupitre et, lentement, entreprit de parfaire les réglages de Timberlake.

– Tim, dit Bickel, il me faut les schémas du compartiment NPO – toutes les connexions des senseurs codées selon leurs fonctions, et classées par couches, de la plus grossière à la plus fine. Il me faudra la même chose pour les servocommandes, un état complet...

– Pourquoi? demanda Timberlake.

– Avez-vous l'intention d'y connecter le cerveau d'un colon? demanda Flatterie tout en essayant de dissimuler la répulsion que lui inspirait cette idée.

– Un cerveau humain adulte ne survivrait sans doute pas au transfert, dit Timberlake, et il se sentit honteux en pensant combien l'idée l'avait séduit. Toutes les inhibitions dues à sa formation protestaient contre un tel acte. Mais si le système NPO était remis en fonction, aucun d'eux n'aurait plus jamais à assumer l'éprouvante responsabilité du pupitre directeur de Centralcom. Il leva les yeux vers la flèche verte lumineuse qui indiquait que Flatterie était aux commandes, et se sentit moite de peur à l'idée que cette flèche revienne prendre position devant lui.

– Qu'est-ce qui vous prend? fit Bickel d'un ton cassant. Où avez-vous pris cette idée? Je n'ai rien dit de pareil. Il leva la tête hors des colliers de son cocon; son regard allait de Timberlake à Flatterie. Nous ne savons pas ce qui est arrivé à nos trois *cerveaux parfaits*. Pourquoi diable voudrais-je en connecter un qui n'a même pas été testé? Il se rallongea. C'est impossible, de toute façon. Un homme doit avoir son mot à dire pour ce qu'on lui fait subir. Comment pourrions-nous demander l'avis de tous ceux qui sont dans les hibernateurs? Nous ne pouvons pas les réveiller tous.

– Vous pensez déconnecter les commandes du NPO et nous convertir en un système écologique fermé? demanda Flatterie. Si c'est le cas, vous devriez...

Il s'interrompit. Le bourdonnement aigu du RT emplissait la salle, les prévenant qu'un message était en cours de décodage.

Bickel suivit les jeux de lumière sur son pupitre, à mesure que le message était absorbé par les récepteurs, introduit dans les comparateurs, affiné et réduit à un seul passage (avec un quotient de probabilité d'exactitude attribué à chaque caractère), et enfin repassé à vitesse réduite pour être perçu par l'oreille humaine.

On peut dire qu'ils y ont mis le temps, pensa Bickel. Il releva les indications du chrono-enregistreur pour en soustraire le décalage temporel. *Presque sept heures*. Il songea aux premiers astronefs qui se servaient de radios à canal unique et ne disposaient que de quelques watts pour lancer leurs messages à travers le système solaire – alors que le facteur d'erreur et d'incertitude croissait avec la distance et l'accumulation d'interférences adverses. L'équipement de l'Œuf de Fer Blanc avait été conçu pour transmettre automatiquement, sous le contrôle de l'ordinateur, des comptes rendus destinés à informer du sort de leur sonde stellaire des observateurs qui n'étaient pas encore nés.

Une sonnerie les avertit que le message était prêt. Bickel enclencha le vocodeur, et la voix de Morgan Hempstead, directeur de Lunabase Associés, se déversa par les haut-parleurs. Elle était parfaitement reconnaissable, et les comparateurs du RT avaient gardé intactes ses nuances d'une dureté glaciale.

– Direction Programme à nef LBA *Terra*. Ici Morgan Hempstead. Nous tenons à vous assurer de la part que nous prenons à votre douleur et à vos inquiétudes. Toute décision prise à partir de maintenant doit avoir pour motivation première la protection de vos vies et de celles des colons.

Et voilà pour la galerie, pensa Flatterie. *Il y a dans les hibernateurs les représentations de sept nations et de quatre races; mais ils ne sont pas moins sacrifiables que ceux qui nous ont précédés.*

– Nous avons plusieurs questions cruciales à vous poser, dit Hempstead.

J'en ai moi aussi quelques-unes, pensa Bickel.

– Pourquoi la Direction du Programme n'a-t-elle pas été prévenue dès la défaillance du premier Noyau Psycho-Organique? demanda Hempstead.

Bickel enregistra mentalement la question. Il connaissait la réponse, mais ce n'était pas le genre de chose qu'il transmettrait jamais. Hempstead la connaissait aussi bien que lui. Par sa propre force d'inertie, le concept de l'Œuf de Fer Blanc avait survécu à six échecs. A part un autre échec absolu, rien ne pourrait l'arrêter. Et à part un cas d'urgence désespéré, rien ne pourrait les décider à risquer d'interrompre la mission en appelant à l'aide.

– Le système de référence Doppler indique que vous sortirez du système solaire dans trois cent seize jours environ, à votre vitesse stabilisée actuelle, dit Hempstead. Durée du trajet jusqu'à Tau Ceti : un peu plus de quatre cents ans.

Tout en écoutant, Bickel se représentait l'homme à qui appartenait la voix : un visage taillé dans le silex, des cheveux gris et des yeux gris-bleu – une aura de décision capitale dans le moindre de ses gestes. Les gars de psycho l'avaient surnommé « Grand Papa » derrière son dos, mais ils lui obéissaient au doigt et à l'œil. Bien qu'ils n'eussent aucune chance de jamais revoir Hempstead, celui-ci continuait à faire peser sur eux le poids de ses décisions.

– Une première analyse indique les possibilités suivantes, poursuivit Hempstead. Vous pourriez faire demi-tour et vous mettre en orbite autour de LBA en attendant que le problème soit résolu et que de nouveaux Noyaux-Psycho-Organiques puissent être mis en place. Ce qui nous ramènerait au vieux problème du maintien de la stérilité dans des conditions moins qu'idéales. Cela retrancherait également l'astronef de la situation qui constitue une cause probable de la défaillance des NPO, au risque de rendre toute solution impossible.

– Il a toujours été un intarissable raseur, observa Timberlake.

– La seconde possibilité, continua Hempstead, serait de vous convertir à une écologie fermée et de continuer votre route à la vitesse actuelle en recrutant des remplaçants dans les hibernateurs ou en procréant un complément d'équipage que vous élèverez et que vous formerez vous-mêmes. Vous seriez évidemment exposés à une haute probabilité de dommages génétiques en raison du temps qu'il vous faudrait passer à l'extérieur des boucliers de protection pour construire des logements destinés à une utilisation prolongée. Mais votre problème majeur sera celui de la nourriture, à moins que vous n'adoptiez un système de recyclage plus étroitement intégré.

– Recyclage étroitement intégré, répéta Flatterie. Il veut dire : anthropophagie. On en a parlé.

Bickel se retourna pour observer Flatterie. Le concept d'anthropophagie était odieux, mais ce n'était pas ce qui avait attiré son attention. *On en a parlé.* Cette simple remarque contenait des volumes de questions sans réponses et d'implications cachées.

– La troisième possibilité, était en train de dire Hempstead, consisterait à introduire la conscience nécessaire dans votre pilote-robot, en prenant pour base l'ordinateur de bord. Selon nos fichiers, vous disposez dans vos soutes d'une quantité suffisante de matériaux, en particulier de blocs de neurones destinés aux robots de la colonie. C'est une solution théoriquement réalisable.

– Théoriquement réalisable! fit Timberlake avec un ricanement. Pense-t-il que nous n'ayons jamais entendu parler des échecs de...

– Chhuuut, souffla le psychiatre-aumônier.

– Le Conseil du Programme estime que vous devez garder votre vitesse et votre cap actuels, jusqu'à ce que vous sortiez du système solaire, dit Hempstead. Si une solution n'a pas été trouvée d'ici là, il est probable que nous vous ordonnerons de faire demi-tour. Il y eut un long silence, puis il ajouta... à moins que vous n'ayez d'autres suggestions.

Nous vous ordonnerons de faire demi-tour, pensa Flatterie. Il se tourna pour voir comment Bickel réagissait à ces mots clés. Ils lui étaient destinés; ils étaient étudiés pour lui, spécialement taillés sur mesure pour déclencher ses motivations profondes.

Bickel, étendu, observait dans un silence pensif l'affichage agrandi des paroles, au-dessus du vocodeur, qui lui permettait de vérifier la fidélité de réception du message.

– Dans l'immédiat, disait Hempstead, la Direction du Programme demande un rapport détaillé sur l'état de tous les équipements de bord, en particulier ceux qui concernent les colons en hibernation. Il est admis que la prolongation du voyage accroît les risques de panne au niveau de l'hibernation. Il va de soi que vous devrez prélever des remplaçants dans les hibernateurs pour combler les pertes de l'équipage. Pour ces remplacements, des suggestions vous seront adressées sur demande. Nous partageons votre douleur face à ces accidents malheureux, mais le Programme doit se poursuivre.

– Rapport détaillé sur tous les équipements de bord, dit Timberlake. Il est dingue.

Quelle froideur dans les condoléances d'Hempstead, songea Flatterie. Le choix des expressions trahissait le soin qu'on avait apporté à leur composition. *Juste ce qu'il faut de sympathie, mais pas trop.*

Le vocodeur émit un grésillement atténué par les filtres, puis :

– Ici Morgan Hempstead, fin de transmission. Accusez réception et répondez à nos questions dans les plus brefs délais. LBA terminé.

– Ils ont passé trop de choses sous silence, dit Bickel. Il sentait tout au long du message les « censures pour raisons de politique générale ». C'était surtout dans ce qui n'avait pas été dit qu'on pouvait discerner la corde raide politique sur laquelle ils évoluaient.

– Introduire une conscience dans notre ordinateur, grommela Timberlake. Comment peuvent-ils être aussi stupides? Il jeta un regard vers Bickel. Vous avez collaboré à l'une des premières tentatives de LBA, John. L'honneur vous revient de dire à « Grand Papa » où il peut se mettre son idée.

– La tentative a échoué lamentablement, reconnut Bickel. Mais c'est pourtant la seule véritable issue qui nous reste ouverte.

Timberlake continua de vitupérer comme s'il n'avait rien entendu.

– Dans le fiasco de LBA, il y avait des gens auprès de qui nous ne sommes qu'un ramassis d'amateurs.

Mais Flatterie avait entendu; il se détourna pour dissimuler un sourire complice et dit d'une voix douce :

– Nous avons tous lu le rapport, Tim.

– La seule partie qui méritait d'être lue était leur conclusion.

Timberlake prit une voix de fausset chargée de sarcasme :

– *Réalisation impossible au niveau actuel de la technologie.*

– C'était une excuse, pas une conclusion, dit Bickel.

Sa pensée revint aux recherches infructueuses qu'avait engagées LBA pour découvrir le Facteur de Conscience Artificielle. Il y avait toujours eu ce mur stérile entre sa partie du groupe et le personnel de la base, mais les triples parois de verre n'avaient pas empêché les relents de l'échec de parvenir jusqu'à eux. Ils avaient flotté tout autour du programme dès le départ. Ils s'étaient perdus dans un enchevêtrement de fibres pseudoneurales parmi les lumières clignotantes, le cliquètement des relais, le sifflement des bobines de rubans magnétiques et l'odeur amère de l'ozone dégagée par l'isolant fondu des circuits surchargés. Ils avaient cherché un moyen mécanique de réaliser ce que le moindre d'entre eux pouvait faire avec sa propre chair – être conscient. Et ils avaient échoué.

Au-dessus d'eux avait plané la peur inavouée, le souvenir de ce qu'il était advenu du seul programme de ce genre qui eût officiellement été couronné de succès – tout en causant sa propre perte – à la surface même de la Terre.

Timberlake s'éclaircit la voix, leva une main hors de son cocon et examina ses ongles.

– Bon, comment allons-nous répondre à leurs fichues questions? Ils doivent rêver, là-bas, s'ils croient que nous pouvons leur fournir un rapport détaillé sur les équipements de la nef sans l'aide d'un NPO.

– Ils ne pouvaient pas faire autrement que le demander, dit Bickel. Il va falloir que nous fabriquions un rapport quelconque. Il se tourna vers Flatterie : Vous pouvez leur concocter quelque chose, Raj. Les psychiatres sont experts en supercherie.

Il y a des moments où ce Bickel est singulièrement conscient des subtilités, songea Flatterie. *Il faut que je mette Prudence en garde.*

– Nous avons tous renoncé à la supercherie, John.

– Exactement comme nous avons renoncé à la naissance et aux parents, dit Bickel. Ce fut facile. On ne nous a pas demandé notre avis.

Flatterie savait qu'il devait intervenir rapidement, avant que cette conversation ne dégénère en auto-apitoiement. Les yeux fixés sur un minuscule défaut de peinture dans la surface émaillée du pupitre principal, il dit en choisissant soigneusement ses mots : Il faut que la nef ait une direction consciente pour la grande traversée, John. Il le faut. Il y a dans ce voyage trop d'inconnues que nous devrons affronter dans des conditions d'urgence. Alors, que faisons-nous?

– C'est à moi que vous le demandez? répondit Bickel. C'est vous le psychiatre.

Mais je ne suis pas le motivateur, pensa Flatterie. *Je*

ne suis pas celui qui peut insuffler une raison d'être à nos efforts. Il va falloir recourir à des méthodes plus directes, fit-il à haute voix.

Bickel le regarda fixement.

– Alors, qu'avez-vous l'intention de leur dire? demanda Timberlake. Ils veulent savoir pourquoi nous ne les avons pas alertés quand le premier *cerveau* est resté en carafe. De tous les...

Bickel se retourna vers Timberlake.

– Autre chose, dit-il. Ils ne nous ont pas donné de code pour ce cas d'urgence particulier. Considéraient-ils comme impossible une défaillance des NPO? Certainement pas! Il faut en conclure qu'ils avaient d'autres mobiles. S'ils ont placé le seuil aussi haut, c'est pour une raison spécifique.

– Eh, bon sang! protesta Timberlake, vous voyez des croquemitaines là où ils n'existent pas, Bick.

Bickel secoua la tête d'un côté sur l'autre :

– Non... Ils nous ont dit en termes non équivoques qu'une fois que nous aurions vendu la mèche, nous ne pourrions plus compter sur personne. Il faut que nous nous trouvions nous-mêmes un pilote pour la grande traversée.

Il tourne autour, pensa Flatterie. *Quand va-t-il piquer droit dessus?*

Bickel se passa la langue sur les lèvres pour les humecter. Cette conversation, qui faisait allusion en termes détournés à la nécessité d'une conscience pour diriger la nef, le troublait profondément. Il était trop honnête avec lui-même pour prétendre le contraire.

Timberlake reprit le fil d'une conversation précédente.

– Il n'y avait aucune raison physique à la défaillance de ces *cerveaux*. Les équipements biofonctionnels étaient parfaits. Tout se passe comme s'ils s'étaient suicidés... sous des contraintes que nous ignorons.

D'un geste brusque, Bickel enclencha le mode transmission de son pupitre RT.

– Très bien, nous allons les faire patienter pour leur rapport détaillé. Ils savent que ça prendra du temps, de toute façon. Quant à notre retard à les prévenir, j'ai l'intention de leur dire simplement qu'ils ont merdoyé en oubliant de nous donner un code pour ce cas d'urgence. Et s'ils...

– Vous ne réussirez qu'à irriter Hempstead, dit Flatterie.

– Hempstead irrité nous sera d'un meilleur secours qu'Hempstead glacial et tortueux, dit Bickel. Un homme en colère fait des erreurs. Il risque de laisser échapper quelque chose qui nous sera réellement utile.

– Qu'est-ce qui vous fait penser que « Grand Papa » essaierait de nous mettre dans le pétrin? demanda Timberlake.

– C'est un administrateur politique. Même si c'est inconscient chez lui... Bickel hésita : une idée lui avait traversé l'esprit... puis lui avait échappé. Il poursuivit d'un ton plus bas :

– Même si c'est inconscient chez lui, il fera passer les considérations politiques avant tout le reste. Il consacrera le meilleur de ses efforts à se maintenir en place. Dans notre position, nous pouvons laisser tomber les éléments politiques et nous limiter à notre problème immédiat. Nous jetterons des grains de sable dans les engrenages politiques en nous concentrant uniquement sur ce qui est utile. Les choses dont nous avons besoin sortiront de là.

Habile, perspicace et rusé comme pas deux, songea Flatterie. *Ce Bickel mérite d'être suivi de près.*

– Les choses dont nous avons besoin? dit Timberlake. Quoi, par exemple?

– L'avis de certains spécialistes de Lunabase, et tout le temps d'ordinateur qu'ils pourront nous consacrer.

– Vous ne pouvez pas séparer la politique de tout le reste, objecta Flatterie. Vous ne ferez que créer des vagues et...

– Si vous avez envie de voir ce qu'il y a au fond de la bouilloire, il faut l'agiter un bon coup, dit Bickel. Et je veux qu'ils nous donnent une définition de la *conscience.*

Il avait plusieurs longueurs d'avance sur moi, encore une fois, se dit Flatterie. Il faut que je cesse de le sous-estimer. Un seul faux pas pourrait tout perdre.

VIII

« De tout l'équipage de *Terra*, c'est Raja Lon Flatterie qui a reçu, soigneusement dosées, il va sans dire, le plus d'informations précises sur le Programme Conscience. La chose était indispensable car il fallait qu'il puisse disposer, à partir de sa cabine, d'un terminal secret qui lui permette de surveiller l'atmosphère de la nef et de son équipage. Le système en place doit être protégé par un disjoncteur primaire. Flatterie est notre disjoncteur. »

Morgan HEMPSTEAD
Conférences de Lunabase.

Quand elle était entrée dans Central-com, Prudence Lon Weygand se sentait encore faible et désorientée. Il était évident que le transfert d'autorité s'était effectué plus rapidement que prévu, et elle s'était forcée à vaincre sa faiblesse physique, affectant un calme et un bien-être qu'elle n'éprouvait pas.

La salle ovoïde de Central-com n'aurait pas dû la désorienter. Elle avait passé avant le départ des heures et des heures parmi ces cadrans, ces compteurs, ces tuyaux et ces consoles de commandes. Cependant, le sentiment d'étrangeté persistait. Puis, à mesure que sa perception s'affinait, elle distingua les transformations subtiles apportées aux connexions, aux commandes et aux visualiseurs. La signature de Bickel.

Elle se rendit compte que toutes ces modifications étaient indispensables au pilotage manuel de l'astronef. Elle percevait même les insuffisances du travail accompli.

C'est à ce moment seulement qu'elle prit conscience de l'étroitesse de la voie qu'ils suivaient, et elle reporta son attention sur Flatterie, presque parvenu au terme de son quart sur le grand pupitre. Les mouvements du psychiatre-aumônier trahissaient sa fatigue ; ils avaient encore une précision et une sûreté chirurgicales, mais on voyait que son énergie s'amenuisait à la façon dont il se relaxait brusquement après chaque réglage effectué au pupitre.

Il faudrait qu'on le relève, se dit-elle. Mais elle ne se sentait pas encore prête à affronter la grande aiguille verte et elle ignorait dans quelle condition physique étaient Bickel et Timberlake.

Timberlake irradiait un silence maussade.

Bickel l'avait accueillie assez chaleureusement, puis il lui avait confié une masse de programmation. Les calculs évoquaient la mise au point d'un modèle de multisimulation électronique des entrées-sorties dans la mémoire centrale de leur ordinateur principal.

Une grande partie de la programmation restait à faire. Elle s'étendit sur son siège de quart et examina l'affichage d'une séquence d'essai sur un écran latéral. Lorsqu'elle sentit au travers de sa tenue spatiale le contact enveloppant du cocon, elle regretta de ne pas disposer d'assez de temps pour permettre à son corps de récupérer pleinement après la dure épreuve de la déshibernation.

Tout, autour d'elle, lui disait qu'elle devait se mettre au travail. Le temps pressait trop pour qu'elle pût s'offrir le luxe d'une longue convalescence.

Très bien, tu es si fière de ton titre et de ta situation... Prudence Lon Weygand, docteur en médecine... Tu as voulu ce poste. Tu sais ce qu'il te reste à faire; au travail...

Le sermon intérieur familier ne parvint pas à ranimer son énergie, et elle s'arma de courage pour dissimuler tout signe de faiblesse avant de dire :

– Lunabase ne répond pas aussi vite que la dernière fois. Pourtant, je leur ai posé quelques bonnes questions.

– Ils sont trop occupés à essayer de comprendre ce que signifie *réellement* notre réponse, dit Bickel.

– A moins qu'ils ne soient en train de chercher comment nous expliquer que nous avons eu les yeux plus grands que le ventre, dit Timberlake.

Elle perçut l'angoisse que recelait la voix de Timberlake. Il y a plus de quatre heures que Raj est à ce pupitre, dit-elle. N'est-il pas temps que quelqu'un le relaie, Tim?

Flatterie savait ce qu'elle faisait, mais il ne put prévenir la soudaine tension qui lui enserra l'épine dorsale. Il était toujours possible que Timberlake ne tienne pas le coup.

Timberlake sentit sa bouche se dessécher. Prudence croyait évidemment que c'était lui qui donnait les ordres. Il *était* l'homme des équipements biofonctionnels. Elle ne s'était pas non plus proposée pour prendre le quart... la garce. Mais peut-être était-ce trop tôt après la déshibernation. Les métabolismes différaient les uns des autres, et elle connaissait certainement ses propres capacités. De plus, la rotation normale la plaçait au pupitre après Bickel.

Il suivit des yeux les glissières du Central de Commandes, la voie que suivait le pupitre autour de leurs positions. Bickel était au poste numéro un, suivi de Prue, puis de Flatterie – et lui était assis là, tout au bout.

C'est mon tour, se dit-il.

Il sentit ses mains se couvrir de sueur.

Bickel avait pris le pupitre à contrecœur. Il ne demandait visiblement qu'à reprendre ses foutus calculs. Ce n'était pas lui qui allait se porter volontaire.

Il faut que j'y aille, se dit Timberlake.

Il pensa aux trois mille et quelques vies qui allaient dépendre de lui dès que cette flèche verte viendrait désigner sa position... à toutes les autres vies et à tous les rêves investis dans le Programme.

Chaque parcelle de tout cela était pointée sur lui comme un doigt.

Je ne peux pas! songea-t-il.

Il met trop longtemps à se décider, pensa Flatterie. Je vous passe le pupitre au top, Tim. Je suis à bout.

Avant que Timberlake ait pu protester, le compte à rebours avait commencé, et sa main se tendit automatiquement vers le gros bouton rouge. Le pupitre et la flèche glissèrent jusqu'à lui. Les nécessités de la tâche l'absorbèrent aussitôt; presque un tiers des commandes de température du bouclier de protection avaient besoin de légers réglages pour parfaire l'équilibre.

Nous devrions repérer les connexions du NPO de ce côté-là et installer des correcteurs automatiques pour les réglages grossiers, se dit-il, avant d'être happé par la routine du quart.

– Voici de quelle façon nous allons procéder, dit Bickel. Il leva les yeux, et le regard entendu qu'il surprit entre Flatterie et Prue le fit hésiter. *Il se passerait quelque chose entre ces deux-là ?* Si c'était une relation d'homme à femme, il y avait là une source d'ennuis possible.

– Vous disiez? demanda Prudence.

Bickel vit le regard de Prue posé sur lui; il s'éclaircit la voix et jeta un coup d'œil à ses chiffres et à ses schémas pour se réconforter.

– L'ordinateur doit servir de base à tout ce que nous construirons, mais nous ne devons pas interférer avec la mémoire centrale ni les commandes de commutation. Ce qui veut dire que nous devrons utiliser un modèle de simulation électronique. Une partie du système RT...

– Et les communications avec Lunabase? demanda Prudence.

Question stupide, pensa-t-il, mais il dissimula son irritation.

– Un système de commutation relancera automatiquement les fonctions RT dès que les ondes de transmission atteindront nos antennes. Nous utiliserons un klaxon d'alarme.

– Ah, fit-elle avec un hochement de tête. Elle se demanda jusqu'où elle pourrait aller avant qu'il s'aperçoive qu'on l'irritait à dessein.

Ce sera un modèle opérationnel, dit-il. Il reproduira certaines caractéristiques réelles du système global, mais son champ d'action n'égalera pas celui de l'ancien système. Il nous permettra quand même d'observer en direct les fonctions dotées d'un équipement conventionnel, et il nous indiquera les cas où il faudra intervenir par des moyens non conventionnels. Nous aurons ainsi la possibilité de surveiller et de modifier les paramètres de l'environnement, des signaux et du système à mesure que le développement l'exigera. Et il nous suffira d'une connexion protégée à sens unique avec l'ordinateur pour pouvoir enregistrer tous nos résultats.

Jusque-là, c'était prévisible, pensa Flatterie. *Mais que va-t-il faire ensuite?*

– Nous allons créer un environnement à l'échelle temporelle et appliquer les signaux qu'il provoquera au système à analyser, dit Prudence. Bien. Et ensuite?

– En me fondant sur mon expérience des travaux de LBA, répondit Bickel, je pourrais vous dire quelles voies ne valent pas la peine d'être explorées, et quelles voies *peuvent* nous conduire à une conscience artificielle. Je dis bien : *peuvent.* A partir de maintenant, il va falloir tâtonner.

– Allons-nous être obligés de faire analyser nos résultats par Lunabase, avec le problème du décalage temporel et le risque d'erreurs de transmission?

Bickel jeta un regard à ses calculs et à ses schémas, puis revint à Prudence. Avons-nous à bord un mathématicien assez compétent pour analyser les transducteurs concrétisés par nos résultats?

Par-delà Bickel, Prudence regarda les piles de schémas. Elle avait suivi d'assez près ce qu'il faisait là pour l'associer à la programmation qu'il lui avait confiée, mais ils retombaient dans la même boucle fermée à chaque fois qu'ils affrontaient ce problème : où commençait le cercle de la conscience?

– Je peux peut-être me charger des calculs, dit-elle. Mais c'est tout : peut-être.

– Alors, par quelle *voie* allons-nous commencer? demanda Flatterie.

– La théorie des champs, dit Bickel.

– Ah, merveilleux! grommela Timberlake. Nous allons supposer que le tout est plus grand que la somme de ses composants.

– Et alors? dit Bickel. Ce n'est pas parce que nous ne pouvons pas voir une chose ni la définir qu'elle n'existe pas et qu'on ne doit pas l'incorporer à la somme. Nous allons jongler avec un sacré tas d'inconnues. La meilleure démarche, dans ce genre de boulot, c'est celle de l'ingénierie : si ça marche, c'est la bonne réponse.

– Définissez-moi la conscience, dit Prudence.

– Nous laisserons cela aux grosses têtes de LBA, répondit Bickel.

– Et notre seul contact entre le modèle de simulation et l'ordinateur principal se fera par les canaux de chargement? demanda Prudence. Que faisons-nous pour les programmes superviseurs de gestion?

– Nous n'allons pas toucher aux lignes de communication internes qui aboutissent à l'ordinateur, dit Bickel. Notre auxiliaire n'y aboutira que par un canal à sens unique, avec une protection anti-retour.

– Alors il ne nous fournira pas une simulation totale, fit-elle observer.

– C'est juste, reconnut Bickel. Il y aura un coefficient d'erreur dont nous devrons tenir compte tout au long de l'essai. S'il devient trop élevé, nous changerons notre plan d'attaque. Le simulateur ne sera qu'un auxiliaire – assez simplet sous certains rapports.

– Et il n'y a pas de danger que nous en perdions le contrôle? demanda Flatterie.

– Son programme superviseur sera toujours l'un de nous, dit Bickel, qui faisait un effort pour ne pas laisser transparaître son irritation dans le ton de sa voix. L'un de nous occupera toujours le siège du conducteur. Nous le conduirons... comme on conduit un bœuf qui tire un chariot.

– Et ce bœuf n'aura pas d'idées personnelles, hein? insista Flatterie.

– Non, à moins que nous résolvions le problème de la conscience, répondit Bickel.

– Rrrhhaaa!

Flatterie décocha ses paroles comme autant de flèches :

– Et quand il sera conscient, que se passera-t-il?

Bickel le regarda avec un battement de paupières, absorbant l'impact :

– Je... je suppose qu'il ressemblera à un nouveau-né... dans un certain sens.

– Quel enfant est-il jamais né avec toutes les informations et toute l'expérience emmagasinées dans l'ordinateur principal de cet astronef? demanda Flatterie.

Bickel est obligé d'absorber tout cela trop rapidement, pensa Prudence. *Si on le déséquilibre trop, il risque de se rebeller ou de se mettre à fouiner là où il ne faut pas. Il ne doit pas deviner.*

– Eh bien... l'homme *naît* avec ses instincts, dit Bickel. Et nous l'éduquons pour le rendre... humain.

– Je trouve l'aspect moral et religieux de toute cette idée légèrement répugnant, déclara catégoriquement Flatterie. Je pense qu'il y a là un péché. Si ce n'est pas de l'orgueil, c'est quelque chose de tout aussi diabolique.

Prudence fixa son regard sur Flatterie, qui montrait des signes réels d'agitation – les joues empourprées, les doigts tremblants, les yeux flamboyants de colère. *Cela ne faisait pas partie du Programme. Peut-être est-il fatigué?*

– Très bien, dit-elle. Nous construisons un champ d'impulsions interactives et nous nous retrouvons en plein dans un problème de la théorie des jeux, où un nombre de bits incalculable...

– Ah non! coupa Bickel. On a complètement saboté les expériences de LBA avec des tas de principes tirés de la théorie des jeux, comme la « constante de commandement », la « constante de mobilité » et le « comportement intro/extraverti ». Il m'a fallu un bout de temps pour me rendre compte qu'ils ne savaient pas de quoi ils parlaient.

– Vous en parlez à votre aise, dit Prudence, imposant à sa voix un rythme lent et froid. Vous oubliez que *j'ai* vu la machine à jeux qu'ils ont construite. Plus on l'utilisait, plus elle se transformait en...

– D'accord, elle se transformait, admit Bickel. La

machine élaborait une partie de sa... personnalité à partir de celle de ses adversaires. Qu'est-ce que ça signifie? Elle possédait *certaines* caractéristiques de la conscience, effectivement – mais elle n'était pas consciente.

Prudence se détourna d'un mouvement qui se voulait méprisant. *Il faut qu'il croie ne pouvoir compter que sur lui-même.*

Flatterie regarda alternativement Bickel et Prudence. Il avait de plus en plus de mal à dissimuler son ressentiment pour Bickel.

Psychiatre, guéris-toi toi-même, se dit-il. *Il faut que Bickel prenne le commandement. Je ne suis que le fusible de sécurité.*

Flatterie jeta un regard à la fausse plaque de son pupitre personnel, avec une pensée pour le bouton de déclenchement caché sous cette plaque, et une autre pour son frère jumeau dissimulé parmi les lignes du motif sacré apposé sur la cloison de sa cabine.

Ordre de retour arbitraire, se répéta Flatterie. C'était le signal codé qu'il devait attendre de LBA. C'était le signal auquel il devait obéir – à moins qu'il n'ait jugé que l'astronef devait être détruit *avant* d'avoir reçu le signal.

Une simple pression sur l'un de ces boutons cachés lancerait le programme pilote de l'ordinateur de bord, ouvrirait les sas, déclencherait des charges explosives. La mort et la destruction s'abattraient sur l'équipage, sur la nef, sur tous les colons et leur matériel.

Les colons et leur matériel, pensa Flatterie.

Il était trop bon psychiatre pour ne pas discerner le sentiment de culpabilité qui avait motivé l'approvisionnement consciencieux de la nef.

Si vous résolvez le problème de la conscience artificielle, vous pourrez établir une colonie humaine quelque part dans l'espace. Pas à Tau Ceti, bien sûr, mais...

Et il était trop bon théologien pour ne pas percer à jour le « blabla » religieux, pour ne pas reconnaître la nécessité essentielle de son rôle dans le Programme.

Étant donné les périls connus, il fallait un fusible de sécurité. Il fallait quelqu'un qui soit disposé à faire sauter la nef, et qui en soit capable.

Flatterie connaissait les raisons. C'était une réalité des plus cruelles.

Les premières tentatives rudimentaires de reproduction mécanique de la conscience avaient eu lieu sur une île de Puget Sound. L'île n'existait plus, à présent. « *Conscience sauvage!* » avait-on hurlé. En effet. Quelque chose avait défié les lois naturelles, massacré le personnel des laboratoires, détruit les senseurs et cinglé de rayons destructeurs la campagne environnante.

Finalement, cette chose avait emporté l'île – Dieu savait où...

Pfffti!

Plus d'île.

Plus de personnel.

Rien que l'eau grise et un vent du nord glacial qui balayait les crêtes d'écume. Plus rien que les poissons et les algues qui prenaient possession de cet endroit où il y avait eu des terres, des hommes et des machines.

Cette pensée à elle seule suffisait à faire frissonner Flatterie. Il évoqua l'image du motif sacré de sa cabine, absorba un peu de la paix du champ de sérénité, de la tranquillité des visages saints.

Même à Lunabase, on ne touchait plus à ce projet de trop près, désormais. On avait élaboré toute une comédie pour éduquer les cosmonautes, pour frustrer l'enthousiasme de ces jeunes hommes et de ces jeunes femmes.

Chaque nef du Programme doit maintenir son coefficient de frustration, telle était l'admonestation confidentielle. *La frustration doit avoir des sources à la fois humaines et mécaniques.*

Ils considéraient la frustration comme un seuil, un facteur capable d'élever le niveau de la conscience.

Étrange logique.

Il y avait donc des membres d'équipage comme Flatterie... et comme Prudence Lon Weygand, des appareils qui tombaient en panne, des unités-robots de réparation qui nécessitaient une surveillance humaine de chaque seconde – et des alertes programmées pour compliquer les alertes réelles.

IX

« L'univers est dérivé d'un principe ultime de conscience spirituelle, le seul et unique existant de toute éternité. En acceptant ceci, vous devenez un affirmateur du Vide, lequel doit être entendu comme étant le Néant Primordial : c'est-à-dire la substance brute à partir de laquelle tout est créé, ainsi que la toile de fond qui permet de discerner toute création. »

L'Éducation d'un psychiatre-aumônier
(Documents de Lunabase).

Le quart avait été épuisant, et Flatterie avait hâte de regagner sa cabine. Il voulait aller s'immerger dans le générateur de champ, pour étudier l'*humeur* du complexe informatique. C'était l'une de ses tâches essentielles : s'assurer que l'ordinateur était retourné à l'état de mécanisme pur après avoir été privé de son dernier Noyau Psycho-Organique. Il y avait toujours une maigre chance que l'une de ces tentatives finisse par réussir accidentellement.

Mais il ne pouvait pas s'éloigner si tôt sans éveiller des soupçons indésirables. De toute façon, le psychiatre-aumônier avait un autre devoir à remplir. Il regarda Bickel.

– Vous ne pouvez pas contrôler toutes les nuances du comportement de votre machine, dit-il. Vous ne pouvez pas être certain de connaître toutes les interactions possibles de ses circuits.

– Ouais, répondit Bickel. Additionner tous les composants ne donne pas toujours la somme voulue – ou nécessaire. Alors pourquoi ces têtes de bois de LBA ne veulent-ils pas construire leurs circuits autour de multiplicateurs Eng? Répondez à cela!

Timberlake jeta un regard à Flatterie et pensa : *Allez-y! Aiguillez Bickel là-dessus. Sur ce sujet, il est intarissable!*

– Le bruit a couru à LBA, dit Flatterie, que vous aviez essayé de leur faire utiliser...

– Essayé? ricana Bickel. Je me suis pratiquement mis à genoux pour les implorer. Ils ont eu l'air de me considérer comme un crétin, ils m'ont répété que les ordinateurs ne font qu'additionner – que même quand ils multiplient, ce ne sont que des séries d'additions. Ils ont continué jusqu'à ce que je...

– Vous n'aviez proposé aucune modification des circuits logiques, dit Flatterie. C'est du moins ce que j'ai entendu dire.

– Parce qu'on ne m'en a jamais laissé l'occasion, dit Bickel. Écoutez, le multiplicateur Eng est un circuit intégré, et il est assez petit pour répondre à nos exigences de miniaturisation. Il fonctionne un peu comme une cathode suiveuse, c'est-à-dire que les exigences de circuits sont assez simples pour que nous puissions nous y conformer. C'est essentiellement un multiplicateur. Selon le montage, il absorbe plusieurs potentiels de circuits linéaires, semi-linéaires, et mêmes non-linéaires, et il restitue un potentiel qui est le produit des potentiels entrants. Il les multiplie. Mais le plus important, c'est que, quand vous branchez le circuit à l'envers, vous obtenez un dispositif qui pompe le circuit – qui le divise, vous comprenez? – à un point qui varie avec la charge. Il fonctionne comme une cellule nerveuse!

– L'équipe de LBA devait avoir de bonnes raisons de ne pas vous suivre sur cette voie, dit Prudence. S'ils...

– Ils ont dit que je n'avais pas prouvé que c'était

l'analogue d'une fonction organique, dit Bickel d'un ton sarcastique. Je ne l'avais pas prouvé! Bon Dieu! Ils n'ont même pas voulu me donner une minute d'ordinateur pour mettre au point un circuit d'essai! Tout était immobilisé pour essayer de définir la conscience.

– Vous êtes d'accord avec leur définition, non? demanda Flatterie.

– Si je l'étais, je ne leur aurais pas demandé de la définir une seconde fois, grommela Bickel. Jongler avec les étiquettes, j'en ai eu tout mon saoul. La conscience est le pur éveil, voilà ce qu'ils m'ont dit. Alors j'ai demandé ce que devenaient les objets de la conscience : N'en tenez pas compte, m'ont-ils répondu. C'est le *pur éveil*. J'ai demandé ce qu'était une perception sans un objet sur lequel se fixer. Sans importance, ont-ils insisté. C'est la *perception pure*. Puis ils font volte-face et disent que cette perception pure est une structure composée de trois forces fondamentales. Que sont ces trois forces fondamentales? Une entité qui est le « moi », plus l'organisme de cette entité, plus tout ce qui est extérieur et peut agir comme stimulus. Des objets! Mais ils disent qu'il ne s'agit pas de cela. Cela signifie simplement que la perception pure jongle avec trois facteurs, et que vouloir les multiplier deux par deux est une complication absurde alors qu'on peut les additionner et suivre les circuits d'une façon beaucoup plus directe.

– Vous simplifiez un peu trop l'argument, dit Prudence.

– D'accord, je simplifie trop! Mais c'est à peu près l'essentiel de la discussion.

– Et vous aviez une réponse toute prête, évidemment, dit-elle.

– Je vous ai déjà dit que je n'ai pas pu obtenir de temps-machine, que ce soit en le mendiant, en l'empruntant ou en le volant.

– Mais vous affirmez que vous pouvez prouver votre...

– Écoutez, dit Bickel, ils m'ont dit que je ne pouvais pas prouver un analogue organique. Mais je sais que je le peux.

– Vous le *savez*, dit Prudence, c'est tout. Vous ne pouvez pas trouver de mots pour...

– Quand on a travaillé à l'orchestration de tant d'idées et de conceptions logicielles, comme je l'ai fait, dit-il, on finit par acquérir un sens de la fonction. Il y a des moments où il suffit de regarder le dessin d'un circuit pour savoir exactement comment il est censé fonctionner, sans qu'il soit besoin des spécifications du fabricant.

– Vous ai-je bien compris? demanda Flatterie. Vous considérez Dieu comme un fabricant? Si c'est...

– Allez-y! dit Bickel. Regardez le schéma du cervelet humain. Ne commencez pas à vous disputer avec moi pour savoir qui l'a conçu! Observez simplement. Vous êtes médecin. Que vous suggère-t-il?

– Que vous suggère-t-il à *vous?* riposta Flatterie.

– Qu'il sert d'intermédiaire à un certain effet potentiel, dit Bickel. C'est un système stabilisateur... très semblable au réflexe vestibulaire qui nous empêche de tomber sur les fesses quand nous marchons.

– Mais le cervelet est également un terminus, dit Prudence.

– L'émission cérébrale en direction du cervelet ne s'interrompt même pas quand vous dormez, dit Flatterie. Comment pouvez-vous...

– Donc, le cervelet absorbe l'énergie comme une éponge insatiable, dit Bickel. L'énergie s'y déverse sans arrêt – énergie émotionnelle, sensorielle, motrice et mentale. Pourquoi présumons-nous bêtement que le cervelet n'est le siège d'aucune activité? On ne trouve rien de semblable nulle part ailleurs, que ce soit dans la nature ou dans les appareils faits de main d'homme – un système aussi complexe, qui resterait là à ne rien faire.

– Vous prétendez que le cervelet est le siège de la conscience? demanda Flatterie.

– Et vous n'avez pas défini la conscience, ajouta Prudence. Toute son attention braquée sur Bickel, elle dissimulait son excitation. L'argument n'était pas nouveau, mais elle sentait que Bickel avait une compréhension plus claire que jamais de la direction qu'il lui faisait prendre.

– Le siège de la conscience? Non! Je prétends que le cervelet pourrait servir d'intermédiaire à la conscience, l'intégrer, l'équilibrer... et que la conscience est un effet de champ issu de trois lignes d'énergie ou plus. Nous sommes plus que nos idées.

– Prue a raison, dit Flatterie. Vous ne la définissez pas.

Il jeta un regard vers Prudence, conscient et irrité de voir l'état d'excitation dans lequel elle se trouvait. Le fait de connaître la source de sa propre irritation lui était de peu de réconfort.

– Mais je peux y arriver par la porte de service, dit Bickel.

– En définissant ce qu'elle *n'est pas*, dit Prudence.

– Exactement! fit Bickel. Ce n'est pas l'introspection, ce n'est pas l'intuition, ce n'est pas la sensation et ce n'est pas la pensée. Toutes ces choses-là ne sont que des fonctions physiologiques. Les machines peuvent faire toutes ces choses sans être pour autant conscientes. Ce que nous recherchons, c'est un phénomène du troisième ordre – une relation, pas un objet. La conscience n'est pas synonyme de perception. Elle n'est ni subjective ni objective. C'est une relation.

– Nous sommes plus que nos idées, dit Prudence.

– Là est la réponse aux machines à additionner glorifiées par LBA, dit Bickel. C'est ce que je n'ai pas cessé de leur répéter... à propos de cette conscience humaine non définie. Quand vous additionnez les entrées en tant que série chronologique, vous n'obtenez pas toujours une réponse correspondant aux sorties. Et comme ce n'est pas une addition, il ne peut s'agir que d'un problème mathématique plus complexe.

Timberlake, en écoutant Bickel, percevait intuitivement l'exactitude de ses paroles. Bickel allait dans la bonne direction, même si le *paysage*, autour d'eux, était un peu flou. *Nous sommes plus que nos idées*.

Prudence se laissa aller contre son dossier tout en pesant les paroles de Bickel. On devait lui laisser la bride sur le cou, telle était la consigne. Mais il fallait aussi qu'il ait l'impression d'être contredit. Sentant qu'elle s'était laissé captiver par le problème, elle força une note d'irritation dans sa voix. Mais bon sang, vous ne l'avez toujours pas définie!

– Nous ne la définirons peut-être jamais, dit Bickel. Mais cela ne veut pas dire que nous ne pouvons pas la reproduire.

– Vous voulez simuler un prototype pour tester vos théories? demanda Flatterie.

– En prenant pour base le RT de notre système de communications, dit Bickel.

– Le RT est relié directement à l'unité centrale de l'ordinateur, dit Flatterie. Il fait partie du programme pilote de traduction. Si vous faites une erreur, vous détruisez le cœur même de l'ordinateur. Je ne sais pas si nous devrions...

– Il sera protégé par un fusible de sécurité, dit Bickel. Aucune chance pour qu'un retour intempestif arrive à franchir le...

– Sans ordinateur, tous nos équipements automatiques cesseraient de fonctionner, dit Timberlake. Nous ferions peut-être bien de reconsidérer la question. Si...

– A d'autres, Tim! protesta Bickel. Vous êtes capable d'installer ce système de sécurité aussi bien que moi. Il n'y a pas le moindre risque de franchissement vers...

– Je continue à penser aux soi-disant machines pensantes de LBA, dit Timberlake. Nous ne pouvons pas appréhender leur *comportement* dans sa totalité. Si nous manquons une seule connexion, nous risquons de perturber un progamme directeur vital.

– Nous n'en manquerons aucune. Nous disposons de tous les schémas. Nous ne naviguons pas à l'aveuglette. Le RT est la seule chose que nous risquons véritablement d'esquinter, et à cette distance de Lunabase, il est d'une utilité douteuse.

Veut-il nous couper de LBA? se demanda Flatterie. *Ils ont laissé entendre qu'il pourrait essayer. Nous ne pouvons pas le laisser faire ça.*

– Si vous détruisez le RT, demanda-t-il, combien de temps faudrait-il pour rétablir la communication?

– Entre quinze et vingt heures, dit Bickel. C'est à peu

près ce qu'il faudrait pour monter une installation de fortune.

Flatterie lança un regard interrogateur à Timberlake.

– C'est à peu près ça, confirma celui-ci.

– Nous prenons le RT pour base de notre simulateur, dit Bickel. Nous faisons une razzia sur les magasins de la colonie pour y récupérer les bobines de fibres neurales, les multiplications Eng et tous les éléments de base. Ce qu'il nous faut, c'est un système qui reproduise les fonctions du réseau nerveux humain.

– Mais sera-t-il conscient? demanda Flatterie.

– Tout ce que nous pouvons faire, c'est de procéder par tâtonnements, dit Bickel. Notre ordinateur, et même le RT, fonctionnent sur des principes analogiques d'addition. Nous allons construire un système qui sera strictement multiplicateur à l'infini. Notre système produira des éléments de message qui seront les produits de nombreux facteurs.

– C'est si simple dans votre bouche, dit Prudence. Connectez le réseau A au réseau B aux points D et D', et vous obtiendrez le Facteur Conscience – FC en abrégé.

Bickel serra les lèvres. Vous avez un meilleur plan?

L'ai-je poussé trop loin? se demanda-t-elle. Elle répondit vivement : Oh, je suis avec vous, Bickel! Vous connaissez manifestement toutes les réponses.

– Je ne connais *pas* toutes les réponses, grogna Bickel. Mais je ne vais pas rester là à gémir sur notre sort... et je ne ferai pas demi-tour.

Et si nous sommes obligés de faire demi-tour? se demanda Flatterie. *Que ferons-nous pour parer aux inhibitions de Bickel à ce moment-là?*

– Allez-vous attendre la réponse de Lunabase? demanda Flatterie.

Bickel jeta un coup d'œil à Prudence. Je préférerais commencer tout de suite, mais ça m'obligerait à sauter mon tour de veille... et comme j'aurai besoin de Tim...

– Nous pourrons nous débrouiller, dit Flatterie. Tout semble tourner rond.

Prudence leva les yeux vers le grand pupitre et vers les répétiteurs inactifs qui la surplombaient, étonnée de la soudaine sensation de froid qui l'avait envahie. *J'ai peur de prendre ce pupitre*, pensa-t-elle.

Ces milliers de vies, dans les hibernateurs... toutes dépendantes de réactions qui ne souffraient aucune erreur. *Les grosses têtes de LBA savaient-elles vraiment ce qu'elles faisaient quand elles nous ont envoyés? Était-ce la seule façon de procéder? Devrions-nous déshiberner d'autres remplaçants pour nous aider? Mais cela surchargerait plusieurs systèmes... y compris le système Bickel.*

X

« La chasse a passionné l'humanité depuis toujours, et avec juste raison. Ce que beaucoup n'ont pas compris, cependant, c'est que la chasse peut être exaltante même si la chose poursuivie n'est qu'une idée, un concept, une théorie. A mesure que s'est développée la conscience, il est devenu évident que c'est de toutes la poursuite la plus importante, celle dont l'issue conditionne la survie ou l'échec de toute l'humanité. »

Raja LON FLATTERIE,
Le Livre de la nef.

Le grincement de leurs sièges de quart, le cliquètement des relais – tous les bruits subtils et familiers de Central-com – harcelaient Prudence aux frontières de sa perception.

Depuis une demi-heure, Bickel s'affairait parmi les schémas, calculant son cheminement au sein de l'ordinateur, partageant avec les autres des bribes de son plan. Elle en était arrivée à détester le son produit par le froissement des schémas.

Elle percevait des tensions qu'elle ne comprenait pas pleinement, mais son rôle demeurait clair – apaiser et aiguillonner... apaiser et aiguillonner.

La puanteur habituelle de Central-com s'était chargée d'une âcreté qu'elle identifia comme de la peur.

Nous avons une chance de connaître la gloire, se dit-elle. *Peu de personnes ont jamais eu cette occasion.*

Ce n'étaient que des paroles vides par lesquelles elle tentait de se donner courage, à jamais confrontée à cette vérité inéluctable :

Je ne suis pas une personne.

Pour la première fois depuis qu'elle était sortie de l'hibernateur, elle ressentit la vieille souffrance familière devant cette question sans réponse : à quoi cela ressemblait-il d'être né dans une famille normale, de façon normale, d'avoir grandi dans l'intimité étroite et tumultueuse des non-choisis?

Vous êtes la fine fleur, le petit groupe des élus, n'avaient cessé de leur rappeler Morgan Hempstead et ses cohortes. Mais ils savaient tous quelle était l'origine de la fine fleur. Un fragment de tissu normal, obtenu par biopsie d'un volontaire humain, avait été mis en suspension dans une cuve d'embryogenèse; puis on avait stimulé l'empreinte génétique et laissé croître la chair, qui était devenue un jumeau parfait – un jumeau sacrifiable.

Le petit groupe des élus! pensa-t-elle. *On nous a ôté une chose précieuse, qu'aucune compensation n'a jamais pu remplacer.*

Elle régla le petit écran latéral de son pupitre sur l'un des télescopes de poupe et porta son regard vers le centre du système solaire, vers la planète qui les avait engendrés.

Un violent accès de nostalgie lui étreignit la poitrine, et elle eut pendant quelques instants du mal à respirer.

Ils avaient été façonnés, motivés, distordus, entraînés et inhibés – remontés comme des jouets mécaniques et expédiés dans les ténèbres avec un « sifflet » laser qui permettait à LBA de savoir où ils étaient.

Et où sommes-nous? se demanda-t-elle en éteignant l'écran.

– Prue, il va falloir que vous preniez le pupitre, dit Flatterie. Normalement, votre tour vient après celui de John.

La vue des cadrans et des compteurs du pupitre directeur l'emplit soudain de colère et d'angoisse. L'emprise de l'émotion lui desséchait la gorge et lui chauffait les joues.

– Je... je n'ai pas quitté le pupitre depuis assez longtemps... pour récupérer, dit Flatterie d'une voix hésitante. Sans cela, je...

– C'est bien, dit-elle. Je le prends.

Elle inspira profondément, se radossa dans son siège, et fit signe à Timberlake de commencer le compte à rebours.

Il a fallu faire appel à son instinct maternel, pensa Flatterie. *Elle était sur le point de se dégonfler. Il fallait qu'elle prenne le pupitre maintenant, ou elle risquait de ne jamais pouvoir faire face.*

Il jeta un regard à Timberlake, vit le soulagement qui se peignit sur son visage quand il transmit la flèche verte à Prudence.

Timberlake, dominé par l'intuition, était terrifié par la responsabilité de Central-com. Prudence, toute en sensibilité, partageait cette peur

Et parce que je ressens leur peur, je surmonte ma propre répugnance, pensa Flatterie.

Seul Bickel, avec sa logique et son intelligence pénétrante, semblait insensible à cette angoisse. C'était une imperfection dans la personnalité de Bickel, mais Flatterie savait que leur vie pouvait dépendre de cette imperfection.

– Tim, prenez le manifeste et les plans de chargement de l'astronef, dit Bickel. Je vais vous donner une liste de ce qu'il nous faut dans les magasins de la colonie. Nous pourrons nous installer à côté, dans la salle d'entretien de l'ordinateur. Ce sera plus facile pour...

– Ne restez pas trop longtemps à l'extérieur de la zone protégée, dit Prudence. Vous devriez brancher vos dosimètres sur les répétiteurs de Central-com; nous pourrons garder un œil sur vous.

– D'accord, dit Bickel.

Il se glissa hors de son siège avec un regard en arrière, vers Prudence. Il observa son profil, sa concentration attentive devant le pupitre directeur. Puis il regarda Flatterie, étendu, les yeux clos, qui se reposait avant son prochain quart. Et enfin Timberlake, qui sortait des imprimantes de l'ordinateur les copies des plans de chargement du vaisseau.

Aucun d'eux n'a vraiment réfléchi à ce que nous devons faire, pensa Bickel. *Ils n'ont pas voulu se rendre compte qu'il faudra finalement connecter directement le simulateur à l'ordinateur. Ce que nous allons construire – si nous réussissons – ne sera rien d'autre qu'un ensemble de lobes frontaux. Et notre « Bœuf » ne peut avoir recours, pour devenir vivant et conscient, qu'à une seule source d'expérience – l'ordinateur et ses mémoires.*

Quand les autres prendraient conscience de ce fait, Bickel savait qu'ils lui donneraient du fil à retordre. Une grande partie de la nef dépendrait presque uniquement des programmes directeurs, et jongler avec ceux-ci allait impliquer une sorte de quitte ou double dangereux. Bickel voyait là une erreur de conception de l'Œuf de Fer Blanc. Il n'y trouvait aucune raison logique. Pourquoi la nef entière devait-elle dépendre d'une intervention ou d'un contrôle conscients – même les unités-robots de réparation?

Prudence sentit l'attention de Bickel fixée sur elle. Elle distingua le reflet de son visage sur la vitre en plastique d'un cadran, et y lut les interrogations, les doutes et la détermination aussi aisément qu'elle pouvait lire le compteur qui se trouvait sous le couvercle transparent. Elle l'avait mis en condition – et se dit qu'elle avait accompli cette partie de sa tâche aussi bien qu'on pouvait l'espérer. Puis elle se concentra sur la totalité de la console, *sentit* les impulsions sensorielles de la nef irradier jusqu'à la coque et au-delà.

La routine du travail commençait à émousser le fil de sa peur. Elle inspira profondément et brancha un senseur extérieur de proue sur l'écran central pour observer le champ pailleté d'étoiles qui se déployait devant l'Œuf de Fer Blanc.

Voilà notre récompense, pensa-t-elle en regardant les étoiles. *Nous devons d'abord nettoyer les écuries d'Au-*

gias – ensuite, nous pourrons être les premiers... là-bas. La carotte et le bâton. Voici la carotte, un monde vierge pour nous seuls (et nos hibernateurs sont pleins de colons, pour nous prouver la bonne foi de la Terre), et moi... je suis le bâton.

Le spectacle offert par l'écran lui parut soudain intolérable ; elle l'éteignit, puis reporta son attention sur le pupitre-directeur et ses exigences.

C'est l'incertitude qui nous ronge, pensa-t-elle. *Trop de choses nous sont inconnues, là où nous sommes – il faut que quelque chose flanche. Mais nous ne savons pas ce que ce sera... ni quand. Tout ce que nous savons, c'est que le coup peut être totalement destructeur, et ne laisser aucune trace. C'est déjà arrivé – six fois.*

Elle entendit Bickel et Timberlake sortir de la salle, puis le sifflement des dilatateurs d'étanchéité qui reprenaient leur place après leur passage. Elle se tourna pour regarder Flatterie. Il avait une petite traînée bleue sur la joue, juste au-dessous de l'œil gauche, et cette tache lui apparut soudain comme un défaut énorme chez un être par ailleurs parfait. Elle en fut terrifiée, et se retourna vers le pupitre pour cacher son émotion.

– Pourquoi... pourquoi les six premiers ont-ils échoué? demanda-t-elle.

– Il faut avoir la foi, dit Flatterie. L'une des nefs réussira... un jour. Peut-être la nôtre.

– Il me semble que c'est un tel... gaspillage, murmura-t-elle.

– Bien peu est gaspillé. L'énergie solaire est bon marché, à Lunabase. Il y a des matières premières en abondance.

– Mais nous sommes... vivants! protesta-t-elle.

– Là d'où nous venons, il y en a beaucoup d'autres. Ils seront tous presque exactement semblables à nous... et tous sont des enfants de Dieu. Son œil ne nous quitte pas. Nous devrions...

– Oh assez! Je sais pourquoi nous avons un aumônier – pour nous débiter ces salades quand nous en avons besoin. Je n'en ai pas besoin, et je n'en aurai jamais besoin.

– Quel orgueil! dit Flatterie.

– Vous savez ce que vous pouvez faire de vos foutaises métaphysiques. Il n'y a pas de Dieu, seulement...

– Taisez-vous! aboya Flatterie. Je vous parle en tant qu'aumônier. Je suis surpris de votre stupidité, de la témérité qui vous permet de proférer un tel blasphème, *là où nous sommes*.

– Oh, oui! fit-elle, sarcastique. J'oubliais. Vous êtes aussi notre rusé pisteur indien chargé de flairer le terrain inconnu sur lequel nous avançons. Vous êtes notre contrepartie, le facteur « si », le...

– Vous n'avez aucune idée de l'inconnu que nous devons affronter, dit-il.

– Tout droit sorti de *Hamlet*, railla-t-elle. Elle prit une voix grave et solennelle. « Il y a plus de choses dans le ciel et sur la terre, Horatio, qu'on ne l'imagine dans les rêves de ta philosophie. »

Il éprouva pour elle une peur soudaine. Je prierai pour vous, Prudence. Il maudit intérieurement le son de sa propre voix, qui l'avait rendu stupidement pontifiant. *Mais je prierai pour elle,* se dit-il.

Prudence revint à son pupitre. *Un bâton sert à battre les gens...à les aiguillonner pour les pousser au-delà d'eux-mêmes. Raj ne peut pas être un aumônier comme les autres; il faut qu'il soit un super-aumônier.*

Flatterie prit une inspiration profonde et mal assurée. Le blasphème de Prue avait touché ses doutes les plus secrets, et il se dit que les gens soupçonnaient bien peu ce qui se terrait sous leur vernis de science, au fond de cette boîte de Pandore ou *Tout* était possible

Tout? se demanda-t-il.

C'était l'impasse, bien sûr. Ils atteignaient en ce moment les frontières du *Tout*... et *Tout* avait toujours été jusque-là une prérogative divine.

XI

> « Un comportement symbolique d'un ordre quelconque doit être un préalable à la conscience. Et il convient d'observer que les symboles abstraient – ils *réduisent* un message à une forme choisie. »
>
> Morgan HEMPSTEAD,
> *Conférences de Lunabase.*

– Étalez ces papiers sur l'établi, Tim, dit Bickel. Commencez par poser sur le dessus les parties du plan de chargement qui nous intéressent ; nous trouverons ce dont nous avons besoin dans les magasins de la robotique. Je suis à vous dans une minute.

Timberlake contempla le dos de Bickel. Le commandement était passé de façon si évidente entre ses mains, sans que personne ne soulève d'objection... du moins jusqu'à présent. Il haussa les épaules et se mit à étaler les manifestes et les plans de chargement.

Bickel parcourut la salle d'un regard circulaire.

L'atelier de maintenance de l'ordinateur était conçu de telle façon que Central-com se nichait en partie dans la courbe de l'une des parois. A l'opposé de Central-com, l'atelier comportait une paroi plane haute d'environ quatre mètres et demi et longue de dix. Elle était couverte de tableaux de branchements, de comparateurs, de multiplexeurs simultanés, d'instruments de contrôle des systèmes-tampons de cadrans et de voyants.

Derrière ces appareils et les boucliers de protection se trouvaient les premiers blocs-mémoires d'acheminement des programmes directeurs, menant aux différents secteurs de la mémoire centrale et à la vaste bibliothèque de programmes standards qui marquait les frontières de l'équipement.

– Il va falloir que nous fassions un tri par groupes pour repérer toutes les connexions auditives et visuelles et les rubans du RT, dit Bickel. Nous allons travailler d'un bout à l'autre avec des séquences d'appel, et les seules informations qui retourneront dans le système doivent venir de nous. Cela signifie que l'un de nous devra surveiller les affichages en permanence. Il faudra éliminer les rebuts au fur et à mesure, et contrôler en cours de fonctionnement tous les ordres d'exécution des instructions que nous utiliserons. Commençons par un système de circuits à portes, à cet endroit. Bickel indiqua un lecteur optique de caractères fixé au panneau, juste en face de lui.

A son sens, cette façon d'aborder le problème était parfaitement claire. Si seulement il parvenait à maintenir ouverte cette porte de sa perception – étape par étape.

Mais il y avait toujours le poids des six échecs précédents... pour raisons inconnues : plus de dix-huit mille « personnes » disparues.

Ils ne nous considèrent pas comme de vraies personnes, se dit Bickel. *Nous sommes des composants sacrifiables, faciles à remplacer.*

Qu'était-il arrivé aux six autres nefs?

Il essuya la sueur de ses mains.

Des conférences en duplex avec le personnel de la station; il n'avait tiré que de la frustration. Il se revoyait assis à son bureau transmetteur, les yeux fixés sur l'écran vidéo au-dessus de son sous-main taché d'encre, observant le mouvement des visages dans les différents compartiments de l'écran – des visages intouchables qu'il ne connaissait que de seconde main.

Le souvenir était dominé par la voix de Hempstead

sortant de cette bouche large et sévère aux dents bien alignées.

– Toute théorie avancée pour expliquer la perte de ces astronefs doit pour le moment demeurer une théorie. En dernière analyse, nous devons admettre simplement que nous ne savons pas ce qui s'est passé. Nous ne pouvons que supposer.

Suppositions :

Défaillance des systèmes.

Défaillance mécanique.

Défaillance humaine.

Et des subdivisions au sein des subdivisions pour départager les files de suppositions.

Mais jamais un seul mot de suspicion à l'égard des Noyaux-Psycho-Organiques. Pas une seule allusion, ni une théorie, ni même une supposition. Les *cerveaux* étaient parfaits.

– Pourquoi? marmonna Bickel, les yeux fixés sur le tableau de cadrans de l'ordinateur.

Il y eut un bruissement de papier froissé parmi les schémas entassés sur l'établi. Timberlake leva les yeux.

– Quoi?

– Pourquoi n'ont-ils pas envisagé la possibilité d'une défaillance des NPO?

– Stupide erreur.

– C'est trop simple, objecta Bickel. Il y a quelque chose... une raison prépondérante pour laquelle on nous a caché certains faits. Il s'approcha du tableau de l'ordinateur, essuya une petite empreinte de doigt sale.

– Où voulez-vous en venir? demanda Timberlake.

– Pensez combien il était facile de nous cacher quelque chose. Tout ce que nous faisions, disions, respirions ou mangions était sous leur contrôle absolu. Nous étions sous leur contrôle absolu. Nous étions des orphelins sur orbite, vous vous souvenez? Isolement stérile. C'est l'histoire de nos vies : isolement stérile – physique... et mental.

– Ça ne tient pas debout, dit Timberlake. Il y avait de bonnes raisons à cet isolement stérile, les gros avantages d'une cosmonef libre de tout germe. Mais cacher des informations aux gens qui en ont besoin... ce n'est pas logique.

– N'en avez-vous jamais assez d'être manipulé? demanda Bickel.

– Ohhh, ils ne feraient pas ça!

– Vous croyez?

– Mais...

– Que connaissez-vous vraiment du Programme Tau Ceti? demanda Bickel. Seulement ce qu'on nous en a dit, que des sondes automatiques avaient découvert une planète habitable autour de Tau Ceti. Et LBA a commencé à envoyer des astronefs.

– Et alors, pourquoi pas? demanda Timberlake.

– Pour des tas de raisons.

– Vous êtes bigrement soupçonneux.

– Pour être soupçonneux, je le suis. Ils nous ont dit qu'en raison des dangers, ils n'envoyaient que des duplicatas d'humains... des doubles.

– C'est logique, dit Timberlake.

– Vous ne trouvez rien de suspect à cet arrangement?

– Bon sang, non!

– Je vois. Bickel détourna les yeux du tableau miroitant de l'ordinateur et regarda Timberlake en fronçant les sourcils. Alors essayons autrement. Vous ne trouvez pas du tout difficile de vous concentrer sur ce problème de conscience?

– Sur quoi?

– Il faut que nous fabriquions une conscience artificielle, dit Bickel. C'est pratiquement notre seule chance. Au Programme, ils le savent... et nous aussi. Éprouvez-vous des difficultés à affronter ce problème?

– Quel problème?

– Vous ne pensez pas que c'est un sacré problème, fabriquer une conscience artificielle?

– Eh bien...

– Votre vie en dépend, dit Bickel.

– Je suppose.

– Vous supposez! Vous avez une autre solution?

– Nous pourrions faire demi-tour.

Bickel réprima un élan de colère :

– Aucun de vous ne se rend compte de rien!

– Ne se rend compte de quoi?

– L'Œuf de Fer Blanc dépend presque totalement des fonctions de l'ordinateur. Le système RT fait appel aux banques de traduction de l'ordinateur. Tous les senseurs de la nef sont aiguillés par l'ordinateur, qui décide de la priorité de présentation sur les écrans de Central-com. Tous les occupants des hibernateurs ont des équipements biofonctionnels individuellement programmés – par l'ordinateur. La propulsion est contrôlée par l'ordinateur. Les équipements biofonctionnels de l'équipage, les boucliers de protection, les circuits de sécurité, l'intégrité de la coque, les réflecteurs de radiations...

– Parce que tout était censé fonctionner sous le contrôle d'un NPO.

D'une seule enjambée allégée par la gravité réduite, Bickel traversa l'atelier et frappa de la main la pile de papiers entassés sur l'établi. Son geste envoya plusieurs feuilles voltiger à terre, mais il n'y prêta aucune attention.

– Et tous les *cerveaux* de six – non, sept! – astronefs ont flanché! J'en ai la certitude jusqu'au fond des tripes. Les NPO ont flanché... et on ne nous a pas adressé un seul mot de mise en garde.

Timberlake faillit parler, mais se retint. Il se baissa, récupéra les schémas tombés à terre et les replaça sur l'établi. Une certaine force, dans la véhémence des paroles de Bickel, interdisait toute discussion.

Il a raison, pensa Timberlake.

Il leva les yeux vers Bickel, remarqua la sueur qui lui couvrait le front, les plissements au coin de ses yeux. Nous pourrions quand même faire demi-tour, dit-il.

– Je ne pense pas que nous le puissions. Ce voyage est un aller simple.

– Pourquoi pas? Si nous revenions sur nos pas...

– Et que nous ayons une panne d'ordinateur?

– Nous serions quand même sur le chemin du retour.

– Vous appelez retour un plongeon dans le Soleil?

Timberlake se passa la langue sur les lèvres.

– Dans le temps, on apprenait aux enfants à nager en les jetant à l'eau, dit Bickel. Eh bien, on nous a jetés à l'eau. Et il vaut mieux que nous nous mettions à nager, ou nous avons toutes les chances de couler.

– Ceux du Programme ne nous feraient pas ça, chuchota Timberlake.

– Ah, vous en êtes sûr?

– Mais... six astronefs... plus de dix-huit mille personnes...

– Personnes? Quelles personnes? Les seules pertes dont j'ai entendu parler sont des doubles, pas très difficiles à remplacer quand on dispose d'une source d'énergie bon marché.

– Nous sommes des personnes, dit Timberlake, pas seulement des doubles.

– A *nos* yeux, nous sommes des personnes, dit Bickel. Mais j'ai une bonne question de derrière les fagots à vous poser. Étant donné tous les échecs précédents et les nombreuses possibilités de mauvais fonctionnements, pourquoi le Programme ne nous a-t-il pas fourni de code pour exprimer une défaillance des NPO – des nôtres... ou de n'importe quel autre?

– Ces soupçons ne... tiennent pas debout, dit Timberlake.

– Ouais, dit Bickel. Nous sommes vraiment en route vers Tau Ceti. Nos vies sont totalement dépendantes d'un système informatique qui représente tout ou rien – à cause d'une simple inadvertance. Nous avons lancé des nefs comme la nôtre dans tous les azimuts : vers Dubhé, vers Schedar, vers Hamal, vers...

– Il y a toujours une chance pour que ces six autres expéditions aient réussi. Vous le savez. Les nefs ont disparu, c'est vrai, mais...

– Ah, nous y voilà! Peut-être n'ont-elles pas échoué, hein? Peut-être ont-elles...

– Il ne serait pas logique d'envoyer deux nefs de peuplement vers la même destination, fit observer Timberlake. A moins d'être sûr de ce qui est arrivé à...

– Vous y croyez vraiment, Tim?

– Eh bien...

– J'ai une meilleure explication, Tim. Supposons qu'un saligaud quelconque vous flanque à l'eau alors que vous ne savez pas nager, et que vous appreniez à nager d'un coup, comme ça, Bickel fit claquer ses doigts. Si vous vous aperceviez que vous pouvez continuer sans vous arrêter, ne nageriez-vous pas comme un dératé pour échapper au saligaud en question?

XII

QUESTION : Définissez Dieu.
NPO : Le tout est plus grand que la somme de ses parties.
QUESTION : Comment Dieu peut-il contenir l'univers?
NPO : Étudiez l'hologramme. L'individu est à la fois le laser et la cible.

Fragment de la *Capsule-Message N° 4* (origine attribuée au modèle Flatterie N° 4B).

Dans Central-com, on n'entendait que les sons devenus familiers à l'équipage ombilical : le grincement des sièges de quart dans leurs cardans, ou le cliquètement occasionnel d'un relais appelant l'attention sur un indicateur du pupitre directeur.

– Bickel s'est-il laissé aller à parler du projet de conscience artificielle de LBA? demanda Prudence.

Elle oublia un instant la console principale et jeta un regard en direction de Flatterie, unique compagnon de ce quart solitaire. Il semblait un peu pâle, une sorte de moue lui tirait vers le bas les commissures des lèvres. Elle reporta son attention sur la console et vit au chrono-enregistreur qu'il ne lui restait qu'une heure de veille. La tension commençait à drainer ses réserves d'énergie. Elle se dit que Flatterie mettait bien longtemps à répondre... mais il était connu pour la pondération de ses réactions.

– Il en a parlé un peu, dit Flatterie, avec un regard en direction de la porte d'accès à l'atelier de maintenance de l'ordinateur, où Bickel et Timberlake étaient en train de travailler. Prue, peut-être devrions-nous écouter ce qu'ils disent, pour être sûrs que...

– Pas encore, dit-elle.

– Ils n'auraient pas besoin de savoir que nous écoutons.

– Vous sous-estimez Bickel, dit-elle. C'est à peu près la pire erreur que vous puissiez commettre. Il est tout à fait capable de brancher un détecteur sur le système de communications – comme je l'ai fait – pour le cas où quelque chose d'intéressant se présenterait... le fait que nous soyons en train d'écouter, par exemple.

– Pensez-vous qu'il ait commencé... le montage?

– A ce stade, ce sont surtout des préparatifs, dit-elle. Ils rassemblent les matériaux. Il est facile de suivre leurs mouvements : il suffit d'observer la consommation d'électricité au tableau de bord, les variations des thermo-senseurs et des répétiteurs dosimétriques, l'énergie consommée par les robots-porteurs.

– Ils sont dans le secteur des soutes?

– L'un d'eux, oui... sans doute Tim.

– Vous savez ce qu'a dit Bickel, à propos des recherches de LBA? Flatterie s'interrompit un moment pour se gratter le menton. Il a dit que la principale cause d'échec avait été le manque de concentration – les experts qui s'égaraient en digressions et faisaient n'importe quoi au lieu de fixer leur attention sur les grandes lignes directrices.

– Il brûle un peu trop à mon goût, dit-elle.

– Il peut avoir des soupçons, dit Flatterie, mais pas de certitude.

– Voilà que vous le sous-estimez à nouveau.

– Bon, mais il aura quand même besoin de notre aide, dit Flatterie, et nous saurons ce qui se passe par la *façon* dont il aura besoin de nous.

– Êtes-vous sûr qu'il ait besoin de nous?

– Il faudra qu'il fasse appel à vous pour les analyses

mathématiques poussées, dit Flatterie. Et aussi à moi... Il va sans doute se débattre avec le problème de von Neumann avant d'arriver bien loin. Il n'y a peut-être pas encore réfléchi, mais il y sera bien obligé quand il se rendra compte qu'il doit obtenir des résultats déterminés à partir d'un matériel qui manque de fiabilité.

Elle se tourna vers lui, remarqua son regard lointain.

– Comment dites-vous?

– Il doit faire son montage à partir de matériaux non vivants.

– Et alors? Son attention revint au pupitre. La nature se débrouille avec les mêmes composants. Les systèmes vivants ne sont pas vivants au-dessous du niveau moléculaire.

– Et *vous*, vous sous-estimez la vie, dit Flatterie. Les éléments de base que devra employer Bickel sont des pièces détachées de robots – des bobines de neurones quasibiologiques, des semi-conducteurs, du fil neurex et autres choses du même genre – dont aucune n'est vivante bien au-dessus du niveau moléculaire.

– Mais leur structure subtile est tout aussi appropriée à leur fonction que l'est n'importe quelle matière vivante.

– Peut-être commencez-vous à voir l'orgueil fondamental que constitue le seul fait d'aborder ce problème, dit Flatterie.

– Oh, à d'autres, monsieur *l'Aumônier!* Nous ne sommes pas au XVIIIe siècle, en train de fabriquer le merveilleux canard de Vaucanson.

– Nous nous attaquons à quelque chose de beaucoup plus complexe qu'un automate primitif, mais notre but est le même que celui de Vaucanson.

– Ce n'est absolument pas vrai, dit Prudence. Si nous réussissions et que nous retournions à l'époque de Vaucanson pour lui montrer notre machine, il s'émerveillerait tout simplement de nos aptitudes techniques.

– Vous êtes loin de la vérité. Le pauvre Vaucanson courrait trouver le premier prêtre venu et lui proposerait de nous faire lapider par la foule. Voyez-vous, il n'a jamais eu l'intention de réaliser quelque chose de véritablement vivant.

– Ce n'est qu'une question de degré, et non une différence fondamentale, protesta-t-elle.

– Comparé à nous, il ressemblait à Aladin en train de frotter sa lampe, dit Flatterie. Et même si ses intentions *étaient* les mêmes que les nôtres, il n'en avait pas conscience.

– Vous raisonnez en cercle fermé.

– Vraiment? Voici la question que les écrivains et les philosophes ont éludé depuis des siècles, les yeux à demi détournés. C'est le monstre sorti du folklore, Prue. C'est la pauvre créature de Frankenstein et l'apprenti sorcier. On ne peut affronter l'idée même de construire un robot conscient qu'à condition de reconnaître le danger implicite – nous risquons de construire un Golem qui nous détruira.

– Pendant vos heures de repos, vous racontez des histoires de fantômes.

– Le rire est un moyen comme un autre d'affronter cette peur.

– Vous êtes vraiment sérieux! fit-elle d'un ton accusateur.

– Je n'ai jamais été aussi sérieux. Pourquoi à votre avis les gens du Programme sont-ils si heureux de nous envoyer loin dans l'espace pour faire notre travail?

Elle essaya de déglutir, la gorge sèche, et se rendit compte qu'elle *avait* peur. Flatterie avait touché une corde sensible. Il avait puisé quelque part une vérité puissante. Elle se força à constater le fait, en même temps qu'elle brûlait d'appeler l'atelier pour supplier Bickel et Tim d'interrompre ce qu'ils faisaient, quoi que ce fût. L'impulsion soudaine lui envoya un frisson dans la colonne vertébrale.

– Où tracer la frontière entre ce qui est vivant et ce qui est inanimé? demanda Flatterie. Il l'observa, remarqua les cernes de fatigue sous ses yeux, le frémissement d'un nerf, à sa tempe. Notre... créature sera-t-elle vivante?

Elle s'éclaircit la voix. Ne serait-il pas plus judicieux de se demander si notre créature sera capable de se reproduire? S'il y a un danger quelconque... un véritable danger de...

– Alors, effectivement, nous entrons peut-être dans un domaine interdit. Et il se demanda pourquoi cette pensée lui créait toujours une sensation de vide au creux de l'estomac.

– Oh, pour l'amour de Dieu, Raj! s'écria Prudence, qui s'emportait. Avez-vous complètement oublié que vous êtes un scientifique?

– Pour l'amour de Dieu, je ne peux jamais l'oublier, répondit-il calmement.

– Ça suffit! Elle s'aperçut que sa voix avait inconsciemment adopté le ton péremptoire de la mère du dortoir, à la crèche de LBA. La mère du dortoir! Une image aux cheveux gris dont le contact s'était toujours limité à celui du fléchisseur capitonné d'un robot qu'elle dirigeait depuis quelque sanctuaire lointain du Central. Une femme tellement triste, tellement cynique et... lointaine.

– La religion a des exigences qu'on ne peut ignorer à moins d'être prêt à payer un prix terrifiant, dit Flatterie.

– La religion n'est qu'un fait comme n'importe quel autre, rétorqua Prudence. Nous étudions les religions primitives, pourquoi ne pouvons-nous étudier la nôtre? Dieu ne nous a-t-il pas créés curieux? En tant que scientifiques, ne sommes-nous pas censés nous mettre hors d'atteinte des préjugés?

– Seul un imbécile peut s'imaginer qu'il est à l'abri de ses préjugés.

– Eh bien, je préfère être calviniste, j'accepte d'être damnée pour la plus grande gloire de Dieu.

– Il ne faut pas dire de telles choses, lança-t-il d'un ton coupant. Il porta une main à son front. *Je ne dois pas la laisser m'aiguillonner sur cette voie.*

– Il n'y a rien que je ne puisse *pas* dire, répliqua-t-elle. Vous prétendez que les scientifiques sont capables d'égaler Dieu à des concepts d'infini mathématique. Nous avons l'habitude de manipuler l'infini mathématique. Pourquoi ne pourrions-nous pas manipuler Dieu?

– Quelle prétention absurde, dit-il. Infini mathématique. Zéro sur zéro, hein? Ou l'infini moins l'infini? Ou une infinité de fois zéro?

– Dieu fois zéro, dit-elle. Pourquoi pas?

– C'est vous la mathématicienne! dit-il d'un ton agressif. Vous savez mieux que personne que ce sont des formes indéterminées, un non-sens mathématique.

– Dieu moins l'infini. Non-sens mathématique.

Il lui jeta un regard furieux. Sa gorge desséchée le brûlait. Elle l'avait acculé par la ruse. C'était un blasphème! Et il était plus vulnérable qu'elle... plus enclin à la culpabilité.

– Vous êtes censée m'attaquer de cette façon, n'est-ce pas? l'accusa-t-il. Vous êtes censée me harceler et m'éprouver sans me laisser en paix. Je le sais.

Comme il sait peu de chose, pensa-t-elle... *Comme il se doute de peu...*

– L'infini n'obéit pas aux conditions de nombre ni de quantité. S'il existe un Dieu, je ne vois pas pourquoi Il devrait obéir à ces conditions. Quant à vous éprouver, laissez-moi rire. Tout ce qu'il vous faut, c'est un bon coup de pied dans la philosophie de temps à autre.

– M'en tenir à ma prédication et vous laisser jouer avec les maths, c'est cela?

– Il n'y a pas de blasphème à élaborer de nouvelles formes de calculs ou tout autre outil nouveau pour étudier notre univers, dit-elle.

– *Notre* univers? demanda Flatterie.

– Autant que nous pouvons en appréhender, dit-elle. C'est toute la raison d'être d'une nef coloniale, non?

– Vraiment?

Elle ajusta le répétiteur de constante de cap. Je m'en tiendrai aux maths. Que pensez-vous d'une algèbre qui aille au-delà des limites de X sur Y quand ils tendent vers l'infini? Cela devrait être possible.

– Créer un nouveau mode de calcul et construire cette créature vivante et consciente n'ont rien à voir, dit-il.

– Sans les calculs, nous ne réaliserons peut-être jamais cette créature.

Elle essaie continuellement de me coincer, se dit Flatterie. *Pourquoi?* Le problème est de savoir si nous empiétons sur le domaine de Dieu en ce qui concerne la création.

– Vous, les curetons, vous êtes tous les mêmes. Vous voulez glorifier Dieu, mais vous voudriez limiter les moyens.

Flatterie fixa la cloison incurvée de métal gris, au-dessus de lui, attentif aux minuscules imperfections dans le motif des craquelures de l'émail. Il avait l'impression d'être manœuvré. Elle le traquait comme on traque un gibier. En voulait-elle à son âme? Il sentit qu'il était sérieusement en danger, que l'idée de pouvoir créer une conscience risquait d'infliger à son âme une blessure inguérissable.

Il porta une main à sa bouche. *Je ne dois pas lui permettre de me tourmenter et de me tenter.*

– Raj, chuchota-t-elle d'une voix terrifiée.

Il se tourna brusquement vers elle, vit les raies de lumière qui striaient le pupitre comme de sanglants coups de couteau.

– La température du Secteur C-8 des hibernateurs est presque dans le rouge, dit-elle. Tout ce que j'essaie semble faire osciller le système.

Les mains de Flatterie bondirent pour enclencher les répétiteurs des équipements biofonctionnels, et ses voyants s'allumèrent aussitôt. Il jeta un coup d'œil à ses instruments et ordonna :

– Appelez Tim.

– Rien de ce que je fais ne semble avoir d'effet! dit-elle, haletante.

Il lui lança un regard, vit qu'elle se battait avec le pupitre, au lieu d'y accorder ses efforts.

– Appelez Tim! répéta-t-il.

De la paume de sa main gauche, elle enfonça le bouton de commande du circuit général et cria :

– Tim à Central-com! Urgence!

Flatterie examina de nouveau ses instruments. Il semblait y avoir une modification de température en trois points situés hors des hibernateurs, avec une variation correspondante à l'intérieur. Dès que Prue tentait de compenser l'une des fluctuations, les autres se rapprochaient un peu plus de la ligne rouge.

Il dut réprimer son envie de toucher aux commandes. Si la température des cellules passait dans le rouge sans précautions de déshibernation, il y aurait des pertes parmi les occupants impuissants. En dépit des efforts désespérés de Prue, la mort approchait de trois secteurs de la cellule C-8 – près de quatre cents vies humaines.

La porte de l'atelier s'ouvrit brutalement. Timberlake bondit dans Central-com, aussitôt suivi de Bickel.

– Les hibernateurs, hoqueta Prudence. La température!

Timberlake traversa Central-com et se précipita vers son siège de quart. Sa combinaison spatiale crissa contre les lèvres du cocon quand il se retourna pour empoigner les commandes du chariot.

– Donnez-moi le bouton rouge! cria-t-il. Au diable le compte à rebours! Je le prends.

Le pupitre glissa vers lui, beaucoup trop vite.

– C-8, dit Prudence en se laissant aller contre son dossier. Elle essuya la sueur qui lui couvrait le front.

– Je l'ai, dit-il. Il examina les cadrans et les indicateurs, pianotant d'un bout à l'autre du pupitre.

Bickel se glissa à son tour dans son siège et enclencha ses répétiteurs. C'est dans les écrans protecteurs de la coque, dit-il.

– Les deux premières couches, ajouta Timberlake.

Prudence porta une main à sa gorge; elle s'efforçait de ne pas regarder Bickel. *Il ne doit pas se douter de l'attention que nous lui portons,* se dit-elle. Une pensée lui traversa l'esprit : *Ne serait-ce pas une ironie monstrueuse de perdre nos colons et d'être accablés par la culpabilité avant qu'il n'en soit besoin?*

– Ça marche! dit Bickel.

Elle regarda le panneau de visualisation, au-dessus de Timberlake; les voyants s'éteignaient un à un, les indicateurs revenaient à des positions normales.

– Rétroaction défectueuse d'un groupe de réflecteurs de coque centrés sur C-8, dit Timberlake. Le système s'est mis à osciller, ce qui a déclenché les disjoncteurs de surcharge et nous a laissés sans protection.

– Encore une erreur de *conception,* persifla Bickel.

Et un problème tellement simple, pensa-t-il. La courbe de la coque, faisant office de loupe, concentrait l'énergie à l'intérieur de la nef... ce qu'il fallait compenser par des systèmes d'écrans et de réflecteurs.

Prudence releva le cheminement des voyants encore allumés. C-8 est en ligne avec le secteur des magasins de robotique où vous êtes allés chercher les pièces. Est-ce que cela suffirait à rompre l'équilibre de l'astronef?

– Ça vous donne un merveilleux sentiment de confiance dans la conception de l'Œuf de Fer Blanc, dit Bickel, vous ne trouvez pas?

Ils ne m'avaient pas prévenue! pensa-t-elle. *Ils ont triché. Alertes calculées, disaient-ils, destinées à maintenir au maximum nos capacités de réaction. Capacités de réaction!*

– Vous avez surcompensé, Prue, dit Timberlake. Pour éviter les oscillations, il faut procéder par rectifications minimales tout en recherchant la cause du problème. Depuis l'autre bout de la nef, les détecteurs vous ont allumé des voyants qui vous indiquaient exactement les endroits où il fallait renforcer la protection.

J'ai paniqué, se dit-elle. Je suppose que j'avais un peu dépassé mes forces. A l'instant même où elle parlait, elle se rendit compte de la faiblesse de l'excuse.

J'étais trop occupée à harceler Flatterie, pensa-t-elle. *J'étais sur le point de l'acculer dans un joli recoin d'où il aurait eu du mal à se sortir... et j'ai laissé passer l'alerte au point qu'elle a failli nous détruire.*

Elle se demanda soudain si l'un de ses compagnons avait pour « mission spéciale » de s'occuper d'*elle* afin de maintenir ses capacités aussi aiguisées que le fil d'un rasoir.

– Prue, il faut vous rappeler que lorsque les disjoncteurs de surcharge sautent, les automatismes de l'ordinateur sont hors circuit, dit Bickel. Ce truc a été conçu pour être remis en ligne par une intelligence consciente – l'un de nous ou un NPO.

– Oh, ça suffit! explosa-t-elle. J'ai fait une erreur. Je le sais. Je ne recommencerai pas.

– Il n'y a pas eu de dégâts, dit Timberlake.

– Je n'ai pas besoin que vous me défendiez! fit-elle sèchement. *Pas de dégâts! Personne n'a été blessé sauf un membre de l'équipage – moi!* Elle pressa ses mains l'une contre l'autre pour les empêcher de trembler. *Nous sommes totalement impuissants en cas d'alerte sérieuse. Nous ne pouvons faire demi-tour qu'au risque de perdre tout contrôle et de plonger vers le Soleil, ou de nous ajouter à sa collection de comètes errantes. Et nous ne pouvons continuer qu'à condition de résoudre l'insoluble.*

– Ne vous en faites pas, Prue, dit Flatterie d'une voix apaisante. Nous vous avons sans doute confié le pupitre directeur trop tôt après la déshibernation.

Merci pour l'excuse, pensa-t-elle.

Flatterie jeta un regard circulaire sur Central-com; Bickel et Timberlake, échaudés par la colère de Prue, observaient un silence prudent. Bickel se glissa hors de son siège et fixa un jeu de fils de contrôle à une pince, sur son épaule gauche. Un multitesteur dépassait de sa poche de poitrine. Quant à Timberlake, il procédait aux derniers réglages de la température de coque et rebranchait le système sur les circuits de l'ordinateur.

Le regard de Flatterie revint se poser sur Prudence. *Elle n'aurait pas dû paniquer,* pensa-t-il. *Ce n'est pas son genre. Elle a l'ouverture d'esprit d'une femme et une grande confiance en son intuition. Elle devrait se débrouiller au pupitre mieux que n'importe lequel d'entre nous. Subit-elle des contraintes particulières? Sait-elle quelque chose que j'ignore?*

XIII

« Nous entendons par synergie la coordination fortuite d'un ensemble de composants que nous avons assemblés pour tenter de réaliser une conscience artificielle. Fonctionnant ensemble, les composants produisent plus que... »

Prudence LON WEYGAND (N° 3),
Fragment incomplet de la *Capsule-Message*.

Il fallut à Prudence près de vingt minutes pour recouvrer son sang-froid. Pendant ce temps, Timberlake avait procédé à la vérification complète de toutes les chambres d'hibernation. Il le faisait avec une détermination obsessionnelle sur laquelle aucun d'eux ne se méprenait. Sa fonction d'ingénieur des équipements biofonctionnels avait été stimulée.

Flatterie lui laissa tout son temps, et même un peu plus. Bickel s'agitait, impatient de reprendre son travail, mais Timberlake avait besoin de réaffirmer son rôle. Et Prudence avait besoin de récupérer.

Bickel finit par en avoir assez d'attendre.

– Pouvons-nous retourner au travail? demanda-t-il.

– Je peux reprendre le pupitre, Tim, dit Flatterie.

Timberlake examina les instruments. D'accord. Au top.

Ils échangèrent le pupitre, et Timberlake se redressa;

son dos douloureux lui rappela la tension interne qu'il venait de subir.

– Retournons à l'atelier, dit Bickel.

– Où en êtes-vous? demanda Prudence.

– Nous avons à peine commencé. Au boulot.

– Un homme n'est-il qu'un moyen pour une machine de fabriquer une autre machine? demanda-t-elle.

– Exactement comme la poule de Sam Butler, dit Timberlake. « Philosophie I. »

– La philosophie, une autre fois, hein? suggéra Bickel.

– Un instant, dit Prue. En essayant de reproduire une conscience artificielle, nous jouons avec la variation de la variabilité. Or, c'est un domaine dont tous les bons petits théologiens – elle hocha la tête en direction de Flatterie – et la plupart des scientifiques ont laissé par un accord tacite l'exclusivité à Dieu dans le Ciel et à l'œuvre de Dieu sur la Terre : les gènes.

– Ouais, dit Bickel. C'est très bien, mais nous essaierons de résoudre ça une autre fois.

– Vous ne comprenez toujours pas, ni l'un ni l'autre, dit-elle.

Bickel lui jeta un regard noir.

– Je ne comprends pas? D'accord, Prue. Laissons tomber le verbiage fantaisie. Nous sommes damnés si nous résolvons le problème, et morts si nous ne le résolvons pas. C'est ce que vous essayez de dire?

– Bravo! dit-elle, et elle se tourna vers Flatterie.

Les yeux fixés sur son pupitre, l'air renfrogné, Flatterie feignit de ne pas avoir entendu.

– Vous voyez, Raj? dit-elle.

Il est impossible qu'elle connaisse mes instructions, se dit Flatterie. *Elle pourrait faire des suppositions, mais elle ne peut pas savoir. Et elle ne pourrait certainement pas m'arrêter si je devais nous expédier tous dans l'autre monde.*

– Oui, je vois, dit-il. Ne sous-estimez pas John Lon Bickel.

En entendant son nom, Bickel redressa la tête. Il contempla le profil de Flatterie, la manière dont ses doigts agiles couraient comme des pattes d'araignée sur le grand pupitre.

– Vous êtes si malin, Raj, dit Prudence, et tellement stupide!

– Ça suffit! dit Bickel d'un ton sec, avec un regard furieux vers Prudence. Nous ferions mieux de détendre un peu l'atmosphère. Ici, nous sommes seuls, Prue. Vous ne vous rendez pas compte à quel point nous sommes seuls. Nous devons compter les uns sur les autres, parce qu'il est sûr et certain que nous ne pouvons pas compter sur l'Œuf de Fer Blanc! Nous ne pouvons pas nous permettre de nous rembarrer et de nous harceler à chaque instant.

– *Tiens, vraiment*! pensa-t-elle.

– Nous sommes coincés dans un astronef qui ne contient qu'un seul mécanisme fiable, dit Bickel. Nous n'avons qu'un appareil qui fonctionne correctement et sans incident – notre ordinateur. On dirait que tout le reste a été conçu et fabriqué par six singes gauchers.

– Bickel pense que tout cela a été fait délibérément, dit Timberlake.

Prudence réprima de justesse un regard involontaire vers Flatterie. Se forçant à distraire son attention de Bickel, elle regarda Timberlake. *Il est beaucoup trop tôt pour que Bickel se doute de quelque chose,* pensa-t-elle.

Timberlake évita son regard. Il avait l'air d'un petit garçon surpris en train de voler des confitures.

Flatterie rompit le silence :

– Délibérément? fit-il.

– Ouais, dit Timberlake. Il pense que les six autres nefs ont eu le même genre de panne – quelque chose qui clochait dans les NPO.

Bickel est beaucoup plus futé et soupçonneux qu'on ne l'avait supposé, pensa Prudence. *Il va falloir que Raj ou moi prenions parti pour lui; il n'y a pas d'autre moyen de garder le contrôle de la situation.*

– Pourquoi... les NPO? demanda Flatterie.

– Ne tournons pas autour du pot, dit Bickel. C'est évident. Quels sont les éléments de ces astronefs qui ne sont jamais mentionnés dans les études de fiabilité?

Quels sont les éléments qui sont présumés infaillibles?

– Certainement pas les NPO, dit Flatterie. Il avait essayé de garder un ton détaché, mais n'y était pas parvenu. *Dieu nous aide, Bickel a découvert le pot aux roses beaucoup trop tôt.*

– Certainement les NPO, dit Bickel. Et ils nous en ont donné trois, de ces foutus machins! Un en service et deux en réserve. Jamais la moindre allusion à la défaillance d'un NPO, et cependant ils nous en ont donné trois.

– Pour quelle raison? demanda Prudence.

– Pour être bien certains que nous aurions dépassé le point de non-retour avant de nous trouver en état de manque, murmura Bickel

C'est à moi de jouer maintenant, pensa Prudence. Encore une de leurs fichues machinations, dit-elle à haute voix. Ce serait tout à fait dans la ligne.

Flatterie lui lança un regard surpris, mais reporta son attention sur le pupitre avant que Bickel se fût aperçu de rien.

– En état de manque, répéta Bickel. Cet astronef n'est qu'un vaste système de simulation avec un objectif unique. Et à mon avis, il en était de même pour les précédents.

– Pourquoi? demanda Flatterie. Pourquoi feraient-ils une chose pareille?

– Ne comprenez-vous pas? Ne voyez-vous pas l'objectif? Son ombre plane sur tout ce qui nous entoure. C'est la seule chose qui donne un sens à toute cette charade. Le secret, le mystère, les manipulations – tout est calculé pour nous faire glisser sur une pente savonneuse en direction d'un océan très particulier. Il ne s'agit pas seulement de nous mettre en état de manque, mais de nous donner le choix entre nager ou couler. Et la seule façon dont nous puissions nager est de réaliser une conscience artificielle.

– Alors pourquoi une mise en scène aussi élaborée? demanda Flatterie. Pourquoi tous les colons, par exemple?

– Pourquoi *pas* les colons? rétorqua Bickel. Des

remplaçants tout prêts pour les membres d'équipage massacrés en route. Une flèche de plus dans le carquois – juste au cas où nous franchirions le cap pour atteindre une planète habitable où nous pourrions semer la graine de l'humanité. Et... peut-être y a-t-il une autre raison.

– Laquelle? demanda Prudence.

– Je ne peux pas le dire pour l'instant. Ce n'est qu'une intuition... et nous devons prendre en considération une chose bougrement plus importante – le potentiel destructif de ce programme.

– Vous feriez bien d'expliquer cela, dit Flatterie. Mais sa gorge desséchée lui disait que Bickel avait déjà percé à jour l'élément d'horreur que comportait le Programme Conscience.

– Ne nous faisons pas d'illusions, dit Bickel. Si nous résolvions vraiment ce problème, la chose que nous fabriquerions, quelle qu'elle soit, pourrait constituer une menace suprême pour l'humanité – un monstre de Frankenstein en liberté, une intelligence froide dépourvue d'émotions, une horreur en furie. Il haussa les épaules. Il y a eu cette île, dans Puget Sound; vous en avez tous entendu parler. Que s'est-il passé? Avaient-ils résolu le problème?

– Il faut donc prévoir des inhibitions, des systèmes de sécurité, dit Prudence.

– Comment? demanda Bickel. Pouvons-nous créer cette conscience sans lui laisser de libre arbitre? Peut-être est-ce le problème originel qui s'est posé à notre Créateur – nous donner la conscience sans nous permettre de nous retourner contre... quoi? Dieu?

La conscience, pensa Flatterie. *Le don du serpent*. Il se passa la langue sur les lèvres. Et alors?

– Alors cet astronef comporte un ultime dispositif de sécurité pour protéger la Terre et le reste de l'humanité, dit Bickel. Compte tenu de toutes les variables, le seul dispositif auquel je puisse penser est un être humain – l'un de nous. Il les regarda tour à tour. L'un de nous, chargé de retirer la goupille et de nous faire tous sauter si les choses tournent mal.

– Allons donc! dit Flatterie.

– C'est peut-être vous, dit Bickel. C'est probablement vous, d'ailleurs... mais peut-être serait-ce trop évident.

Prudence porta une main à sa poitrine. *Seigneur Jésus! Je n'avais jamais pensé à ça. Mais Bickel a raison... et c'est Raj, évidemment. Il est le seul qui en soit capable. Que dois-je faire, maintenant?*

Timberlake sortit de son profond silence. Il avait écouté la discussion, et la seule chose qui le surprenait, c'était de constater combien il était aisé d'accepter les conclusions de Bickel. Pourquoi Bickel avait-il raison? Car il *avait* raison, évidemment. Mais pourquoi le reconnaissaient-ils alors que ce n'était pas si évident que cela? Était-ce une crainte révérencieuse de Bickel – manifestement l'esprit le plus fort parmi eux – ou était-ce parce qu'ils connaissaient déjà les faits, – inconsciemment?

– Je vais vous dire quelque chose, dit Timberlake. Bickel a raison, et nous le savons. L'un de nous est donc chargé de dégoupiller – je ne veux pas savoir qui.

– Indiscutable, dit Bickel. Qui que ce soit... si tout cela tourne mal, je serai le dernier à bord de l'Œuf de Fer Blanc à vouloir l'empêcher d'agir.

XIV

> « Le maître Zen nous dit qu'une idée omniprésente peut être cachée par son omniprésence même – la forêt perdue parmi les arbres. Dans notre comportement quotidien ordinaire, nous sommes totalement égarés, en proie à une idée illusoire du moi. Chaque inclination enchanteresse de l'orgueil et de son ego, de la convention et de son maître – le dressage social – conspire à maintenir l'illusion. Le sémanticien l'appelle l'inertie des vieilles prémisses. Et c'est ce qui maintient nos analyses de la conscience à l'intérieur de limites fixes. »

Elle écrivit « Prudence Lon Weygand » au bas de la bande avant de la faire passer dans l'auto-enregistreur et de commander le passage synchronisé sur la bande de Flatterie tandis que celui-ci reprenait le pupitre. Le compteur indiquait qu'elle en était à son trente-cinquième changement de quart.

Flatterie se contorsionna, cherchant une position confortable pour assurer ses quatre heures de quart. La réflexion de la lumière sur les cadrans l'hypnotisait. Il secoua la tête pour s'éclaircir les idées, entendit le crissement de la combinaison spatiale de Prudence qui s'extrayait de son siège. Elle resta debout un moment, s'étira, puis elle effectua une douzaine de flexions complètes.

Avec quelle facilité ils ont admis que je pouvais être

l'exécuteur, pensa Flatterie. Il vit combien Prudence semblait alerte et vive. Ce roulement de quatre heures serait supportable tant qu'aucun problème sérieux ne se présenterait, mais il allait bouleverser leurs cycles métaboliques. Alors que Prudence aurait dû aller se nourrir et se reposer, elle était manifestement bien éveillée.

Elle jeta un regard à Flatterie, vit qu'il était installé pour le quart, et vérifia le registre des réparations. Aucune urgence n'était signalée. Depuis plus de vingt-cinq heures, ils n'avaient procédé qu'à de légers réglages au pupitre directeur. Tout allait bien. Trop bien.

Le danger maintient les sens en alerte, pensa-t-elle. *Un calme prolongé les émousse.*

Mais elle se demandait si ceux du Programme avaient prévu le danger particulier dont elle se trouvait menacée : *Suis-je le bâton qui doit servir à battre non seulement les autres, mais moi aussi bien ?*

Sa ligne de recherche personnelle semblait pourtant bien évidente : définir la mer chimique dans laquelle baignait la conscience. La clef, à son avis, devait se trouver dans le fractionnement de la sérotonine et de l'adrénaline. Ce qu'elle cherchait, c'était un principe actif, quelque chose qui se situerait entre le synhexyl et la noradrénaline, un producteur éclair de neurohormones. Le produit fini serait un stimulant de base de la conscience humaine. Si elle découvrait cet analogue chimique, elle pourrait obtenir des détails précis sur le fonctionnement de la conscience, établir une mise en séquence point par point qu'ils pourraient suivre par une simulation en machine.

Dans le processus qu'elle avait choisi, elle exposait sa propre personne à des dangers énormes, mais elle ne disposait d'aucun autre cobaye sur lequel tester les dérivés que lui suggérerait son ingéniosité. La possibilité d'une erreur mortelle était toujours présente. La dernière substance qu'elle avait expérimentée, apparentée au cohoba avec une addition d'azote, avait enflammé son esprit et l'avait transportée dans un étrange domaine de conscience. Tous les sons étaient devenus des liquides qui se mêlaient en elle pour être traduits par un processus centrifuge de perception. L'expérience avait été terrifiante, mais elle s'était refusé à l'interrompre.

Elle ne pouvait procéder à ses essais que durant ses périodes de repos intégral, dans sa cabine particulière, car elle risquait toujours de se trahir par une réaction physique quelconque. Elle ne pouvait pas se le permettre; les autres s'uniraient pour lui interdire ses essais; elle le savait. Ils étaient ainsi conditionnés.

– Vous feriez bien d'aller manger quelque chose et vous reposer, dit Flatterie.

– Je n'ai pas faim.

– Essayez au moins de vous reposer.

– Plus tard, peut-être. Je crois que je vais aller faire un tour pour voir où en sont Tim et Bickel. Elle leva les yeux vers le grand écran, branché sur les objectifs d'angle de l'atelier d'électronique.

– Il faut que nous puissions nous surveiller mutuellement en permanence, avait affirmé Timberlake. Nous ne pouvons pas attendre que quelqu'un appelle au secours.

Sur l'écran, on voyait Bickel seul dans l'atelier, mais un autre objectif avait été connecté; il montrait Timberlake endormi dans son box, adjacent à l'atelier.

Quatre heures de service et quatre heures de repos, plus cette surveillance mutuelle constante – nous allons devenir dingues avant une semaine, pensa-t-elle.

Bickel leva les yeux vers son écran-objectif, et vit Prudence qui le regardait. Aux mains oisives, Satan fait faire le mal, dit-il.

Ils se moquent de moi, pensa Flatterie. *Ils rient de Dieu, du Diable, de moi.*

– Que diriez-vous d'une tasse de café? demanda Prudence en s'adressant à Bickel.

– Plus tard, dit-il. Plus aucune nourriture d'aucune sorte par ici, de toute façon. Nous sommes obligés de laisser les couvercles ouverts, et nous ne pouvons pas prendre le risque de contaminer les éléments microscopiques. Si vous êtes libre, je ne refuserai pas un peu d'aide.

Un seul pas en basse gravité suffit à l'amener devant la porte de l'atelier. Elle entra et s'arrêta près du seuil pour examiner ce que Tim et Bickel avaient accompli depuis sa dernière période de repos.

A l'emplacement qu'occupait auparavant le lecteur optique de caractères, sur le grand panneau qui se trouvait en face du sas, s'étendait maintenant une excroissance mécanique – un empilement de blocs de plastique protubérants : des circuits de multiplicateurs Eng, dont chacun était enfermé hermétiquement dans un isolant de plastique. Les blocs étaient reliés entre eux par un fouillis de boucles, d'échevaux et de torsades – une sombre toile d'araignée composée de fibres pseudoneurones isolées.

Bickel l'avait entendue entrer. Affairé à l'extrémité opposé de cette protubérance anguleuse, il lui dit sans lever les yeux :

– Prenez l'autre visionneuse à microconnexions, sur l'établi. J'ai besoin de vingt et un centimètres zéro zéro six de neurofibre K-A4, avec des bulbes terminaux et des multisynapses à intervalles quelconques. Faites les connexions comme je l'ai indiqué sur ce schéma, le numéro G-20. Il doit être sur le dessus de la pile, à droite sur l'établi.

Bickel s'assit par terre et glissa un nouveau bloc de multiplicateurs Eng en position. Puis il fit pivoter une visionneuse à microconnexions au-dessus du bloc, posa son front sur l'appui de l'oculaire et entreprit de réaliser les connexions.

Oui, capitaine! pensa Prudence.

Elle trouva le schéma, débobina la neurofibre et l'introduisit dans la visionneuse, puis elle se pencha sur l'oculaire. L'image agrandie du fil conducteur, avec le code vert de ses sections synaptiques et le jaune de ses bulbes terminaux, parut lui sauter au visage. Elle jeta un dernier coup d'œil au schéma avant de procéder aux connexions demandées.

– Que sommes-nous en train de faire, patron? demanda-t-elle.

– Nous installons un système d'itérations sélectives, répondit Bickel.

– Pourquoi?

– Une machine peut reproduire n'importe quel type de comportement. Nous pouvons concevoir ce dispositif de façon à satisfaire n'importe quelles spécifications données d'entrée-sortie. Il se comportera comme nous l'entendrons dans toutes circonstances *spécifiées.* C'est ce que Raj m'a expliqué.

Elle s'efforça de parler d'un ton léger :

– C'était faux, hein?

– Vous parlez! Environnement et comportement spécifiés – c'est du déterminisme. Le constructeur garderait le contrôle. Le pire, c'est qu'il faudrait pour y parvenir une mémoire complètement détaillée – tout le passé de la machine immédiatement disponible... *ici et maintenant!* La charge de la mémoire augmenterait de seconde en seconde. Tout serait présent et immédiat. Et nous serions renvoyés au problème de la conception infinie!

Elle déroula la longueur requise de fibre latérale et exécuta la boucle indiquée sur le schéma :

– Conception infinie. Ce qui veut dire une forme indéterminée, et par définition l'indéterminé est impossible à construire. Alors, qu'allons-nous faire?

– Réfléchissez un peu, dit Bickel. Nous allons intégrer au réseau une configuration aléatoire d'invalidation – un comportement qui répondra aux exigences de probabilité. Il quitta l'oculaire de la visionneuse et se redressa, essuyant la sueur qui lui couvrait le front. Une structure de comportement qui résulte d'un défaut de fonctionnement intégré.

C'est la manière dont le comportement de la nef a été programmé pour nous, pensa-t-elle.

– Comportement déterministe à partir d'éléments non fiables, dit-elle. Elle sentit dans ses paroles l'influence de Flatterie, un argument, un léger coup de coude.

– Bickel, dit-elle, j'ai longuement réfléchi à vos soupçons. Même si vous avez raison, si l'un de nous est censé nous faire sauter au cas où quelque chose tournerait mal, comment pouvez-vous être sûr que cette personne, cette « sécurité intégrée » est encore parmi nous? Trois membres de l'équipage originel sont morts.

– D'accord, dit Bickel. Supposons que vous ayez appris quand on vous a sortie d'hibernation que notre psychiatre-aumônier avait été tué. Quels étaient vos ordres?

– Mes ordres?

– Allons! Nous avions tous des ordres particuliers.

– J'aurais demandé qu'on déshiberne un autre psychiatre-aumônier, dit-elle d'une petite voix. Qu'auriez-vous fait?

– J'avais mes ordres. Les mêmes que les vôtres.

Elle leva les yeux vers Flatterie, visible sur l'écran qui les surplombait. Il semblait se concentrer sur le pupitre sans prêter attention à la conversation qui lui parvenait de l'atelier par l'intercom, mais c'était de la comédie, elle le savait. Tout ce qui se disait ici aboutissait à son cerveau pour y être pesé et analysé.

Bickel a *raison,* pensa-t-elle. *C'est Raj.*

– Prêtez attention à ce que vous faites! dit Bickel.

Elle se retourna, vit qu'il l'observait.

– Si vous sabotez les connexions de cette boucle, je vous remets en hibernation, dit-il.

– Ne faites pas de menaces que vous ne pourriez pas mettre à exécution, dit-elle. Mais elle se retourna vers la visionneuse à microconnexions, termina une série de boucles interannulaires, les testa pour vérifier qu'elles ne provoquaient pas d'oscillations réciproques, repéra le faisceau de sortie et y fixa une prise pour la connexion d'un multiplicateur Eng.

– Donnez-moi l'assemblage G-20 dès que vous l'aurez terminé, dit Bickel. Il bâilla et se frotta les yeux.

Quand elle eut comparé son assemblage au schéma et vérifié que tout était conforme, Prudence le sortit doucement de la visionneuse pour le porter à Bickel. Elle se rendit compte que celui-ci manquait de repos et continuait néanmoins à se surmener.

– Voilà, dit-elle en lui tendant l'assemblage. Quand vous aurez connecté ça, vous devriez aller vous reposer.

– Nous sommes presque prêts à le lancer sur un programme initial, dit Bickel. Il prit l'assemblage, le connecta au bloc de multiplicateurs Eng qu'il venait d'installer, et fit remonter un faisceau de fils jusqu'à un panneau de connexions de l'ordinateur.

Prudence recula de quelques pas pour contempler l'excroissance mécanique qui faisait saillie sur la paroi. Comme si elle la voyait pour la première fois, la construction prit soudain à ses yeux une signification nouvelle.

– C'est plus qu'un dispositif d'analyse, dit-elle.

– C'est juste.

Bickel se releva, s'essuya les mains sur les cuisses de sa combinaison spatiale et fit pivoter de côté son micromanipulateur et sa visionneuse.

– Ce petit « Bœuf » que nous allons construire nous fournira non seulement une analyse des défauts de fonctionnements intégrés, mais également un échange interactif d'énergie à trois voies.

– Vous êtes relié à l'ordinateur, accusa-t-elle en montrant les connexions du tableau de branchements.

– Chaque ligne de ce tableau est protégée par une diode. Les impulsions peuvent passer de l'ordinateur à notre montage d'essai, mais tout ce qui retourne à l'ordinateur doit être codé par l'un de nous et introduit par ici. Bickel indiqua les têtes d'entrée alignées dans l'angle droit de la paroi.

– Échange interactif à trois voies? demanda-t-elle.

– Nous allons tester mon étude de la théorie des champs. Nous avons un programme source prêt à être introduit. Si notre « Bœuf » ne fonctionne pas, il ne fournira qu'un transfert inconditionnel des données à l'unité d'affichage. S'il produit le champ prévu, il agira comme un filtre et opérera les troncations en ne laissant passer que les digits significatifs.

– Et les itérations aléatoires sélectives?

– L'élimination des zéros sera intermittente, dit-il, mais nous ne récupérerons quand même que les digits significatifs à l'affichage.

Prudence regarda Bickel avec un hochement de tête;

ce qu'il faisait lui apparaissait à présent plus clairement. L'entrée de toutes les données sensorielles dans la conscience est intermittente.

C'était une pensée explosive. *Des signaux ! Tout ce que la conscience pouvait identifier devait se déplacer d'une façon organisée, se mouvoir sur un arrière-plan qui mette en valeur... qui souligne... l'organisation. Donc : intermittence. Et Bickel avait perçu cette nécessité.*

Elle se rendit compte avec une certaine inquiétude qu'elle trouvait dans cette prise de conscience une résonance profondément sexuelle. Il lui était absolument impossible d'inclure des anti-S dans le régime expérimental qu'elle suivait actuellement. Elle se demanda si son corps n'allait pas finalement la trahir.

Se forçant à un calme qu'elle n'éprouvait pas, elle poursuivit :

– Pour que nous puissions la voir et l'identifier, il faut qu'une chose soit discontinue et significative, il faut qu'elle danse sur une toile de fond distincte.

– Maintenant, vous avez compris, dit Bickel. Mais nous considérons que celui qui perçoit les données est continu – un *courant* de conscience. Quelque part en nous, ce qui est discret devient amorphe. La conscience élimine tout ce qui n'est pas significatif pour se concentrer sur ce qui l'est.

– C'est le jugement, dit-elle, et c'est là que la théorie physicaliste se casse la figure. Si c'est un dispositif d'introspection, il ne sera pas conscient. L'introspection confond la conscience avec la pensée. Mais percevoir, sentir et penser sont des processus physiologiques... alors que la conscience...

– Est autre chose, dit Bickel. C'est une relation, un champ, un échange sélectif. Elle supprime les éléments non significatifs. C'est un sélecteur. Maintenant, nous allons voir si notre dispositif peut sélectionner à partir de données intermittentes, dont certaines sont erronées.

– Données erronées – résultats significatifs, chuchota-t-elle.

– Quoi?

Mais elle ne parut pas avoir entendu et se tourna pour regarder l'écran principal, où l'on voyait Flatterie surveillant calmement le pupitre directeur. Des paroles qu'il avait prononcées un jour lui revinrent à l'esprit comme si on les avait amplifiées à plein volume.

Nous ne pouvons pas être véritablement objectifs en ce qui nous concerne, sauf pour ce qui est de nos réactions physiques – les réflexions du comportement. Nous vivons au milieu d'une forêt d'illusions où le concept même de conscience se confond avec l'illusion.

Elle se retourna pour regarder Bickel au travail, les muscles tendus sous le tissu de sa combinaison spatiale tandis qu'il se penchait pour achever l'assemblage. *Pour être conscient, il faut surmonter l'illusion. Bickel avait compris cela avant moi.*

Un instant d'illumination envahit son esprit, et elle vit dans l'homme au travail plus que de la chair, des muscles et des nerfs – plus que des processus chimiques dont il fallait remplir les espaces vides. Bickel était à la fois une créature minuscule et vulnérable et, au-delà, un être dont les pouvoirs pouvaient franchir n'importe quel univers. Elle fut frappée par le caractère presque religieux... sacré, de cette compréhension momentanée. Elle la savoura, sachant que c'était une expérience personnelle et particulière qu'elle ne pourrait jamais totalement communiquer à qui que ce soit.

Bickel, la dernière connexion de l'assemblage G-20 terminée, se redressa en se frottant les reins. Ses mains tremblaient, maintenant qu'il se détendait après l'intense concentration exigée par la tâche qu'il venait d'accomplir.

– Faisons un essai. Prue, vous surveillerez le tableau de diagnostic, dit-il en lui montrant sur sa gauche un panneau couvert de cadrans, qui attendaient comme autant d'yeux luisants. J'enverrai dans chaque réseau d'itérations sélectives une giclée du générateur d'effet de salve pendant un cinquième de seconde. Il contourna l'empilement de blocs du montage d'essai, enjambant les fils avec une prudence infinie. Puis il fit basculer une rangée d'interrupteurs pour envoyer le programme source aux organes d'entrée.

– Mark.

– Mark, dit-elle, tandis que les aiguilles des cadrans marquaient d'un bond l'enregistrement de l'impulsion.

– Donnez-moi le seuil moyen des synapses et des bulbes terminaux, et le délai d'action dans chaque réseau. Bickel enfonça simultanément trois boutons. Échanges interactifs enclenchés.

Il attendit, l'estomac serré par le suspense grandissant.

– L'échange interactif fait apparaître l'impulsion d'entrée, dit Prudence.

– Réseau Un, dit Bickel en introduisant la giclée synchronisée venant du générateur d'effet de salve.

– Il y a un bourrage aux nœuds de la cinquième couche. Elle concentra son attention sur les compteurs de la cinquième couche, comme si la seule force de ses pensées avait pu les déclencher; mais ils restaient à zéro. Aucune impulsion ne passe, dit-elle.

– Je vais essayer de balayer les itérations sélectives, dit Bickel. Il tourna un bouton gradué.

– Rien.

Bickel releva sa rangée d'interrupteurs et déplaça les cavaliers de connexions vers la gauche. Voilà, essayons un potentiel à oscillations trigonométriques dans les boucles. Donnez-moi les nouveaux affichages pour chaque couche de réseaux. Mark un.

– A présent, vous avez une réaction non linéaire dans *tous* les réseaux, dit-elle. Linéarité presque nulle.

– C'est impossible! s'écria Bickel. Ce sont encore des circuits ouverts, quel que soit le nom que vous leur donniez. Il enfonça un autre bouton. Relevez l'affichage des autres réseaux.

Prudence réprima un sentiment de frustration en parcourant du regard les autres compteurs.

– Non linéaire, dit-elle.

Bickel recula, fixant d'un œil furieux le tableau d'entrée.

– C'est dingue! Ce que nous avons là n'est en fait

qu'un transducteur. Les sorties devraient correspondre!

Prudence lut de nouveau les compteurs. Vos produits sont toujours à zéro.

– Est-ce que ça chauffe? demanda Bickel.

– Rien de particulier.

Bickel se pinça les lèvres. D'une façon ou d'une autre, nous avons obtenu un système orthogonal unitaire pour chaque réseau et pour tout l'assemblage, dit-il. Et c'est une contradiction. Cela signifierait que nous avons plus d'un système dans chacun de ces différents réseaux.

– Vous avez un élément inconnu qui absorbe de l'énergie, dit Prudence, dont l'excitation se ravivait soudain. N'est-ce pas votre définition de...

– Il n'est pas conscient, dit Bickel. Quoi qu'il soit exactement, ce système ne peut pas être conscient... pas encore. Ce montage est trop simple, il ne dispose pas de données de base suffisantes...

– Alors c'est une erreur de raccordement, dit Prudence.

Les épaules de Bickel s'affaissèrent. Il prit une profonde et laborieuse inspiration. Ouais. Ce ne peut être que ça.

– Où avez-vous enregistré vos tests d'assemblage et de circuits? demanda Prudence.

– J'ai isolé une mémoire de stockage auxiliaire, dit Bickel avec un geste vague sur sa gauche. C'est celle qui porte un indicateur rouge. Tout y est... y compris tout ça. Il fit un geste en direction du tableau de diagnostic.

– Allez manger quelque chose et vous reposer. Je vais vérifier le cheminement des circuits.

– Nous avons un bourrage en essai direct, dit Bickel. Ce n'était pas une réaction de circuit ouvert. Et l'essai d'échange interactif des réseaux donne zéro à la sortie sans indication du point de déperdition. Ce truc est une foutue éponge!

– Ce doit être une erreur simple, dit-elle. Réveillez Tim et envoyez-le ici, pendant que vous y serez. Il a eu plus que ses quatre heures de repos.

– Je *suis* fatigué, reconnut Bickel. Il réfléchit, se

demandant depuis combien de temps il ne s'était pas reposé. Trois quarts complets, au moins.

Je suis allé au-delà de mes forces, songea-t-il, *et je sais que c'est idiot. C'est un travail astreignant. Y passer trop de temps sans interruption est le plus sûr moyen de commettre des erreurs.*

– Ce doit être quelque chose de simple, dit-il, mais il savait en le disant que c'était faux. Dormir. Il avait besoin de dormir.

Bickel se dirigea vers sa cabine en ressassant intérieurement le problème. Le montage produisait une réaction contradictoire. Il était peu probable qu'une contradiction aussi complexe pût s'expliquer par des causes simples.

Derrière lui, Prudence enclenchait les unités de lecture de la section du tableau qu'il lui avait indiquée, s'efforçant de « sentir » peu à peu l'essence du montage. Elle savait qu'en matière d'ordinateur on pouvait parfois se mouvoir intuitivement au cœur du problème vers la zone critique, et s'épargner ainsi des heures de recherches. On peut *sentir* ce qui ne va pas dans un montage.

Un moment plus tard, Timberlake la rejoignit en bâillant :

– Bick m'a parlé du problème.

– Un problème bizarre.

– C'est ce que j'ai cru comprendre. Il se racla la gorge. Que s'est-il passé exactement?

Elle lui parla des essais, du bourrage aux nœuds de la cinquième couche et du désaccord qui en résultait entre l'entrée et la sortie.

– Linéarité nulle? demanda-t-il.

– Presque.

– Et pas de dégagement de chaleur?

– Les senseurs n'ont rien montré.

Timberlake examina l'affichage et le tableau sur les deux côtés.

– C'est la mémoire de stockage que nous avons isolée. Avez-vous vérifié toute la procédure?

– J'étais juste en train de me familiariser avec le montage quand vous êtes arrivé.

– Ce truc aurait dû marcher, dit Timberlake. C'était un montage net et simple d'un bout à l'autre. J'aurais juré qu'il allait nous donner cet affichage intégré à la sortie en supprimant les digits non significatifs, et qu'à partir de là, nous aurions pu...

Il se tut un instant, puis reprit : une rétroaction imprévue aurait pu provoquer une réaction de ce genre.

– Je ne vous suis pas.

– Une oscillation. Une impulsion en retour que nous n'aurions pas prise en compte.

– Cela pourrait bloquer l'essai direct, dit-elle, mais ça n'expliquerait pas l'autre réaction. Si vous aviez une entrée sur l'ordinateur, évidemment... mais c'est à sens unique... n'est-ce pas?

– Il y a des portes d'un bout à l'autre. Notre montage pouvait recevoir des données sélectionnées depuis l'ordinateur, mais rien ne pouvait y retourner. Non... je pensais à cette mémoire de stockage, là. Il indiqua d'un signe de tête le tableau qui se trouvait devant Prudence.

Elle se tourna vers le tableau, intriguée :

– Mais ce n'est que... qu'un enregistreur complexe. Il ne sert qu'à suivre notre travail pas à pas. Il *est* isolé du reste de l'ordinateur, n'est-ce pas?

– Et s'il n'était pas isolé du reste de l'ordinateur? hasarda Timberlake.

– Mais Bickel m'a assuré...

– Ouais, dit Timberlake, et c'est sans doute ce qu'il croyait. J'ai vérifié le travail, moi aussi. Si les schémas sont corrects, il est isolé. Mais si les schémas sont faux?

– Pourquoi le seraient-ils?

– Je n'en sais rien, mais s'ils le sont?

Timberlake explora le tableau vers la gauche, et s'arrêta à la tête de sortie d'un traducteur :

– Il est facile de s'en assurer. Je vais faire un tri pour voir si une partie quelconque des données d'essai est passée dans les banques pilotes.

– S'il *est* passé quelque chose, impossible d'évaluer le gâchis que ça a pu causer, dit-elle.

– Pas forcément, dit Timberlake.

Il entreprit de préparer une bande programme, en se référant aux banques mêmes de l'ordinateur pour y puiser les données nécessaires :

– Voilà qui devrait convenir, annonça-t-il au bout d'un moment.

Quelques secondes plus tard, le signal de chargement-exécution se mit à clignoter au panneau d'affichage. Timberlake enfonça les touches de sortie imprimée en direct et lut la traduction automatique.

– C'était rudement rapide, dit Prudence.

Timberlake ne répondit pas. Il parcourait la bande à mesure qu'elle sortait dans le cliquetis de l'imprimante.

– Bon Dieu! fit-il.

– Qu'y a-t-il? demanda-t-elle, réprimant un élan de peur irraisonnée.

– Allez chercher Bickel, dit Timberlake. Ce foutu machin nous donne la sortie tronquée, ici même.

– Quoi?

– Le résultat que nous attendions de ce montage s'il fonctionnait, dit Timberlake. Nous l'avons ici maintenant!

– C'est impossible, dit-elle.

– Et comment! Vous avez participé à la programmation de ce truc; regardez vous-même.

Il fit volte-face, et fonça vers les cabines en la frôlant au passage.

Prudence se pencha sur l'état imprimé, parcourut les bits sélectionnés, parmi lesquels elle reconnut certains éléments des calculs qu'elle avait inclus dans le programme demandé par Bickel.

Le souffle coupé de stupéfaction, elle s'aperçut que l'état imprimé était dépourvu de tout digit non significatif. Il avait été réduit à l'essentiel.

XV

> « Les ordinateurs ne sont que des systèmes dotés d'une grande inconscience : tout y est tenu en mémoire de façon immédiatement accessible, et sujet à des programmes lancés par l'opérateur. L'opérateur, donc, est la conscience de l'ordinateur. »
>
> Raja LON FLATTERIE,
> *Le Livre de la nef.*

Il s'écoula au moins cinq minutes avant que Timberlake ne revînt avec Bickel. Tandis qu'elle attendait, Prudence répéta l'expérience une seconde, puis une troisième fois. Les deux essais fournirent la même impression tronquée.

Elle sentit sa poitrine se serrer. Tous les bruits de la salle l'oppressaient : le moindre petit cliquètement métallique, le bourdonnement étouffé d'un rythmeur, le faible souffle d'un ventilateur. Elle avait l'impression que cette chose, devant elle, était profondément dangereuse, et qu'il lui fallait faire preuve de prudence et de circonspection. Une vie nouvelle s'était éveillée à bord de la nef.

La porte s'ouvrit brutalement derrière elle. Bickel l'écarta pour se pencher sur le terminal.

– Laissez-moi regarder !

Ses doigts coururent sur les touches. Il parcourut des yeux la bande imprimée :

– Bon Dieu, c'est vrai!

Timberlake s'approcha derrière lui et regarda par-dessus son épaule.

– Comment? demanda-t-il.

– Tim, lui dit Bickel, enlevez le panneau de cette mémoire de stockage. Vérifiez-la avec tout ce que nous avons. Il doit y avoir une ligne qui rejoint l'ordinateur principal d'une façon ou d'une autre... une ligne qui n'apparaît pas sur les plans.

– Mais pourquoi ce truc se mettrait-il à nous donner la réponse maintenant? demanda Prudence.

– Ça? Bickel écarta l'idée d'un geste de la main. Le programme a été introduit avec une clef indiquant le traitement escompté, et il a été entièrement exécuté par l'ordinateur principal. Comme nous n'avons pas remis les mémoires à zéro, il est toujours là-dedans... et il agit comme un filtre. Il a tout éliminé, sauf la réponse que la clef désignait comme optimale. Mais bon sang, n'importe qui peut faire fonctionner un ordinateur comme ce genre de filtre. Ça ne veut rien dire.

– Pas si vite, dit-elle, en proie à une soudaine inspiration. Que représente réellement ce montage d'essai? Elle regarda l'assemblage que Bickel appelait irrévérencieusement « le Bœuf ». Il était toujours là, pareil à une excroissance surréaliste sur la surface plane du tableau.

– Vous dites que c'est un transducteur... une sorte de transducteur, dit-elle. Qu'est-ce que ça signifie exactement? Ce truc est composé de blocs simulateurs de réseaux nerveux disposés de façon à intégrer trois lignes d'énergie. Le terme opérationnel est : simulateurs de réseaux nerveux.

Elle s'excite beaucoup et elle parle trop, songea Bickel. Il savait que c'était en partie la fatigue qui le faisait penser ainsi, mais il se sentait remonté, revigoré par la rapide découverte de ce qui s'était passé. Il voulait couper la connexion vers l'ordinateur et refaire un essai.

Timberlake enlevait déjà le panneau d'accès à la mémoire de stockage. Le panneau grinça sur le pont lorsqu'il le poussa de côté.

– Ouais, des simulateurs de réseaux nerveux, dit Bickel.

Il observait Timberlake, admirant sa façon de travailler directe et déterminée. Timberlake connaissait son travail.

Prudence se méprit sur la réponse de Bickel :

– Et qu'est-ce qu'un réseau nerveux, sinon un espace d'intercalation? Il capte l'énergie... de la même façon qu'une toile d'araignée recueillerait l'encre que vous lui avez jetée. Le réseau fait un enregistrement en quatre dimensions de l'énergie que vous lui envoyez.

– Charmante analogie, commenta Bickel. Vous trouvez quelque chose, Tim?

– Pas encore, dit Timberlake. Il était maintenant allongé sur le dos, la tête, les bras et les épaules engagées dans le trou d'homme aménagé sous la première couche de câblage qui reliait le tableau aux mémoires de stockage.

– Je crois que vous visez juste, Tim, dit Bickel en voyant l'endroit où Timberlake concentrait ses recherches. Ça doit être là-dessous, avec les faisceaux primaires.

Prudence, concentrée sur sa propre ligne de pensée, poursuivait :

– Nous avons donc un espace d'intercalation multiple, un capteur d'énergie en quatre dimensions. Le programme d'essai traverse cet espace sous forme d'impulsions variables en quatre dimensions, est filtré par les itérations sélectives d'invalidation vers...

– Comment dites-vous? coupa Bickel.

Elle leva les yeux et vit son regard fixé sur elle.

– Comment je dis quoi? demanda-t-elle.

– A propos des impulsions variables.

– Je disais que le programme d'essai traversait l'espace d'intercalation sous forme d'impulsions variables et se trouvait filtré par les itérations sélectives d'invalidation...

– Bon Dieu, vous avez raison, dit Bickel. Les itérations sélectives agiraient comme un filtre. Je n'y avais pas pensé sous cet angle-là. On se retrouverait avec un embouteillage d'impulsions nodales en des points aléatoires des couches du réseau. Le programme d'essai serait obligé de s'y frayer un chemin en s'annulant à certains points, mais en traversant partout où il aurait un potentiel suffisant.

– Et ce filtre passe le programme au crible par un système d'erreurs aléatoires, dit Prudence. C'est donc que vous vous êtes trompé sur la façon dont il a produit vos réponses tronquées. Le programme qui est passé dans l'ordinateur n'avait certainement rien à voir avec ce que vous aviez introduit précédemment dans les mémoires. Pourtant, il a fourni les bonnes réponses.

– Repassons tout cela lentement, dit Bickel. Nous avons un ensemble de circuits – « le Bœuf » plus l'ordinateur – qui devrait connecter des événements ponctuels dans l'espace-temps. Exact?

– Exact. C'est votre espace d'intercalation en quatre dimensions.

– Alors nous y envoyons des impulsions d'énergie. Et ces...

– Aaahh! cria Timberlake, dont la voix résonna dans le trou d'homme.

Bickel abaissa les yeux et vit que seuls les pieds de Timberlake dépassaient à l'intérieur de l'atelier.

– J'ai trouvé, dit celui-ci. C'est un faisceau de cinquante lignes, prise unique. Je le débranche?

– Où mène-t-il? demanda Bickel.

– D'après le code des couleurs, il va tout droit dans les blocs-mémoires de stockage annexes, dit Timberlake. Ses pieds disparurent totalement dans l'espace étroit. Tous les blocs-mémoires sont connectés de cette façon! Pourquoi diable n'est-ce pas indiqué sur les schémas?

Bickel se mit à quatre pattes devant l'entrée du trou d'homme :

– Y a-t-il un système quelconque de tampons ou de portes, sur ces lignes?

Le faisceau d'une torche électrique balaya en tous sens l'espace réduit.

– Bon Dieu, ouais! dit Timberlake. Comment avez-vous deviné?

– Il le fallait, dit Bickel. C'est un système de sécurité

intégré pour l'ordinateur... et autre chose. N'y touchez pas.

– Pourquoi... que voulez-vous dire? demanda Prudence.

– C'est un système d'enregistrement, dit Bickel. Il venait de trouver la réponse à une question plus ancienne. *Lunabase aurait-elle installé des éléments secrets dans le système astronef-ordinateur?* Oui, et ils en avaient un sous les yeux.

– D'enregistrement? fit Prudence, interloquée.

– Oui! Bickel semblait furieux. Tout ce que fait l'ordinateur, tout ce que nous faisons – tout est enregistré.

– Pourquoi?

– Pour qu'ils puissent le récupérer et l'analyser même si nous ne sommes plus là pour en parler.

– Mais pourquoi ne nous auraient-ils pas dit que...

– Ils ne voulaient pas que nous mettions en doute les raisons d'être de ce... *voyage* avant qu'il ne soit trop tard pour changer d'itinéraire.

Prudence était sur la défensive :

– Nous pourrions toujours retourner sur...

– Ne soyez pas obtuse, Prue. C'est un aller simple. Ils ne veulent pas que nous revenions. Nous pourrions être très dangereux. La seule chose utile que nous puissions leur offrir, ce sont des informations... des découvertes.

Bickel se redressa, essayant de réprimer le sentiment d'égarement, d'accablement, qui l'assaillait.

Les salauds! pensa-t-il. *Ils savaient que nous découvririons ça la première fois que nous irions fouiner dans les entrailles de l'ordinateur. Ils nous ont lié les mains.*

Timberlake jaillit du trou d'homme et se releva :

– Il y a un carter de protection, là-dessous, avec une inscription en lettres rouges : « Danger de mort! Ne peut être ouvert que par le personnel de Lunabase! » Vous y comprenez quelque chose?

– Je préfèrerais ne pas comprendre, dit Bickel. Il regarda dans le trou.

Timberlake était aussi perplexe que l'avait été Prudence :

– Mais un système d'enregistrement et de sécurité avec un tel...

– Tout cela sent le « Défense de toucher » à plein nez, dit Bickel. Je vous le garantis – tripotez quoi que ce soit, et vous déclencherez quelque chose de vraiment destructif. N'y changez rien.

Il se releva, enleva les fiches de blocage qu'ils avaient mises en place pour isoler leur système d'essai. Ses mouvements étaient raides et mal coordonnés.

Isoler! Il bouscula Prudence, qui semblait toujours aussi perplexe. *Aucun des autres ne comprenait-il ce qui se passait réellement?* Il jeta les fiches de connexion sur l'établi, où elles atterrirent en cliquetant.

Son *expérience* n'avait abouti qu'à changer le potentiel en un point donné et faire en sorte qu'ils n'aient aucune adresse des données d'essai qu'ils venaient d'envoyer dans la totalité du système informatique.

Timberlake le suivit jusqu'à l'établi :

– Mais ces résultats, la troncation des...

– Servez-vous de votre tête! coupa Bickel en se tournant brusquement vers lui. En ce qui nous concerne, cet ordinateur comporte un système d'accès sélectif – d'énormes blocs d'informations stockés bit par bit de telle façon que seule la totalité de l'ordinateur puisse les reconstituer pour nous. Voilà pourquoi nous avons tant de programmes de fonctions spéciales, de sous-programmes et de sous-sous-programmes *ad infinitum*. Et *leurs* adresses, nous les connaissons.

– Mais les sécurités intégrées, l'asservissement...

– Ça, c'est un message particulier à notre intention, dit Bickel.

Prudence savait qu'elle devait le distraire de ces conjectures. Elle dit vivement :

– Les Noyaux Organiques devaient savoir où se trouvaient leurs informations.

– Et ils sont morts, dit Bickel. Vous avez saisi le message?

– Attendez une minute! dit Timberlake. Voulez-vous dire...

– C'est l'ordinateur qui nous maintient en vie, dit Bickel. La seule chose qui nous maintienne en vie. Avec cet ordinateur, nous pouvons gagner... ou perdre.

Timberlake se retourna, les yeux fixés sur le panneau d'accès ouvert :

– Mais nous... Il s'interrompit.

Prudence, partageant la prise de conscience de Timberlake, sentit sa gorge se dessécher. Une partie des informations contenues dans ce monstre seraient stockées plusieurs fois, selon la puissance avec laquelle elles avaient été introduites. Certaines informations n'étaient stockées qu'une seule fois, et risquaient d'être perdues d'un coup de proton malheureux. Et ce système dans son *ensemble* contrôlait leur destin.

– Les mémoires de stockage de cet ordinateur constituent un énorme système doté d'un équilibre interne, dit Bickel.

Prudence hocha la tête. Sous certains rapports, ce système ressemblait à une superbe mémoire humaine – et fonctionnait d'ailleurs comme une mémoire humaine – mais c'était un instrument délicat, avec toute la fragilité impliquée par ce terme.

– Nom de Dieu, chuchota Timberlake. Et nous y avons balancé un programme inconnu.

– Pire que cela, dit Bickel. A cause de cette connexion non mentionnée avec l'ordinateur...

Il déglutit péniblement, se demandant si les autres avaient déjà saisi l'étendue du désastre. Il se retourna, montrant la pile de cubes et de rectangles et les faisceaux de fibre nerveuse quasi biologique qui constituaient son « Bœuf ».

Les autres se tournèrent dans la direction qu'il indiquait.

– Ce montage, en fait, est une extension de l'ordinateur, dit-il.

– Le facteur d'erreur! s'exclama Prudence en portant une main à la bouche.

– Nous avons introduit un facteur d'erreur dans l'ordinateur, dit Bickel. Et cela signifie d'abord que nous avons introduit la probabilité – non, la certitude – d'un nombre inconnu de sous-espaces au sein de l'espace-temps de l'ordinateur. Le programme que nous venons d'envoyer dans l'ordinateur – sans savoir où il va atterrir – va produire des enchaînements topologiques inconnus, de nouveaux réseaux à travers tout le système.

– Et principalement dans les blocs-mémoires de stockage, dit Timberlake.

– Et dans les réseaux du transducteur, ajouta Bickel.

– Mais cette unité de stockage, ici, nous a fourni les données d'analyse du circuit quand je les ai demandées, dit Prudence.

– Certainement, dit Bickel, mais pour un sous-programme standard, votre demande équivalait à un programme. D'où sont venues les données, Dieu seul le sait. Au premier stade seulement, il y a cinquante lignes qui sortent de ce périphérique. Et ces lignes sont filtrées par un système tampon, rappelez-vous. Les bits sortent d'ici, foncent à travers ce système tampon, et sont scindés en cinquante directions selon leur différence de potentiel. Ce n'est que le premier stade. A l'étape suivante, la division est de cinquante fois cinquante. Puis cinquante fois cinquante fois cinquante. Et ainsi de suite.

Cela revenait à vouloir travailler avec une mémoire dont la seule propriété certaine était que tout ce qui s'y trouvait stocké était ventilé selon une certaine configuration, et ne pouvait être reconstitué qu'à la condition que cette configuration soit connue.

Amnésie sélective garantie. Mais c'était en quelque sorte... humain.

– Ce bloc-mémoire a fonctionné exactement comme une machine à tricoter, dit Prudence. Il a pris les fils de l'enregistrement issus de ce montage d'essai et les a entrelacés parmi les mémoires de stockage de l'ensemble du système... en étalant cet enregistrement dans un nombre inconnu de cellules de mémoire.

– Et un nombre inconnu de fois, dit Bickel. Ne l'oubliez pas. Et nous n'avons qu'une seule adresse pour tout l'enregistrement de cet essai, l'adresse d'un sous-programme standard. Si elle est perdue, tout l'enregistrement est perdu... à moins que nous ne parvenions à en assortir suffisamment de morceaux dans un autre programme pour le ressortir du système une autre fois.

– Mais n'est-ce pas à peu près la façon dont fonctionne la mémoire humaine? demanda Prudence. Et il y a autre chose : il nous a fourni une réponse correcte au traducteur. Une réponse *correcte.*

Bickel la regarda, tout en réfléchissant à cette évidence. *Elle a raison, parbleu! Et pas pour le motif qu'il avait si légèrement avancé.*

Ils avaient obtenu des réponses correctes en dépit d'erreurs et de fautes de programmation. La procédure de traitement ne valait pas grand-chose; elle était empirique et n'aurait dû en aucun cas fournir les résultats escomptés.

Mais c'était pourtant ce qui s'était passé. Pourquoi?

Bickel éprouva la sensation étrange que son esprit faisait une embardée. C'était une sensation tellement physique qu'il se demanda si les autres n'avaient rien remarqué.

La magnifique clarté avec laquelle il comprenait soudain ce qui s'était passé dans l'ordinateur déferla en lui comme un stimulant.

Les autres ne s'en apercevaient-ils pas?

Il regarda Prudence, puis Timberlake, et se rendit compte qu'il ne s'était écoulé qu'une fraction de seconde.

Car le mouvement ne produit rien d'autre que du mouvement.

Les mots résonnèrent à travers son esprit. Il était impressionné par la façon dont des bits apparemment dépourvus de relations – une ligne de poésie par-ci, une phrase technique par-là – pouvaient s'assembler par un simple tour de mathématiques pour former dans son esprit une réponse correcte.

Exactement comme cela s'était produit dans l'ordinateur.

Prudence, à qui l'expression de Bickel n'avait pas échappé, dit calmement :

– Vous êtes sur quelque chose d'intéressant, John?

Il hocha la tête :

– Prudence, vous êtes notre mathématicienne. Qu'est-ce que *pi?*

Elle le fixa d'un air perplexe.

– Je suis sérieux, dit Bickel.

– Le rapport de la circonférence d'un cercle à son diamètre, dit-elle. Vingt-deux sur sept serait une approximation rationnelle. Une approximation plus serrée nous donnerait trois cent cinquante-cinq sur treize.

– Pour la plupart des applications, cette approximation de *pi* nous fournirait des résultats valables? demanda Bickel.

– Vous n'avez pas besoin de me le demander. Vous savez que oui.

– D'accord, alors dites-moi pourquoi vous n'avez pas répondu à ma question en me disant que *pi* était un oiseau noir et blanc à longue queue, ou la mamelle d'une bête laitière?

Elle vit avec quel sérieux il attendait sa réponse, les yeux fixés sur elle. Il y avait là un rapport avec le problème. Elle regarda Timberlake, et celui-ci interpréta son mouvement comme un appel à l'aide.

– C'est évident, dit Timberlake. Vous avez d'abord défini une catégorie en disant : « Vous êtes notre mathématicienne. » Et puis vous avez demandé : « Qu'est-ce que *pi?* » Vous n'avez pas dit : « Qu'est-ce qu'*une* pie, ou *un* pis. »

– Ouais, dit Bickel. Vous aviez deux références de sélection qui vous permettaient de filtrer la question et de fournir la bonne réponse. Et comme vous avez senti que c'était d'une certaine façon une question de rhétorique, vous n'avez pas essayé de m'expliquer d'abord qu'il n'existait pas de nombre rationnel pour *pi;* vous vous êtes contentée de me donner des approximations rationnelles.

– Oui, mais je savais que je n'avais pas besoin de vous expliquer *cela,* dit-elle.

– Cela faisait partie de la catégorie « informations courantes », dit Bickel. Il vous suffisait de fournir la réponse *significative.*

– Nom d'un chien! explosa Timberlake, voyant où Bickel voulait en venir.

– Nom d'un « Bœuf »! vous voulez dire, observa Bickel.

Prudence fit volte-face, un doigt pointé frénétiquement vers le tableau de l'ordinateur :

– Mais il n'était pas conscient! Il ne pouvait pas l'être!

– Il n'était pas conscient, reconnut Bickel. Mais au premier coup d'essai, nous avons obtenu un résultat important. Et ce n'était pas par accident. Que pouvons-nous dire des résultats de cet essai? D'abord, nous pouvons affirmer que l'ordinateur disposait d'informations suffisantes pour produire une réponse exacte en dépit d'erreurs dans le système. Deuxièmement, nous pouvons dire que nous avons introduit une nouvelle sorte de données sensorielles dans le système précédemment appelé ordinateur. Nous pouvons continuer à l'appeler ordinateur, mais il a monté d'un échelon, à présent. Il a *appris* à utiliser une nouvelle sorte de données sensorielles.

Prudence faillit parler, mais se retint.

– Rapprochez tout ce que j'ai dit de la théorie des champs, dit Bickel. Il leur sourit. Et rappelez-vous ensuite que nous avons assorti dans « le Bœuf » trois sources d'énergie. L'intégrateur a assuré leur transmission sous une forme identique. Le potentiel de « tamponnage » de cette unité de stockage a ventilé ces impulsions à travers le système. Elles ont été divisées et redivisées... mais partout où elles concordaient, elles se sont mutuellement renforcées.

– En elle-même, l'impulsion originelle du programme était une sorte de comparateur, dit Timberlake. L'ordinateur pouvait vérifier l'exactitude en se basant sur la force des signaux.

– Et l'ordinateur *savait* déjà vérifier par comparaison l'exactitude des signaux du RT en les filtrant par une grille d'assortiment des codes, dit Bickel. La force des signaux n'était finalement qu'une autre sorte de grille.

– Si vous n'êtes pas trop occupé à vous autocongratuler, dit Prudence, réfléchissez à la façon dont certains de ces signaux réassortis, ont dû voir leur puissance s'accroître. Il est probable que certains éléments de l'ordinateur ont été mis hors de...

– Nous fonctionnons toujours, dit Bickel. Mais il s'aperçut qu'il était sur la défensive, que Prudence avait raison. Il y avait des fusibles de surcharge à l'intérieur du filtre pour en protéger les composants, mais des signaux égarés avaient pu annuler le potentiel des barrières et semer la pagaille dans certains des programmes principaux. Il regarda l'écran, au-dessus d'eux, où l'on voyait Flatterie aux commandes du pupitre de Central-com.

Flatterie semblait décontracté mais vigilant, le regard fixé au-delà du pupitre directeur.

Qu'elle aille au diable! se dit Bickel.

– L'espace d'un instant, tout avait semblé rose, et il s'était senti plein d'allégresse à l'idée que « le Bœuf » avait gravi un petit échelon – pas dans la conscience... mais vers elle. Et tout ce qu'elle trouvait à faire, c'était de les asperger d'eau froide.

Bickel croisa le regard de Flatterie sur l'écran.

– Vous avez écouté, Raj?

– J'ai écouté, dit Flatterie.

– Avons-nous déjà mal tourné? demanda Bickel.

– Vous pensez vraiment que je suis cet hypothétique dispositif humain de sécurité? dit Flatterie d'un ton qu'il nuançait harmonieusement de raillerie et d'innocence offensée.

Il va presque trop loin, se dit Prudence. *S'il ne sous-estime pas Bickel, il force les limites. C'est aussi dangereux dans un sens que dans l'autre.*

– Vous êtes le candidat logique, dit Bickel. Mais ce que je demandais, c'étaient vos commentaires sur nos progrès.

Flatterie réprima un brusque sentiment de jalousie. Bickel, en dépit de son imperfection évidente – et elle était de taille – faisait preuve d'un merveilleux équilibre, ou... semblait en faire preuve, ce qui revenait pratiquement au même en ce qui concernait l'opération en cours.

– Ahhh, les progrès! dit Flatterie. Si j'ai bien compris votre premier essai, les distances temporelles franchies par les impulsions ne correspondaient pas aux distances spatiales. Elles n'étaient pas proportionnelles.

– Pour l'essentiel, c'est ça. (Bickel se demanda pourquoi le ton de Flatterie le mettait sur la défensive.) La sortie moyenne était presque à zéro.

– Les réseaux nerveux artificiels produisent quelque chose qui ressemble vaguement à un espace psychologique.

Flatterie s'interrompit, parcourut du regard le pupitre de Central-com, puis revint à Bickel par écran interposé :

– On peut dire que les impulsions d'essai sont plus ou moins semblables à des données sensorielles introduites dans l'espace psychologique – une région à peu près équivalente à ce que Prudence appelle espace d'intercalation. J'aime bien son analogie de l'encre et de la toile d'araignée. Mais il y a une grande différence entre l'espace physique et l'espace psychologique.

Il laissa son exposé en suspens pendant un long moment, obligeant Bickel à admettre qu'il dépendait d'une autre compétence que la sienne propre.

– Si vous voulez l'expliquer, alors allez-y, dit Bickel. Sa voix s'était nuancée de colère. Il n'aimaît pas dépendre de Flatterie.

– D'accord. Flatterie avait répondu d'un ton uni et amical. Vous pouvez chronométrer un signal dans l'espace physique, le répéter, et obtenir des résultats concordants. Toute différence sera en relation directe avec une modification de la distance. Mais l'espace psychologique... C'est tout autre chose. Le temps, en ce cas, peut dépendre de l'humeur. Qu'est-ce que l'humeur, John? Est-ce la comparaison entre l'expérience présente et des expériences antérieures du même genre? Votre chronométrage des impulsions dans un espace psychologique sera soumis à un nombre de variables beaucoup plus élevé que dans l'espace physique.

– Entendez-vous par là que nous n'avons pas analysé

correctement nos résultats? demanda Timberlake. Il fixait l'écran d'un regard furieux, avec l'impression que Prudence, Bickel et lui-même étaient en quelque sorte ligués contre Flatterie.

– Vous voulez établir une sorte de comparaison proportionnelle entre le monde sensoriel et le monde physique, dit Flatterie. Mais vous ne pouvez pas utiliser dans les deux cas les mêmes règles de mesure. Chaque neurone de votre réseau va introduire un élément aléatoire de temps de conduction, et ce caractère aléatoire sera encore accentué par une variation similaire des temporisations synaptiques. La différence entre le sensoriel et le monde physique, c'est la différence entre la distance temporelle et la distance spatiale. Et l'examen le plus superficiel de votre montage indique que vous aurez des distances temporelles aléatoires.

– Zéro par probabilité, dit Bickel. Ça ne prend pas.

– Dans cet essai à partir d'effets de salve, dit Flatterie d'un ton las, vous aviez des impulsions qui n'étaient pas synchronisées. Vous avez donc obtenu là et dans votre système une variété de retards qui ont pu s'annuler statistiquement – par la mécanique des probabilités.

– Sur le réseau entier? demanda Bickel.

– Pourquoi pas? Plus le réseau est étendu, plus il y a de chances pour que cela se vérifie. Et votre réseau couvrait tout l'ordinateur.

– Mais nous avons obtenu une réponse correcte du traducteur, dit Bickel d'un ton agressif. Essayez donc la probabilité là-dessus!

– Je n'y songeais pas, dit Flatterie. Pas plus que je ne penserais à tirer des conclusions définitives en me basant sur un seul essai.

Bickel le fixa d'un œil furieux :

– D'accord, nous allons le repasser!

– Non, dit Flatterie. Il n'en est pas question. Pas avant d'avoir trouvé un moyen d'isoler votre « Bœuf » de l'ordinateur... et avant de vouloir retrancher la moindre unité de stockage du système, demandez-vous laquelle ce sera. Est-ce que ce sera une unité chargée de protéger la vie d'un occupant des hibernateurs? Ou bien une des unités qui commandent la propulsion?

– Nous ne pouvons pas distinguer les unes des autres sans avoir procédé à un tri par groupes du système entier, protesta Bickel.

– Exactement. Ce qui ne devrait pas prendre plus de huit ou neuf ans – étant donné la main-d'œuvre dont nous disposons.

L'argument de Flatterie était irréfutable, Bickel le savait. Mais cela ne calmait pas pour autant la colère qui montait en lui devant l'attitude froide et supérieure du psychiatre-aumônier. Bickel avait pourtant l'impression qu'ils avaient côtoyé une évidence tacite, à la fois fuyante et vitale, que chacun d'eux aurait dû reconnaître. Ils s'en étaient approchés, puis s'en étaient écartés à nouveau.

– Alors nous allons transmettre le problème à Lunabase et leur laisser le soin de faire les essais à notre place, dit Bickel.

– En oubliant votre analyse des raisons qui nous valent d'être ici pour résoudre le problème, dit Flatterie.

– Ah, vous admettez que nous sommes ici pour apprendre à nager ou couler.

– Je n'admets rien du tout. Mais je suggère que vous veniez vous occuper du RT. Il y a une minute qu'un message de Lunabase est en train de s'enrouler sur les bobines.

XVI

« Les aptitudes du système humain à percevoir et identifier un débit élevé de données sensorielles shuntent pour la plupart l'appréhension verbale et analytique. Nous sommes généralement conscients d'une reconnaissance cognitive après les faits. Dans cette perspective, ce que nous entendons par conscience doit être considéré comme une aptitude réflexe d'analyse dont les applications sont assez limitées. Pour produire la conscience, nous nous *abaissons*, nous ne nous élevons pas. »

John Lon Bickel (N° 5)
Données de la Capsule-Message.

La voix de Morgan Hempstead, dépersonnalisée par les contractions de la transmission, emplit la salle de contrôle dès que Bickel mit en route la bande du dernier message de Lunabase.

– A nef LBA *Terra*. Ici Programme, appelle nef LBA *Terra*.

Un long silence suivit, et ils prirent conscience du sifflement de la bande qui défilait entre ses têtes de tri.

Pour Prudence, ce sifflement avait un caractère primordial et périlleux. C'était un son jailli de la fange de l'évolution, et elle sentit qu'une région inquiétante de son cerveau s'éveillait en l'entendant.

C'est idiot, se dit-elle. *C'est une réaction à ma dernière injection.*

C'était certainement cela : les expériences chimiques qu'elle pratiquait sur son propre corps créaient des déséquilibres. Elle essayait à présent une série de variations du tétrahydrocannabinol, en déplaçant des éléments de CH_3 et en ajoutant de l'oxygène.

Ce n'est que le sifflement des bandes, se rappela-t-elle. Mais sa tête avait tendance à se balancer d'un côté sur l'autre. Quelque chose en elle était fasciné par ce bruit.

Bickel parcourut la salle du regard – Flatterie toujours au pupitre directeur, calme et sereinement sûr de lui. Prudence dans son siège de quart, les yeux fixés intensément sur le traducteur vocal du RT, Timberlake dans son siège, les yeux fermés et la respiration profonde. On aurait presque pu croire qu'il dormait, si ce n'était le battement d'une veine à sa tempe. Bickel reconnut le tic – il signifiait que Timberlake ressassait quelque grave problème.

– Fichez le camp, dit Hempstead.

– Ce doit être une erreur, dit Bickel. Le RT a fait une gaffe.

– Il nous arrive de faire pire, dit Flatterie.

– Pour ce qui est de définir la conscience, dit Hempstead, Référence est faite à barrière nerveuse et données de seuil votre ordinateur. Meilleure déviation à ce jour.

– Meilleure *définition* à ce jour, dit Flatterie. C'est ce qu'il a dû dire.

– Nouveau Noyau-Psycho-Organique, dit Hempstead. Le personnel médical est prié d'abandonner toute répétition de ce genre dans son gaspillage d'instructions.

– Il y a quelque chose qui cloche dans le RT, dit Prudence.

– Pas dans le RT, dit Bickel. Dans les circuits de traduction de l'ordinateur.

– C'est ce foutu programme abracadabrant que nous avons injecté dans le système comme un lavement, grommela Timberlake. Il ouvrit les yeux et fixa Bickel d'un regard accusateur.

– Abandonnez toute tentative de ce genre, dit Hempstead. Je répète : abandonnez toute tentative de ce genre. C'est un ordre catégorique.

– Cela lui ressemble pourtant assez, dit Prudence.

– En aucun cas vous ne devez tenter de fabriquer des composants inanimés, dit Hempstead.

– Essayez donc de tirer quelque chose de ça, dit Timberlake.

– Analysez les données de cap et de réaction liées aux variations de masse, dit Hempstead. Zone inconnue dérivée mathématiquement.

– Quel charabia! dit Timberlake d'un ton hargneux. Rien à en sortir!

– Ici Programme. Terminé, dit Hempstead. Faites connaître faute accord.

Timberlake se redressa sur son siège et posa les pieds par terre :

– Allez-y, Bick, dit-il. Faites connaître *faute* accord.

Flatterie jeta un coup d'œil à Timberlake, puis reporta son attention sur le pupitre. Timberlake faisait manifestement une enchère pour regagner son autorité. Au premier revers, il était prévisible qu'il reviendrait à la charge – par crainte pour toutes les vies qui dépendaient des équipements biofonctionnels, sinon pour toute autre raison. Flatterie avait observé la façon dont Timberlake surveillait les répétiteurs des systèmes biofonctionnels – rien à signaler de ce côté-là... pour l'instant. Mais une menace portant sur une partie quelconque de la nef était une menace pour tous.

– Nous a-t-il demandé d'installer un nouveau cerveau? dit Prudence.

– Où pourrions-nous en trouver un? demanda Timberlake.

– Nous en avons déjà discuté, dit-elle en les regardant tour à tour.

Et pour la première fois depuis qu'elle avait pris son poste dans l'équipage ombilical, Prudence osa se demander ce qu'on pouvait réellement éprouver en devenant cette personnification incorporelle, le centre mental d'un monstre tyrannique tel que cet astronef.

Elle frissonna.

Ils me raillent de leurs blasphèmes, pensa Flatterie.

– Avez-vous froid, Prudence? demanda-t-il.

Il me surveille constamment, pensa-t-elle. Sa personnalité médicale affronta alors sa personnalité féminine, et elle répondit :

– Ça va très bien.

Mais elle ne se sentait pas très bien. Elle était en proie à des alternances de dépression et d'exultation qui l'assaillaient à l'improviste et qu'il lui fallait dissimuler. D'étranges souffrances psychiques lui torturaient l'esprit – des fantasmes de pouvoirs divins rivalisaient avec un désir d'avilissement physique.

Elle avait l'impression qu'elle était sur le point de découvrir le stimulateur sélectif de conscience. Certaines des combinaisons qu'elle expérimentait sur elle-même à ce stade provoquaient d'énormes apports d'oxygène au cerveau par brusques à-coups. Il semblait y avoir un effet de seuil mettant en jeu la barrière sanguine du cerveau. Mais les expériences produisaient des effets secondaires, dont certains l'avaient obligée à abandonner totalement les anti-S et les succédanés correspondants chargés d'assurer l'équilibre chimique de son corps. Depuis plusieurs jours, il lui avait fallu dissimuler des symptômes aigus de manque, et elle s'était trouvée incapable de réprimer un appétit compulsif pour les nourritures riches en vitamines B complexes.

Elle était également tourmentée par des rêves chargés de fantasmes sexuels auxquels participaient tous ses compagnons.

Bickel sortit du RT une bande imprimée.

– Charabia, dit-il.

– Qu'attendiez-vous d'autre? dit sèchement Timberlake.

Flatterie fut sur le point de dire quelque chose, mais il demeura silencieux, les yeux fixés sur le graphique de trajectoire qui s'inscrivait à son pupitre. Ce n'était pas son imagination : la courbe montait.

– Notre vitesse augmente depuis plusieurs minutes. Lentement... mais régulièrement.

– Des problèmes de propulsion, maintenant! fit Timberlake d'une voix hargneuse.

Flatterie commanda l'affichage des données de propulsion et le parcourut des yeux.

– Non, pas d'émission. Le niveau G/R indique une retombée normale de radiations.

– Concordance de masse? demanda Bickel.

Les doigts de Flatterie pianotèrent sur le clavier. Il parcourut des yeux les différents compteurs :

– Non conforme! La référence de masse ne concorde pas!

– Quelles sont les indications? demanda Bickel.

– Elles divergent de dix *argos*, marmonna Flatterie. Elles ne correspondent pas au graphique... pas de constante suivie dans la courbe de variation. La masse ne concorde plus avec la vitesse.

– Qu'avait dit Hempstead? demanda Bickel en consultant de nouveau la bande imprimée. « Analysez les données de cap et de réaction liées aux modifications de masse. » S'il...

– C'est peut-être du charabia! coupa Timberlake.

– Il y a pourtant cette augmentation continue de la vitesse, dit Flatterie. Une progression lente depuis près de quatre minutes.

Des alertes ont été programmées dans la nef, pensa Prudence. *C'est ce qu'on nous a dit. Mais comment distinguer les situations créées par ce programme... de celles qui ont une cause inconnue?*

Flatterie releva les indications d'un comparateur :

– Depuis une minute et huit secondes, notre vitesse a augmenté de zéro virgule zéro onze zéro zéro deux par rapport à notre référence de base.

Bickel permuta plusieurs fiches au pupitre de son ordinateur, et ses doigts dansèrent sur les touches. Il vérifia les indicateurs de contrôle, observa l'écran d'affichage.

– Interférence de masse, dit-il.

Timberlake toussa :

– Est-ce que cela signifie que notre vitesse a fait

augmenter notre masse au point que quelque chose... entre en collision avec nous?

– Nous n'en savons rien, dit Bickel.

– Et avec notre ordinateur, la réponse a des chances d'être en charabia, dit Timberlake.

– Mais le problème n'est pas du charabia, dit Flatterie. J'ai des indications directes.

– La vitesse et la masse sont nos principales variables, dit Bickel. La référence de masse ne tient pas debout. Nos senseurs ont détecté quelque chose qui dépasse leur capacité *nominale*. Ce qui enverrait le...

– Préparez-vous à la rétropropulsion, dit Flatterie.

– Ne serait-il pas plus sage de faire demi-tour? demanda Timberlake. Il enclencha la commande manuelle du cocon de son siège de quart, qui l'enveloppa d'un coup sec.

– Raj a raison, dit Bickel. Il faut réduire les modifications au minimum. Il se passe quelque chose dont nous n'avons aucune expérience.

– J'enclenche les rétros en micro-émission, dit Flatterie. Prue, surveillez la courbe de trajectoire. Tim, surveillez notre indicateur de masse. J'enregistre pour analyse ultérieure.

– S'il y a un ultérieur, marmonna Timberlake.

Flatterie ne prêta pas attention au commentaire :

– John, surveillez la température de coque et la comparaison Doppler.

– D'accord.

Bickel se racla la gorge. Il pensait à la rusticité de cette division quaternaire des fonctions par rapport à l'efficacité d'un cerveau-robot de contrôle en bon état de fonctionnement. En comparaison, l'équipage ombilical ressemblait à une bande d'infirmes boiteux... face à une situation où il fallait courir, esquiver et garder son équilibre avec l'aisance d'un athlète.

– Rétro enclenchée, dit Flatterie.

Il déplaça d'un cran les commandes micrométriques.

Les sièges de quart réagirent au changement par un léger réajustement, perceptible au mouvement très lent de leurs consoles répétitrices par rapport à l'arrière-plan des conduites, des tuyaux, et des instruments fixés aux parois.

– Courbe de trajectoire? demanda Flatterie.

– La vitesse diminue irrégulièrement, répondit Prudence. Par à-coups.

Bickel, qui observait le bord de son répétiteur à l'endroit où il s'alignait avec la limite d'une plaque de cloisonnement, vit les mouvements cahoteux de la nef se traduire par une série d'infimes saccades. Ses mains posées sur les touches de la console percevaient le frémissement de la coque.

– Prévenez-moi quand la courbe se stabilisera, dit Flatterie. Indicateur de masse?

– Irrégulier, dit Timberlake. La courbe moyenne est en baisse, mais l'indicateur direct monte et descend sans arrêt... Il dit zéro virgule zéro zéro huit, zéro zéro quatre-vingt-quinze... zéro zéro soixante-neuf...

– Prévenez-moi s'il se stabilise, dit Flatterie.

Sans qu'on lui ait rien demandé, Bickel annonça :

– Très légère augmentation de température dans le premier quadrant de poupe. Le système de compensation réagit correctement. L'indicateur Doppler accuse une réduction de vitesse réelle supérieure à neuf millièmes zéro quatre.

– Bien, dit Flatterie.

– V sur C concorde, dit Prudence.

Flatterie avança d'un autre cran la commande micrométrique. Il sentait la sueur ruisseler dans son cou et le long de son dos, trop rapidement pour le système de compensation de sa combinaison.

– Trajectoire? dit-il.

– La courbe descend maintenant au-dessous de la référence de base, dit Prudence. Elle continue à baisser irrégulièrement.

– Relevé ionique? dit Flatterie.

– Un sur quatre virgule deux huit zéro zéro un, répondit Timberlake. Concordance positive avec le taux d'émission. Rétro normal.

– La courbe descend régulièrement, à présent, annonça Prudence.

– L'indicateur de masse s'est stabilisé avec un

écart d'un millionième zéro zéro un, dit Timberlake.

– Température de la coque? demanda Flatterie.

– Constante.

Bickel prit une profonde inspiration. Les fluctuations de température de la coque à des endroits où elles n'auraient pas dû se produire, les variations de vitesse sans explication concrète – tout cela était plus alarmant qu'une panne matérielle qu'on pouvait toucher du doigt et réparer.

Flatterie entendit le soupir et pensa : *L'Œuf de Fer Blanc l'a échappé belle. Mais échappé à quoi? Bickel le sait-il? Nous a-t-il dit tout ce qu'il avait appris de l'ordinateur? Et même si c'est le cas, comment pouvons-nous nous fier aux informations de l'ordinateur, désormais?*

Mais Flatterie se rappela une autre partie du message sans doute déformé de Hempstead : « *Zone inconnue dérivée mathématiquement.* »

Et si c'étaient plus ou moins les paroles exactes de Hempstead? Une inconnue quelconque dérivée mathématiquement. Le vaisseau avait *effectivement* affronté un problème masse/vitesse.

– Raj, dit Bickel, diminuez la vitesse de deux points supplémentaires et stabilisez-la. Il nous faut à partir de maintenant une vérification régulière des variations masse/vitesse.

– Tout de suite, dit Flatterie. Annoncez vos relevés – dans l'ordre.

Il se tourna vers les commandes micrométriques et les abaissa de deux crans supplémentaires.

– La courbe de trajectoire descend régulièrement, dit Prudence.

– La référence de masse concorde, dit Timberlake. Émission ionique normale.

– Température stable et normale, annonça Bickel. Comparaison Doppler zéro positif.

Bickel regarda les deux fines aiguilles noires du comparateur Doppler. C'étaient elles qui donnaient à cette alerte toute son acuité. Elles fournissaient une vérification concrète de leur vitesse par référence à des corps célestes fixes. La comparaison Doppler et leurs variations de vitesse avaient concordé en tous points.

Bickel ne voyait qu'un seul domaine de probabilité susceptible d'expliquer ce qui s'était passé; mais c'était un domaine qu'on avait toujours considéré comme une sorte de jeu mathématique. Il fallait d'abord supposer que l'univers contenait deux groupes de matière, chacun se déplaçant plus vite que la lumière par rapport à l'autre. L'extrapolation de Cavendish sur la théorie de la gravitation engendrait alors des transformations négatives, ce qui ouvrait de grandes brèches dans la théorie newtonienne selon laquelle deux corps s'attirent *toujours* mutuellement avec une force inversement proportionnelle au carré de la distance qui les sépare.

Bickel pensait à ce mot *toujours*, et à l'implication que *toute* matière exerçait une attraction gravifique.

– Je ne comprends pas ce qui s'est passé, dit Flatterie, mais j'ai la nette impression que nous l'avons échappé belle.

– Échappé à quoi? demanda Prudence. Sa voix était l'expression même de la peur.

– Nous étions sur le point de perdre tout contrôle et de sortir du système solaire sans possibilité de manœuvrer, dit Bickel. En fait, nous étions sans doute sur le point de passer dans une autre dimension.

– Sans une chance d'en réchapper, dit Timberlake.

– Les tranformations négatives d'après la théorie de la gravitation, chuchota Prudence.

– Quoi? aboya Timberlake.

– L'échange d'énergie impliqué par les énormes variations de masse à l'approche de la vitesse de la lumière, lui répondit-elle. Les termes négatifs des équations ne s'annulent pas tous tant qu'on n'a pas commencé à produire d'hypothétiques transformations au-delà de la vitesse de la lumière. Il existe une région de modifications masse/vitesse dans laquelle deux corps se repoussent théoriquement au lieu de s'attirer.

– Bien, dit Bickel, comment allons-nous annoncer cela à Hempstead et à ses copains sans tout foutre en l'air?

– Nous avons déjà tout foutu en l'air, grommela Timberlake. L'ordinateur...

– Rien ne dit qu'il soit détraqué, riposta Bickel. Notre système biofonctionnel marche toujours. Les servos et les senseurs du vaisseau ont l'air de fonctionner correctement. J'obtiens des réponses logiques à mes demandes d'informations.

– Logique ne veut pas dire exact, dit Timberlake.

– Hempstead nous a-t-il donné l'ordre d'abandonner? demanda Flatterie. S'il nous a...

– Nous n'en savons rien, dit Bickel. Tant que nous ne le saurons pas, nous n'avons pas à obéir.

Ou désobéir, pensa Flatterie.

– Comment se *fait-il* que l'ordinateur semble fonctionner pour les demandes d'informations, mais pas pour les traductions du RT?

– Cela peut signifier qu'il n'y a qu'une bande à remettre en état, dit Prudence. Si c'est le cas...

Elle s'interrompit, les yeux fixés sur Bickel.

Bickel avait les yeux fermés. La sueur perlait à son front.

Le circuit était aussi clair dans son esprit que si on l'y avait projeté depuis l'extérieur. Il n'avait jamais totalement déconnecté « le Bœuf » du système RT qu'ils avaient utilisé pour les programmes interprétatifs de leur montage.

Une sensation de vide lui envahit la poitrine lorsqu'il se rendit compte que tous les signaux extérieurs destinés au RT étaient entrés dans l'ordinateur par l'intermédiaire du « Bœuf » – pour s'y perdre, pour embrouiller les boucles du traducteur RT.

– Vous n'avez pas déconnecté « le Bœuf » du tableau de branchements, chuchota Timberlake.

– Mais les extractions de l'ordinateur me parviennent par l'intermédiaire du pupitre RT, dit Bickel. Il percevait lui-même le désespoir que trahissait sa propre voix. Tous mes appels de programmes sont passés par ces mêmes circuits, ceux du « Bœuf »!

– Vous avez utilisé des sous-programmes standards dont l'adresse était connue, fit observer Prudence.

– Et tout ce que vous avez appelé a été éparpillé

et perdu dans le système entier, ajouta Timberlake.

– Vous croyez? demanda Bickel. Il ouvrit les yeux. Il n'y avait qu'une façon logique de s'en assurer, évidemment. Il ne pouvait pas causer plus de dégâts qu'il n'y en avait déjà... s'il y avait des dégâts.

Nous n'avions pas pensé que Bickel pourrait nous couper de LBA de cette façon, pensa Flatterie. *Détruire les boucles du traducteur!*

Sans les systèmes de traduction pour décoder les messages multirépétitifs transmis par impulsions laser, l'équipage ombilical pouvait aussi bien se servir de signaux manuels pour communiquer avec LBA. Bickel aurait pu construire un transmetteur radio, bien sûr. Il suffirait de quelques watts pour expédier un message à cette distance, mais rien n'avait été prévu à LBA pour utiliser de telles méthodes de communications. Et la quantité d'oreilles indiscrètes serait énorme.

Prudemment – car il fallait que le premier essai soit le bon – Bickel commuta cinq connexions sur son pupitre RT, puis il procéda à une triple vérification.

– Que faites-vous? demanda Timberlake.

– Chut, fit Prudence, qui avait compris les intentions de Bickel.

– Mais il a déjà...

– Programme de diagnostic, dit Bickel. Nous allons faire appel à un pointage du registre d'index en synchro simultanée avec une répétition de notre essai initial des circuits du « Bœuf ». Il va passer exactement par les mêmes canaux que précédemment; s'il y a déjà eu des dégâts, nous ne risquons pas d'en causer d'autres.

– Et le pointage du registre d'index pourrait nous indiquer où sont passées nos données, dit Timberlake. Ouais.

– En êtes-vous sûr? demanda Flatterie.

– La technique est bonne, dit Prudence.

Travaillant avec calme et procédant à de triples vérifications, Bickel assembla le programme nécessaire. Il prit une inspiration profonde avant d'introduire les premiers éléments du programme de diagnostic, l'essai étant prévu pour une exploitation en autonome. Il lui faudrait maintenir une surveillance constante, commander manuellement chaque pas du traitement.

Dès que l'intégrateur numérique commença à fournir des résultats, il le mit en branchement conditionnel avec sortie sur imprimante du pas à pas de l'ordre d'exécution des instructions.

Il perçut une respiration derrière son épaule. Levant les yeux, il vit que Prudence avait quitté son siège de quart et s'était agenouillée à côté de lui pour observer l'écran d'affichage.

– Les données ont été décalées, mais pas perdues, chuchota-t-elle.

– C'est ce qu'on dirait, dit Bickel.

– Elles pourraient aussi bien être perdues! vociféra Timberlake.

– Non, objecta Bickel. L'ordinateur est parfaitement opérationnel tant que tout est acheminé par l'intermédiaire du « Bœuf ».

– Pourquoi le RT n'a-t-il pas fonctionné? demanda Timberlake.

– Laissez tomber cette rengaine, dit Bickel. Vous m'avez aidé à construire le montage d'essai.

– Les messages entrants sont passés deux fois par les circuits du RT, dit Timberlake, évidemment.

– Les bits ont dû s'annuler sur toute la ligne, dit Bickel. Nous n'avons probablement pas reçu un cinquième du message.

– Il semblait effectivement un peu court, dit Prudence.

– Ce message est la seule chose que nous ayons réellement perdue, dit Bickel. Je vais demander une répétition sur...

– Attendez! dit Flatterie.

– Oui? Bickel le regarda.

– Comment allez-vous expliquer à LBA ce qui est arrivé au premier message? Flatterie se détourna du pupitre directeur pour regarder Bickel dans les yeux. Et s'ils nous ont *vraiment* ordonné d'abandonner?

– Vous savez, dit Timberlake, le commencement et la fin du message de Hempstead ne semblaient pas avoir été du tout altérés.

– Appel et fin de transmission standards, dit Bickel. Ils pouvaient être reconnus et traduits à partir des bits fractionnaires les plus faibles.

– Mais la charge était moins importante au départ, dit Timberlake, c'est peut-être une partie de l'explication. Il n'y aurait eu qu'un minimum d'annulations. Nous pouvons peut-être sauver une plus grande partie du message... surtout dans la première partie, avant que l'excès de charge n'ait provoqué le blocage.

Voilà qui est extrêmement prudent de la part de Timberlake, songea Flatterie. *Est-il en train d'adopter le point de vue de Bickel?*

Bickel se prit à agir avec hésitation, sans savoir pourquoi, mais incapable d'échapper à la logique de l'argument avancé par Timberlake. Il sortit la bande imprimée du message et l'introduisit dans le tiroir de lecture. *Si seulement l'impression avait été le premier stade de la réception,* pensa-t-il, *au lieu d'un stade intermédiaire.* Il enleva ses connexions de réinjection et envoya l'impression directement dans le RT, acheminant la sortie par le système d'affichage optique de caractères, vers l'écran qui se trouvait au-dessus d'eux.

L'appel original de Hempstead apparut. Tous leurs regards étaient fixés sur l'écran.

Celui-ci doit être exact, pensa Bickel.

Après le même long silence que précédemment, ils lurent :

– TIREZ AU SORT PARMI LES COLONS EN HIBERNATION UN CERVEAU PROPRE À REMPLACER VOTRE NOYAU-PSYCHO-ORGANIQUE POINT ORDRE AU PERSONNEL MÉDICAL DE PRENDRE UN CERVEAU HUMAIN VIRGULE DE L'INSTALLER EN TANT QUE NOYAU-PSYCHO-ORGANIQUE PROVISOIRE VIRGULE ET DE RAMENER L'ASTRONEF A BIDGEYBIDGEYBIDGEY PARFOIS AVEC LE FICHEZ LE CAMP POINT/POINT P POINT POINT POINT POUR CE QUI EST DE DÉFINIR LA CONSCIENCE VIRGULE CES DONNÉES FIGURENT PLUSIEURS FOIS DANS VOTRE ORDINATEUR VIRGULE ET VOUS POUVEZ VOUS Y RÉFÉRER POINT RÉFÉRENCE EST FAITE A DONNÉES ÉLÉMENTAIRES ANINSZERO POUR BARRIÈRE NERVEUSE ET

DONNÉES ÉLÉMENTAIRES DE SEUIL VOTRE ORDINATEUR POINT MEILLEURE DÉVIATION À CE JOUR POINT LE PERSONNEL MÉDICAL EST PRIÉ D'ABANDONNER TOUTE RÉPÉTITION DE CE GENRE DANS SON GASPILLAGE D'INSTRUCTIONS POINT.

Bickel interrompit le déroulement du programme :

– Vous en voulez encore?

– Ça devient de plus en plus incompréhensible, dit Flatterie. Je n'en vois pas la nécessité.

– Ces enfants de salauds n'ont vraiment aucune pitié! rugit Timberlake.

XVII

> « Rappelle-toi que je suis ta créature ; je devrais être ton Adam, mais je suis plutôt l'ange déchu, que tu as privé de joie sans raison... Comme Adam, je n'avais apparemment aucun lien avec aucun autre être vivant... Satan a ses compagnons, ses frères démons, pour l'admirer et l'encourager, mais je suis solitaire et abhorré. »
>
> Paroles du monstre de *Frankenstein.*

L'éclat de Timberlake fut suivi d'un long silence, chacun méditant dans l'isolement du cocon de son siège de quart sur le caractère fâcheux de leur situation. Assis au pupitre principal, Flatterie était le seul qui eût l'air vivant. On n'entendait que le grincement de son siège lorqu'il bougeait, le cliquètement des touches qu'il enfonçait. Dans leur humeur introspective, la puanteur sous-jacente de leur espace clos franchissait le seuil de leur perception.

Prendre le cerveau d'un colon? pensa Prudence. Hempstead leur avait-il réellement ordonné de commettre une telle atrocité? Elle le croyait.

Bickel semblait presque endormi, mais ses poings se serraient et se desserraient convulsivement.

Prudence regarda Timberlake, son visage sombre, la façon dont il découvrait instinctivement les dents. *Ces imbéciles de LBA*, pensa-t-elle. *Ne se rendent-ils pas compte qu'ils piétinent les inhibitions les plus sensibles de notre spécialiste des équipements biofonctionnels? Tuer un colon sans défense dans les hibernateurs!*

Non, songea-t-elle. *Ce qu'a ordonné LBA est pire qu'un meurtre.*

Flatterie remarquant l'effet qu'avait produit le message sur Timberlake, éprouvait des tiraillements de conscience... et de la peur. En ce qui concernait sa position personnelle à bord du vaisseau, Flatterie ne conservait que peu d'illusions. Il était à la fois Judas et l'agneau du sacrifice, fonctions classiques des extrêmes religieux. Il était dispensateur de vie et bourreau – et à moins d'avoir un sentiment divin de ces pouvoirs, il serait l'ultime victime du destin de *Terra*, quel qu'il soit.

Comme un oiseau qui s'est éloigné du nid, ainsi est l'homme qui s'est aventuré loin de chez lui, cita-t-il en lui-même.

– Ce qu'ils ordonnent, nous ne pouvons le faire, dit-il à haute voix.

– Mieux vaut ne pas en parler, dit Timberlake.

– Alors nous ferions bien de faire le point sur ce que nous avons construit dans l'atelier de l'ordinateur, et de partir de là, dit Flatterie. Qu'avons-nous construit, John?

– Je n'en sais fichtre rien, dit Bickel.

– De toute façon, ça ne semble pas être une conscience, dit Prudence.

– Sacré nom! rugit Bickel. Voilà que vous recommencez! Conscience! Conscient! Vous pourriez aussi bien dire que ce n'est pas de la gargamouille! Vous ne savez pas comment définir la conscience. Vous ne savez pas ce que c'est. Mais vous continuez à torcher des phrases comme si elles avaient une signification quelconque, et...

– Voilà! dit Timberlake. Voilà ce qui me chiffonne. Nous entreprenons de construire quelque chose, et nous ne savons même pas ce que nous construisons.

Il est temps de leur en asséner un coup, pensa Flatterie.

– Vous avez tort, Tim, dit-il. Et vous aussi, John. Prudence sait ce qu'est la conscience, tout comme vous. Elle est un être humain. Les humains sont les seules créatures à notre connaissance qui puissent savoir ce qu'est la conscience. Les ordinateurs ne peuvent pas s'en charger; il faut que ce soit les humains.

– Alors, qu'elle la définisse, dit Bickel.

– Peut-être ne le peut-elle pas. Mais elle la possède.

– Il y a un moment, vous disiez que nous n'avions probablement pas besoin de la définir, dit Prudence en fixant sur Bickel un regard accusateur.

– C'est un procédé qui laisse à désirer, dit Bickel. Copier l'original en espérant obtenir les mêmes résultats. Nous ne pouvons pas être sûrs de copier l'intégralité du modèle humain. Qu'aurons-nous laissé de côté?

Il est frustré et il se défend, pensa Prudence. *C'est le moment de le pousser, maintenant que Raj me l'a mis en condition.*

– D'accord, ingénieur, où croyez-vous aller, avec votre idée de la théorie des champs?

Bickel la regarda fixement, se rendant compte soudain qu'elle le harcelait délibérément. *D'accord, je vais jouer son jeu,* se dit-il. *Suis-je censé me mettre en colère? Non... ce serait trop facile. La meilleure attaque vient d'où on ne l'attend pas.*

– Faites un petit effort, Prue, et tâchez de suivre ce que je vais vous dire, lui lança-t-il d'un ton de défi. La théorie des champs traite de trois forces : il y a d'abord la source de l'expérience, l'univers qui s'impose à nous.

– Ce qui doit être en relation profonde avec la manière dont fonctionne notre système nerveux, dit-elle. N'essayez pas de m'enseigner ma spécialité.

– Je n'y penserais pas. Et vous avez raison. C'est le second élément : il faut *quelqu'un* qui fasse l'expérience de cet univers.

– Et troisièmement?

– Troisièmement, c'est le plus épineux. C'est la *relation* entre ce quelqu'un et cette manière neurale brute que nous appelons l'expérience. Cette relation, ce phénomène qui vient en troisième lieu, c'est notre champ.

– Le moi, dit-elle.

– Un champ, objecta Bickel.

Elle haussa les épaules. La « cage spatio-temporelle » d'Huxley, avec son « fourmillement confus d'idées ».

– Ouais. Huxley a dit que le moi conscient devait dériver de la mémoire, mais il ne faisait que jouer avec les mots parce qu'il avait peur de ce qui se trouvait au-delà des mots.

– Pas vous? demanda Flatterie.

– Écoutez-moi bien, dit Bickel. Quand vous dites qu'un moi conscient dérive seulement de notre fonction mémorielle, vous identifiez celui qui vit l'expérience avec ce qui fournit l'expérience.

– La mémoire est l'expérience, reconnut Prudence.

– Nous devons nous concentrer sur cette relation tertiaire, dit Bickel.

– Le champ global qui est plus grand que la somme de ses composants, dit-elle.

Elle est prête pour le choc pensa Bickel. *Et Raj aussi.*

– Vous, les toubibs, vous me faites mal avec votre suffisance. Vous dites que seuls les humains sont conscients. De la part de Raj, c'est un sacrilège. De votre part, Prue, c'est de la stupidité. Vous entrevoyez une fraction du spectre et vous affirmez aussitôt que vous savez à quoi ressemble tout l'univers de lumière. L'un de vous s'est-il jamais demandé : *Suis-je réellement conscient ?*

Flatterie ressentit une douleur inexplicable dans la poitrine. L'espace d'un battement de cœur, la console qui se trouvait devant lui se brouilla. Puis il reprit contrôle de lui-même.

A LBA, ils avaient coutume de rire et de citer Edgar Allan Poe, pensa Flatterie. Ils disaient que les individus n'avaient peut-être pas « l'organe d'analyse » de Poe, mais qu'une société entière pouvait créer un tel organe à partir de l'un de ses membres. S'étaient-ils rendu compte qu'ils créaient un monstre dangereux? Que pouvait-on cacher à Bickel lorsqu'il avait décidé d'y porter son attention? C'était ce que voulait dire Prudence, bien sûr, quand elle lui recommandait de ne pas sous-estimer Bickel. Mais les *manipulateurs* de LBA savaient-ils quel cavalier ils avaient lâché parmi les pions?

Peut-être s'en rendaient-ils compte – du moins inconsciemment – quand ils m'ont chargé de le surveiller, pensa Flatterie.

– Vous essayez de ramener les problèmes de base à des éléments de plus en plus réduits, dit Bickel. Des étiquettes de plus en plus petites. Mais vous ne faites qu'esquiver le sujet.

– Sommes-nous conscients? chuchota Prudence, ressassant l'idée en tous sens dans son esprit.

Et elle pensa à son expérience avec le dérivé de cannabis, le THC – tétrahydrocannabinol. Elle recherchait un antiataraxique, un stimulateur sélectif de la conscience – quelque chose qui retienne les ténèbres à distance d'une façon tout à fait particulière. Mais dès l'instant où elle avait approché l'expérience de stimulation, l'obscurité s'était déversée par toutes les frontières de sa perception.

Adrénochrome, pensa-t-elle.

C'était une pensée soudaine et explosive, comme une chose tapie sur son chemin, et qui aurait bondi sur elle à son passage.

Adrénochrome... azote contre CH_3. Si elle l'inversait et qu'elle lui donne une liaison CH_3 ordinaire avec l'un des éléments THC... Aaah, voilà qui ressemblait de près à certains composés mortels! Mais à dose très faible... Franchirait-il la barrière sanguine du cerveau? Et l'adrénochrome faisait partie des hallucinogènes. Alors?

– Vos ongles viennent à peine d'agripper la corniche, disait Bickel, et vos yeux n'ont pas encore atteint le rebord – vous ne voyez qu'une pâle réflexion de lumière, mais vous mentez et vous affirmez à ceux qui sont autour et au-dessous de vous que vous voyez jusqu'à l'horizon.

Comme si ces paroles avaient déverrouillé une porte, le souvenir d'un rêve déferla dans l'esprit de Prudence. Elle l'avait rêvé... au cours d'un long sommeil... quand...

En hibernation!

Elle l'avait rêvé dans l'hibernateur!

Dans le rêve, il y avait eu d'autres personnes autour d'elle, mais tous l'avaient rejetée. Les *autres* construisaient un mur bas et la défiaient en raillant de l'escalader. Mais à chaque fois qu'elle essayait, les *autres* érigeaient le mur un peu plus haut.

De plus en plus haut.

Jusqu'au moment où elle n'essaya même plus.

Finalement, les *autres* ne s'étaient plus occupés d'elle, mais elle les entendait rire et parler de l'autre côté du mur.

Au souvenir de ce rêve, Prudence regarda Bickel et comprit ce qu'il avait probablement vu depuis le début. Le problème de la création d'une conscience artificielle était le problème de la conscience elle-même. C'était un édifice énorme, pareil à une falaise ou à un mur qu'il fallait escalader. Un édifice qui les surpomblait, sombre et austère – et seul un soupçon de lumière les narguait depuis le sommet.

– Vous avez fait cela délibérément pour me rabaisser, accusa-t-elle.

– Bienvenue dans le club, dit Bickel.

– Que voulez-vous dire? demanda Timberlake. Cela signifie-t-il que même si nous construisons l'analogue d'un être humain, nous n'obtiendrons peut-être pas ce... cette conscience?

– Revenons sur ce qui est arrivé aux *cerveaux* de la nef, dit Bickel. Quel est l'ordre essentiel auquel ils étaient censés obéir?

– Demeurer conscients et vigilants à chaque instant, dit Timberlake. Mais, bon sang, si vous prétendez qu'ils ont succombé à l'épuisement, c'est absurde. Ils étaient protégés contre tout...

– Non, il ne s'agit pas d'épuisement, dit Bickel. Je me demande seulement ce qui se passerait s'ils prenaient cet ordre à la lettre, l'ordre de demeurer *conscients?*

– Le *degré* de conscience, songea Prudence à voix haute.

– Le seuil, dit Flatterie, une nuance d'étonnement dans la voix.

– Oui, dit Prudence. Un sujet hyperconscient a un seuil très bas. Les impulsions pénètrent facilement dans son champ de perception. Vous supposez que les *cerveaux* NPO n'ont pas pu maîtriser l'hyperconscience.

– Quelque chose comme ça.

– Écoutez, dit-elle, l'assaut des impulsions nerveuses contre la... conscience humaine... Elle regarda Bickel, sur la défensive. Bon, comment pouvons-nous l'appeler autrement?

– D'accord, dit Bickel. Continuez.

Elle continua de le regarder pendant un moment.

– Cet assaut est constant, gigantesque. Les impulsions sont toujours présentes. Elles grouillent autour de nous. Il *faut* qu'il y ait un facteur limitatif, un seuil. Les impulsions doivent franchir un certain seuil avant qu'on ne les... *perçoive*.

– Et ce seuil varie d'une personne à l'autre, et même d'une minute à l'autre chez une même personne, dit Flatterie.

– Mais comment les impulsions nerveuses franchissent-elles ce mur? demanda Bickel.

Pourquoi a-t-il utilisé ce mot? se demanda-t-elle.

– Les impulsions deviennent parfois plus fortes, dit Flatterie.

– Mais ce n'est pas tout, dit Prudence. Il existe également une activité du côté de celui qui... vit l'expérience. Quand on concentre son attention sur quelque chose, le seuil en est abaissé.

– Le danger aussi peut l'abaisser, dit Flatterie. Et il attendit, pour voir si Bickel allait lui emboîter le pas.

Bickel regarda Flatterie d'un air interrogateur :

– Nous sommes en danger en ce moment même, Raj. Est-ce quelque chose qu'ils nous ont fait... délibérément?

– Vous pensez que ce danger, au-dehors, n'est pas

réel? demanda Flatterie, pointant inconsciemment le pouce vers la coque extérieure, là où elle était la plus proche.

Bickel resta silencieux, la bouche sèche. Une terreur irraisonnée l'envahissait. C'était un anéantissement colossal qui menaçait de l'engloutir.

– John, demanda Prudence, ça va?

– Juste un petit accès de vertige spatial, parvint-il à répondre. Il se força à sourire. Peut-être... peut-être suis-je fatigué. J'ai passé plus de deux roulements à travailler sur ce montage abracadabrant, dans l'atelier, et il y a je ne sais combien de temps que je ne me suis pas vraiment reposé.

Savoir quand relâcher la pression représente la moitié de la tâche, se répéta Prudence. Allez casser la croûte et piquer un somme. Ça ira peut-être mieux si nous laissons un peu ce problème de côté.

Et elle pensa : *Je peux lui donner cet avis, mais je ne le suivrai pas.*

Les dernières expériences dont elle se faisait le cobaye brouillaient quelque peu son sens de la réalité. Elle se demanda si elle pouvait se confier à Raj, mais rejeta cette pensée dès qu'elle lui fut venue. Raj lui dirait qu'elle se mêlait de ce qui ne la regardait pas. Il l'obligerait à s'arrêter, et elle sentait que ce n'était pas le moment. Il y avait quelque chose... quelque chose... si près...

– Il faudrait peut-être répondre à Hempstead? dit Bickel.

– Qu'ils attendent, grommela Timberlake.

– Si nous attendons trop longtemps après le délai de réponse, ils vont croire qu'il s'agit d'une panne de transmission, dit Bickel. Ils répèteront le message.

– Ce qui nous vaudra un nouveau texte sans que nous l'ayons demandé, fit remarquer Flatterie.

– N'est-ce pas une suggestion plutôt retorse, pour notre ecclésiastique? demanda Bickel.

– C'était le psychiatre qui parlait, dit Prudence. Vous feriez mieux d'aller dormir.

– Et moi, je vais pouvoir rester ici à me tourner les pouces, dit Timberlake.

Bickel regarda Timberlake, se rappelant son amère fureur à la suggestion de Hempstead. Pour la première fois depuis longtemps, Bickel prêta véritablement attention à Timberlake, conscient de la façon dont celui-ci avait dû ravaler son orgueil en lui abandonnant le commandement de la nef, conscient de sa préoccupation majeure – les vies humaines qui l'entouraient.

Bickel se rendit compte que rien ne pouvait soulager les contraintes qui pesaient sur Timberlake dans l'immédiat. Ces vies *étaient* en danger... toutes celles qui se trouvaient à bord, depuis le plus petit embryon de poulet dans les hibernateurs jusqu'à Timberlake lui-même.

Timberlake voyait parfois intuitivement au fond des choses. Et il était ingénieur. Il vaudrait peut-être mieux pour lui qu'il soit occupé... L'équipage, d'ailleurs, n'avait pas trop de toutes les compétences disponibles.

– Tim, dit Bickel, nous devons résoudre le problème de la conscience de la même façon que vous résolvez un problème d'effet particulier dans un émetteur-récepteur, un tuner ou un amplificateur. Vous pourriez y réfléchir pendant que je vais me reposer. J'ai besoin de réponses claires et précises qu'on puisse traduire en schémas de fonctionnement.

– Mais nous avons ce truc sur les bras, dans l'atelier, protesta Timberlake.

– Ce n'est qu'un début. Nous sommes obligés d'utiliser « le Bœuf », parce que c'est notre seule entrée dans l'ordinateur pour certaines de nos données vitales... Pour l'instant. Mais c'est quand même un départ. Rien n'est changé, en réalité.

– Sauf qu'il nous reste deux jours de moins avant la date limite, et que nous ne nous sommes pas rapprochés de la solution, grommela Timberlake.

Bickel réprima un élan de colère :

– Comme vous voudrez. Il s'éloigna, franchit la porte qui menait aux cabines et la referma hermétiquement derrière lui.

Le bruit des dilatateurs d'étanchéité siffla en lui

comme un soupir, et il se retrouva dans la cuisine de bord, se demandant s'il lui restait assez d'énergie pour manger et se glisser dans son box.

– Il faut que je mange, murmura-t-il. Il faut que j'entretienne mes forces.

Il se traîna jusqu'au comptoir du snack, envoya une demi-charge de réchauffage dans un tube de soupe et l'avala. C'était du poulet. Il sentit le bouillon répandre en lui un flot d'énergie nouvelle; après la soupe, il prit un tube de chocolat chaud.

Il s'approcha de sa cellule matelassée et vérifia les répétiteurs des équipements biofonctionnels du box. Tous les compteurs affichaient des valeurs normales. Il se glissa dans la cellule, referma la porte étanche et tira la goupille pneumatique. Lentement, doucement, la cellule l'enveloppa, le souleva. Il sentit sur son visage le flot d'air riche en oxygène, un air filtré et refiltré tant de fois qu'il avait perdu la plus grande partie de la puanteur caractéristique de la nef.

Ses muscles commencèrent à se détendre et, comme toujours lorsqu'il se préparait à dormir dans son box, il s'émerveilla de cet effet apaisant. C'était comme un retour à la matrice.

Quelle matrice a porté mon original? se demanda-t-il. *Quelque part, il y a une mère... et un père. Même si j'ai grandi dans une cuve de gestation, j'ai été conçu quelque part de la chair et du sang. Qui étaient-ils? Je ne le saurai jamais. Inutile même d'y penser.*

Il concentra son attention sur le « cube » qui l'enveloppait, la matrice artificielle qui procurait un profond sentiment de sécurité afin d'assurer un sommeil réparateur.

Pourquoi se repose-t-on mieux et plus efficacement dans un « cube »? Un petit somme dans un siège de quart est loin d'être aussi reposant. Pourquoi? Est-ce de l'atavisme, un retour phylogénétique à la mer? Ou est-ce autre chose, quelque chose qu'il nous reste encore à découvrir?

Bickel prit pleinement conscience des volutes moelleuses que dégageait son enceinte, de la richesse et de la moiteur de l'air. Le sommeil le pénétrait de ses vrilles et il sentit combien sa respiration était devenue lente et régulière.

Et combien rythmique.

Les rythmes immuables, pensa-t-il tout en repoussant le sommeil. *Il y a un facteur d'oscillation, dans notre problème. L'oscillation est présente dans la fascination hypnotique, dans la respiration du sommeil, dans les battements du cœur... dans la sexualité...*

Les cellules vivantes possèdent des pôles magnétiques, nord et sud, pensa-t-il.

Il se rappela le concepteur biologiste Vincent Frame exposant ce thème dans une conférence d'ingénierie biologique à LBA.

Je suis une structure composée d'un grand nombre de cellules différentes, se répéta Bickel. *Coordonnées.*

Frame était revenu avec insistance sur le thème, attirant l'attention sur certains indices capitaux dans les oscillations et les rythmes des activités humaines – *les énergies cellulaires.*

Dans cette conférence, Frame expliquait la conception d'un fauteuil de salon pour basse gravité.

Les rythmes... les rythmes caractéristiques de la vie.

Frame était revenu maintes fois sur ce concept.

L'oscillation.

Malgré la fatigue et le sommeil tapi à la lisière de sa conscience, Bickel se sentait subjugué par cette « piste » brûlante sur laquelle son esprit s'était engagé par hasard. Il enclencha son intercom et regarda l'écran minuscule.

Le visage de Timberlake lui fit face.

– Rappelez-vous les conférences du Dr Frame. Oscillation. Discuterons plus tard. Bickel relâcha la touche de l'intercom avant que Timberlake pût répondre.

En se rallongeant, il sentit le sommeil surgir de l'obscurité pour l'engloutir.

XVIII

« La conscience est-elle simplement une forme particulière d'hallucination ? »

Prudence Lon WEYGAND (N° 5),
Fragment de la *Capsule-Message.*

Flatterie venait de passer le pupitre de Central-com à Prudence. Il regarda Timberlake, assis au bord de son siège de quart, les yeux fixés sur un bloc-notes. Le papier fin émit un léger bruissement lorsque Timberlake replia une feuille pour griffonner quelque chose sur une page blanche.

A côté de Timberlake, l'écran de l'intercom montrait Bickel, qui s'était endormi presque immédiatement après son étrange appel.

– Tim, avez-vous compris quelque chose au message de Bick? demanda Flatterie.

– Peut-être. Timberlake leva les yeux de sur son bloc-notes. Supposons que la conscience implique un récepteur organique quelconque qui produise une strucutre de champ.

– Et cette structure de champ se dilate ou s'affaisse sous l'effet de différentes contraintes, dit Prudence.

Timberlake hocha la tête :

– Et cette structure de champ elle-même serait le phénomène que nous appelons conscience.

– Êtes-vous tous les deux de son avis? demanda Flatterie.

– Pour l'instant, dit Timberlake. Maintenant, poursuivons cette hypothèse. Le récepteur organique serait soumis à un bombardement permanent d'impressions.

– Et la plupart des chercheurs pensent que le cervelet est le foyer de ce bombardement, dit Prudence.

– Mais ce n'est certainement pas le siège de la conscience, objecta Flatterie

– Il n'y a peut-être pas de *siège* de la conscience, dit Prudence. Nous parlons d'un phénomène motile. Il peut se déplacer par lui-même.

– D'accord, dit Timberlake. Sous quelle forme entre l'impression? Que reçoit le cervelet?

– Des impulsions électriques sous une forme ou sous une autre, dit Prudence.

– Oui... mais comment ces données sont-elles triées dans le récepteur?

Flatterie inspira profondément, pris à son tour par l'instinct de chasse et le sentiment que la proie n'était plus très loin. Était-il possible que cet équipage réussisse? Il se rendit compte que Prudence lui avait posé une question.

– Hein?

– Comprenez-vous ce concept? Nous parlons d'entrée sous forme électrique de groupes d'impulsions nerveuses, chaque groupe étant d'une durée extrêmement courte.

– Mais ces groupes ne seraient pas absolument discrets, dit Flatterie.

– Non, évidemment, dit-elle. C'est comme l'ambiguïté de la lumière. Le physicien doit la considérer parfois comme des ondes, et parfois comme des particules.

– Ondicules, dit Flatterie d'un ton rêveur.

– Voilà. Alors nous considérons parfois ces groupes d'impulsions nerveuses comme des unités discrètes, des particules, et parfois comme un flux continu... des ondes.

– Suivez-moi la piste de ce flux discret, dit Timberlake.

Prudence détourna les yeux de la console principale pour observer Timberlake. Son excitation était évidente. Avec le sens intuitif qui le caractérisait, Timberlake s'était déjà éloigné d'un grand bond, et les autres étaient censés le suivre.

– La piste est bien jalonnée, dit Flatterie. Les courants actifs sont transmis par le système cortico-ponto-cérébelleux. Où voulez-vous en venir?

Elle vit mentalement le système sous forme de diagramme : *1 cortico – 2 ponto – 3 cérébelleux. Trois phases! Étaient-ce là les trois composantes essentielles du moi/champ de Bickel*?

Prudence exprima sa pensée à voix haute et attendit, ne sachant trop comment les autres allaient réagir.

– Trois pistes au lieu d'une, dit Flatterie, songeur. Non, ce n'est pas ça. Puis, soudain : Holographique!

– Un champ holographique, dit Prudence. Elle vit que Flatterie, lui aussi, avait été pris par l'excitation de Timberlake. Mais le pupitre exigeait toute son attention, et c'est seulement plus tard qu'elle se rendit compte qu'elle avait manqué un échange silencieux entre Flatterie et Timberlake – peut-être un regard entendu, un hochement de tête...

– Je préfère que ce soit vous qui le formuliez, déclara Timberlake au bout d'un moment. Où aboutit toute cette énergie?

– Elle va dans les zones silencieuses ou non fonctionnelles du cervelet, répondit Prudence.

Flatterie éprouva le besoin de développer le sujet :

– C'est-à-dire les lobes supérieurs et inférieurs, la déclive, le folium et le tubercule cendré – la plus grande partie du cervelet.

– L'entremise se fait par le cortex cérébral, dit Prudence.

– Silencieux ou non fonctionnel? demanda Timberlake. Vous les médecins, vous arrive-t-il d'écouter vos propres paroles?

– Que voulez-vous dire? demanda Flatterie. Il y avait une nuance de colère dans sa voix.

– Quel est le potentiel, l'effet? demanda Timberlake.

– Je ne vois pas...

– L'énergie arrive! Fait-elle tourner une roue? Allume-t-elle une lampe? On ne peut pas entasser indéfiniment de l'énergie dans un système, quel qu'il soit, sans avoir une sortie quelconque... ou un effet compensatoire.

– Mais vous avez dit...

– Quelle est la sortie, le potentiel, l'effet compensatoire? L'énergie entre. Que fait-elle?

– Entendez-vous par là que ce... *potentiel,* ce serait la conscience? demanda Prudence.

Elle se rappela que Bickel avait appelé le système de champ une « éponge insatiable ».

Flatterie interrompit ses pensées :

– Bickel n'a-t-il pas comparé la conscience au réflexe vestibulaire de l'oreille interne?

– Notre sens de l'équilibre, approuva Timberlake. Ce qui nous indique où est le bas, et où est le haut.

– Le plus drôle, dit Prudence, c'est que j'ai l'impression d'avoir dormi un peu pendant tout ce temps, de n'avoir pas été suffisamment éveillée pour comprendre ce que voulait dire Bickel.

– Mais maintenant, vous commencez à saisir, dit Timberlake.

– Ce bombardement d'impressions sensorielles ne cesse pas lorsque vous dormez, protesta Flatterie. Voulez-vous dire que le *sommeil* est une forme de conscience?

Tout en parlant, il se souvint d'avoir fait la même objection à Bickel. Mais cette fois, il lui fallait être honnête envers lui-même et affronter l'évidence, avec tout ce qu'elle impliquait.

– Oui, bien sûr, poursuivit-il. Le sommeil est une forme de conscience. Il se trouve simplement à une extrémité de l'échelle.

– Et toute cette énergie sans débouchés? insista Timberlake.

– Il faut qu'elle soit utilisée d'une façon ou d'une autre, dit Flatterie. Oui, je m'en rends bien compte.

– Bon, dit Timberlake. L'effet de conscience – que ce soit un champ ou autre chose – peut contrôler cet équilibre énergétique. C'est peut-être un homéostat.

– Tous les mécanismes de contrôle biologique sont des homéostats, dit Prudence. Et alors?

– Il n'est pas suffisant de dire que la conscience jongle avec le bombardement d'impressions sensorielles, dit Flatterie. Cela ne répond toujours pas à notre question, Tim. Où passe l'énergie?

– Il doit y avoir un autre effet quelque part dans le système, dit Timberlake. Il doit y avoir quelque part un flux d'énergie, inexpliqué – ou expliqué de la mauvaise...

– La synergie, dit Prudence.

Flatterie lui jeta un regard surpris. Il avait eu le mot sur le bout de la langue.

– La synergie, dit Timberlake, songeur. Y a-t-il là un sujet d'étonnement du point de vue biologique?

Prudence perçut la question à l'intérieur de la question. L'ingénieur des équipements biofonctionnels avait de par son travail une certaine connaissance de la synergie, mais il voulait savoir si une simplification anatomique était susceptible de l'aider. Timberlake flairait une piste importante.

– C'est l'effet produit par nos réflexes spinaux, dit-elle. La synergie agit par l'intermédiaire du cervelet, un effet supplémentaire. C'est du côté du... aah, du circuit qui sort du cortex.

– Nous recherchons un effet d'intégration ou de compensation, dit Timberlake.

– C'est... possible, dit Flatterie.

Ce n'était pas assez pour Timberlake :

– Une simple intégration synaptique est suffisante en direction du cortex. Mais la synergie implique-t-elle une émission *depuis* les lobes frontaux ou le gyrus? Cela pourrait-il expliquer notre énergie manquante?

– Pourquoi le gyrus? demanda Flatterie.

– Je suis toujours à la recherche de zones secondaires de médiation. Il ne faut rien négliger. Nous devons tomber juste du premier coup, ou nous disparaîtrons comme toutes les autres expéditions.

– Vous tournez en rond comme Bickel, objecta Flatterie. Bon, vous réduisez la zone médiatrice aux lobes frontaux, et alors?

Timberlake ne se laissa pas distraire :

– Beaucoup de chercheurs pensent que les lobes frontaux...

– Parfait! Très bien! interrompit Flatterie. Il y a eu des tas de braves gens pour avancer que les lobes frontaux étaient le siège mystérieux de la conscience. Mais Prue est peut-être plus près que vous de la vérité. Motile, vous vous souvenez? Il n'y a peut-être pas de siège de la conscience.

Timberlake plissa les paupières :

– Quel intérêt y a-t-il à savoir *où* elle est, si on ne sait pas *ce* qu'elle est?

Flatterie insista :

– La synergie n'est peut-être pas totalement expliquée, mais c'est quand même un concept utile. Quoi qu'il en soit, si vous insinuez que la synergie est la conscience...

– C'est une impasse, dit Timberlake. Mais Bickel pense que ce que nous recherchons est un senseur régulateur de champ en rapport avec les réactions mentales et émotionelles.

Voilà donc ce qui le tracasse! pensa Prudence.

– Si nous voulons reproduire cette chose artificiellement, ce que nous construirons doit avoir des réactions sensorielles, mentales *et* émotionnelles à contrôler, dit-elle.

Flatterie se renfonça dans son siège :

– Aaah! Nous pouvons donner au « Bœuf » de Bickel des réactions sensorielles et mentales – mais comment allons-nous le doter d'émotions?

– Que dites-vous d'une rétroaction négative? demanda Timberlake. Les émotions impliquent toujours un objectif. Une rétroaction négative suppose dans le système un élément qui soit en quête d'un objectif.

– La conscience requiert un objectif? demanda Flatterie.

Il s'aperçut au soudain silence qui accueillit sa question qu'ils s'étaient hissés jusqu'à un point crucial de leur analyse. Ils le sentaient tous. La gageure représentée par les idées de Bickel les avait aiguillonnés vers cette recherche, et ils étaient maintenant suspendus en équilibre, pareils à des coureurs attendant le signal du départ.

– Un objectif, murmura Timberlake. Sa voix se fit plus forte. Un objet sur lequel se concentrer. Il regarda Flatterie : La relation du champ?

On dirait que nous sommes tout près, mais ce n'est pas encore tout à fait ça, pensa Prudence.

– Ce n'est ni une entité, dit Flatterie, ni une chose ni une zone du cerveau, mais un lien entre ces choses, ces entités ou ces zones.

Du coin de l'œil, Flatterie vit Prudence ajuster un bouton de commande sur le pupitre directeur. Il percevait dans ses mouvements une tension attentive.

– Un pont! s'écria Timberlake. Bien sûr! Bien sûr! Un pont.

– Un pont construit à partir du langage? demanda Prudence.

– Mais les symboles sont entachés d'erreurs, de faiblesses et d'imperfections, dit Timberlake. Oui, c'est ça!

Flatterie vit les mouvements de Prudence acquérir une vivacité et une sûreté nouvelles à mesure qu'elle assimilait les paroles de Timberlake.

– Pouvoir enjamber le temps, murmura-t-elle. Avec des mots... des symboles.

L'accession à la conscience présuppose le franchissement des portes de l'imagination, dont les clés sont de nature symbolique. On peut faire passer ses idées avec soi d'un lieu temporel à un autre, mais uniquement sous forme de symboles. Tout le problème, cependant, est de savoir ce que l'on fait passer... et qui peut s'en charger.

– Tout symbole comporte des prémisses cachées, dit Flatterie. Tous les mots sont porteurs d'assertions implicites.

– Et le mot le plus crucial de tout ce problème est le mot *conscience,* dit Timberlake.

– Ce qui suppose, dit Prudence, qu'il y ait un moi susceptible d'être conscient.

– Un pont franchit un espace d'un lieu à un autre, reprit Timberlake. S'il commence à se détériorer, les ingénieurs ressortent les plans originaux et les spécifications des matériaux, et ils vont examiner le pont. Ils l'étudient dans des conditions statiques et en charge. Puis ils entreprennent de remplacer certains éléments, de le renforcer...

– Ou d'abattre tout le fichu machin et de recommencer à zéro, dit Prudence. Aucun de vous ne m'a-t-il entendue? Notre mot suppose qu'il y ait un moi capable d'être conscient.

– Nous vous avons entendue, dit Flatterie. Mais il y a des postulats cachés plus importants que... « Connais-toi toi-même. » Que dites-vous de « Connais tes limites »?

– Limites, répéta Timberlake. A une extrémité – le sommeil, ou le sommeil de la mort; et à l'autre extrémité – l'éveil.

– La question que pose la religion occidentale, dit Flatterie, est : « Qu'y a-t-il au-delà de la mort? » Mais la question du maître Zen est : « Qu'y a-t-il au-delà de l'éveil? »

– Pour l'amour du Ciel!

C'était la voix de Bickel, plongeant vers eux depuis l'écran du circuit de contrôle, au-dessus de leurs têtes.

Flatterie, qui levait les yeux avec un sourire suffisant, découvrit le regard furieux de Bickel, braqué sur lui depuis l'écran.

– Je vous laisse seuls une demi-heure, et vous attirez ces pauvres imbéciles dans une impasse mystique! Jongler avec les étiquettes comme ces crétins de LBA! Maître Zen! Bientôt, vous allez nous ressortir la Conscience Cosmique! Comme manque de réalisme...

– John, nous avons réduit cette question à son essence, dit Timberlake. Si vous vouliez...

– Je vous ai demandé de me préparer des projets de circuits. Il y a dix minutes que je vous écoute jouer au ballon et ce que je veux savoir, c'est ceci : comment tout ce caquetage servira-t-il à construire un circuit? Un seul circuit?

– Vous avez vous-même demandé à LBA de définir la conscience, protesta Prudence.

– Parce que je voulais les occuper pour qu'ils nous fichent la paix. L'écran s'éteignit.

Flatterie jeta un coup d'œil à la console de Prudence, et vit que la touche du circuit de contrôle était enclenchée. Mais l'écran demeurait vide.

Cette touche est enfoncée! se dit Flatterie. Il avait fallu qu'on l'enclenche délibérément. *Elle l'a fait! Pour réveiller Bickel.*

Mais pourquoi l'écran était-il éteint?

Comme si elle avait lu ses pensées, Prudence expliqua :

– John a installé une commande de dérogation sur le circuit de contrôle. Quelqu'un sait-il pourquoi?

– Vous n'avez pas vu où il était? demanda Timberlake. Il était dans l'atelier – en train de travailler à ce fatras électronique!

Timberlake déverrouilla son siège de quart et, presque du même mouvement, se précipita vers la porte de l'atelier d'entretien. Il tira de toutes ses forces sur les crampons de verrouillage, mais ceux-ci ne bougèrent pas d'un pouce.

– Il a bloqué la serrure! cria-t-il d'une voix amplifiée par la peur. S'il détraque l'ordinateur...

– Vous savez... alors autant regarder, fit la voix saracastique de Bickel.

Ils levèrent les yeux et virent apparaître sur l'écran principal l'intérieur de l'atelier. Bickel était entouré des débris de l'installation initiale du « Bœuf » – des fils qui pendaient, des compteurs, des blocs de neurones – le tout entassé de façon précaire loin de la paroi de l'ordinateur.

– Bickel, soyez raisonnable, plaida Timberlake. Vous ne pouvez pas flanquer ce...

– Fermez-la ou je vous coupe, prévint Bickel.

Il s'agenouilla, un bloc de neurones à la main, l'inséra entre « le Bœuf » et la paroi de l'ordinateur, et entreprit d'établir les connexions.

– S'il vous plaît, John, implora Prudence, si vous...

– Vous n'allez pas l'arrêter en lui parlant, dit Flatterie.

– Écoutez ce que dit Raj. Bickel glissa un autre bloc de neurones contre la paroi, assura de nouvelles connexions.

– Le rythme, dit-il. Je me suis endormi là-dessus... et c'est ce qui m'a réveillé – ça et votre caquetage. Le rythme.

Un autre bloc de neurones artificiels prit place sous les deux premiers.

– Décrivez-nous ce que vous êtes en train faire, dit Flatterie tout en faisant signe à Timberlake de venir à son côté.

– L'anatomie de la vision cérébrale peut se réduire à la description mathématique d'un processus de balayage, répondit Bickel. Il s'ensuit que l'anatomie de toute autre fonction cérébrale – y compris la conscience – devrait obéir à la même démarche. Je peux reproduire le cycle du rythme alpha d'un balayage cérébral en réglant le cycle temporel de ces blocs de neurones. Si je relève chacun des rythmes d'un modèle humain et que je les reproduise...

– Quelles sont les fonctions de chacun de ces rythmes humains? demanda Flatterie.

Tout en parlant, le psychiatre-aumônier griffonna une note sur un bloc de papier pelure, et la glissa dans la main de Timberlake.

Timberlake leva les yeux vers l'écran, mais Bickel tournait toujours le dos à l'objectif vidéo.

– Nous ne connaissons pas ces fonctions avec certitude, n'est-ce pas? demanda Flatterie qui adressait à Timberlake des signes frénétiques pour lui faire lire son message.

Timberlake abaissa les yeux sur le papier qu'il tenait à la main :

PAR-DERRIÈRE, EN CONTOURNANT LES CELLULES D'HIBERNATION. BICKEL N'A PAS BLOQUÉ LA PORTE QUI DONNE SUR LES CABINES. PASSEZ PAR L'AUTRE BOYAU ET PRENEZ-LE PAR SURPRISE.

Timberlake leva de nouveau les yeux vers l'écran.

Sous les mains de Bickel, « le Bœuf » était en train de changer d'aspect. Il s'étendait à présent contre la paroi jusqu'à l'angle de l'atelier, et commençait à prendre aux yeux de Timberlake un caractère d'improbabilité topologique – des triangles de plastique protubérants, des rectangles de couplages neuraux, des bandes de multiplicateurs Eng... et les fils aux codes multicolores dont l'entrelacs ressemblait à une toile d'araignée démente.

Timberlake sentit une main lui saisir le bras et le secouer. Il regarda la main et suivit le bras qui la prolongeait, jusqu'au visage furieux de Flatterie.

Celui-ci fit un geste en direction de la note que Timberlake tenait dans l'autre main.

Timberlake regarda de nouveau le message, et comprit pourquoi il restait figé sur place. *En contournant les cellules d'hibernation ?*

Non.

Il faudrait traverser les cellules d'hibernation.

Flatterie devait le savoir.

Timberlake tourna vers Flatterie son regard torturé, de plus en plus conscient de la terreur qui l'assaillait. *Bickel m'a infecté de son scepticisme cynique. J'ai peur de ce que je vais découvrir dans les cellules d'hibernation si j'y regarde de trop près. Je trouverai des hibernateurs vides, rien d'autre que des fils retournant à l'ordinateur depuis les cellules. Et l'ordinateur sans doute programmé pour simuler la présence d'une vie en hibernation à l'intérieur de ces cellules. Et je m'apercevrai que tout cela n'était qu'une farce monstrueuse.*

Je découvrirai que j'étais l'ingénieur des systèmes biofonctionnels de... rien...

Pourquoi en ai-je peur ? se demanda-t-il. Cette pensée même le fit frissonner.

Flatterie lui saisit de nouveau le bras.

Pourquoi n'y va-t-il pas lui-même ? Il est si impatient !

La réponse était évidente. Flatterie n'avait pas la même connaissance que lui des ordinateurs. Il ne pourrait pas analyser ce que faisait Bickel et réparer – si c'était possible – les dégâts.

Je suis complètement paniqué, se dit Timberlake.

Mais il savait qu'il ne pouvait pas demeurer pétrifié où il était. Il fallait qu'il rejoigne l'atelier par-derrière. Et quand il atteindrait les cellules d'hibernation, il ne pourrait pas s'empêcher d'aller examiner de près ce qui s'y trouvait. Il regarderait au-delà des indicateurs, des compteurs et des répétiteurs. Il regarderait dans les cellules.

Malgré son inexplicable terreur, il restait l'autre possibilité – peut-être y avait-il des vies dans ces cellules, et ces vies partageaient leurs périls.

XIX

« Il y a dans la cellule des forces qui oscillent et vibrent avec le tumulte de la vie. Nous observons les reflets de cette activité de base dans cette structure coordonnée de cellules que nous appelons d'ordinaire un être humain. Avez-vous jamais observé un homme pianotant nerveusement sur un bureau? Avez-vous jamais chronométré la périodicité des clignements d'yeux chez l'être humain? La respiration prend des rythmes caractéristiques selon les différentes conditions de la structure globale des cellules. Vous devez en rester conscients lorsque vous concevez des dispositifs destinés à être utilisés et occupés par cet amas humain de cellules. Vous ne devez jamais oublier la pulsation et les besoins des cellules composantes. »

Vincent Frame,
Biochimiste/concepteur-projecteur.

Je vais utiliser à nouveau le générateur d'effets de salve, se dit Bickel.

Il se pencha sur le fouillis organisé du « Bœuf », fixa un fil sur l'entrée provisoire, le fit glisser vers l'extérieur et le posa soigneusement de côté.

L'effet et la façon d'obtenir cet effet étaient toujours aussi clairs dans son esprit. Il s'était réveillé brusquement sans savoir combien de temps il avait dormi, mais il s'était senti revigoré et cette *réponse* s'imposait à lui.

Il se tourna vers les fils de l'ordinateur, auxquels il relia le « Bœuf » par l'intermédiaire d'un tampon qui enverrait ses impulsions dans un bloc-mémoire d'essai, connecta le tout à la nouvelle batterie de blocs de neurones et établit la solidarité fonctionnelle totale du système.

– Nous expliquerez-vous au moins ce que vous êtes en train de faire, John? demanda la voix de Flatterie, du haut de l'écran.

Bickel jeta un coup d'œil par-dessus son épaule, vit Prudence aux commandes, Flatterie assis au bord d'un siège de quart – aucun signe de Timberlake. Mais l'objectif vidéo ne couvrait pas la totalité de Centralcom. Timberlake essayait probablement d'ouvrir la porte. *Qu'il essaie donc.*

– Nous ne pouvons utiliser que nous-mêmes comme modèle pour reproduire cette Fonction de Conscience, dit Bickel. Et on ne cesse de répéter que nous ne pouvons pas nous analyser intérieurement comme doit le faire un ingénieur pour reproduire un mécanisme. Mais, les amis, il y a une autre façon de procéder – parfaitement éprouvée et tout à fait efficace.

– Raj? appela Prudence.

Flatterie la regarda.

– Je détecte une perte de courant dans l'alimentation électrique auxiliaire.

– C'est l'atelier, dit Flatterie. John a branché une ligne directe pour nous empêcher de couper son alimentation. Il se tourna vers Bickel. C'est exact?

– Exact. Ça ne devrait vous causer aucun ennui. J'ai isolé la ligne. Votre pupitre principal fonctionne toujours. Bickel se retourna vers « le Bœuf », auquel il fixait une série de neurofibres synchronisées.

– Quelle est cette méthode éprouvée et efficace? Flatterie surveillait les voyants du pupitre de Centralcom, qui lui permettaient de suivre la progression de Timberlake grâce aux senseurs thermiques. Timberlake se trouvait maintenant dans la seconde zone, où il s'orientait vers la paroi opposée du bouclier et les cellules d'hibernation.

Pourquoi Tim semblait-il si peu enthousiaste? se demanda Flatterie.

Bickel acheva une triple connexion au long des fibres synchronisées, puis il se redressa.

– Un système qu'on ne peut pas démonter pour l'examiner s'appelle une boîte noire. Si nous pouvons fabriquer une boîte *blanche* d'un *potentiel* suffisamment vaste et similaire à celui de la boîte noire – c'est-à-dire la faire suffisamment complexe –, nous pouvons obliger la boîte noire, de par son fonctionnement même, à transférer son propre profil d'opération dans la boîte blanche. Nous les mettons en liaison croisée et soumettons chacune d'elles à des giclées d'effets de salve identiques.

– Quelle est votre boîte blanche? demanda Flatterie, captivé malgré ses frayeurs. Ce truc-là? Il fit un signe de tête en direction de l'assemblage extravagant qu'était « le Bœuf ».

– – Diable non! Ceci est loin d'être assez complexe. Mais le système global de notre ordinateur l'est certainement.

Il est devenu fou! pensa Flatterie. *Il ne peut pas suggérer sérieusement d'envoyer des giclées d'effets de salve brouiller tout ce qui se trouve dans l'ordinateur.*

Flatterie regarda de nouveau ses indicateurs. Timberlake était à la limite des cellules d'hibernation, et il progressait avec une lenteur exaspérante.

– Et alors... comment fonctionne « le Bœuf » dans tout cela? demanda Flatterie, reportant son attention sur l'écran.

– Il est notre trieur. Il trie les rythmes du système et agit comme un ensemble assez grossier de lobes frontaux. Bickel relia deux parties de sa construction en enfonçant des cavaliers croisés sur un tableau de connexions. Voilà. Et maintenant, passons à quelques essais.

– Ne devriez-vous pas attendre? demanda Flatterie. Ne devrions-nous pas en discuter un peu plus? Si vous aviez fait une erreur et que...

– Pas d'erreur, dit Bickel.

Flatterie regarda les indicateurs. Timberlake se trouvait dans les cellules d'hibernation, à présent, mais il ne bougeait pas – il s'était arrêté.

Bickel, notre « organe d'analyse », a été ajusté trop « haut », pensa Flatterie. *Nous aurions dû nous douter qu'il risquait d'échapper à tout contrôle.*

Qu'est-ce qui retenait Timberlake?

– D'abord l'essai en ligne droite, exécution linéaire de toutes les instructions et suppression des boucles, dit Bickel. Il enfonça une touche au panneau de l'ordinateur, les yeux fixés sur les cadrans du circuit de diagnostic.

Flatterie retint son souffle et se tourna lentement vers le pupitre principal, qui se trouvait devant Prudence. Si l'essai de Bickel endommageait l'unité centrale de l'ordinateur, le pupitre directeur serait le premier à l'indiquer.

Le panneau de voyants demeurait paisiblement au vert. Le cliquètement des relais, dans les traceurs de courbes et les indicateurs, gardait un rythme régulier. Tout semblait ordinaire et rassurant.

– Chaque bloc me donne une réaction individuelle des réseaux nerveux, dit Bickel.

Flatterie ne quittait pas le panneau des yeux. Si Bickel détraquait l'ordinateur, l'astronef était mort. La plupart de ses systèmes automatiques dépendaient des lignes intérieures de communication de l'ordinateur et des programmes superviseurs.

– Vous ne m'avez pas entendu? demanda Bickel. J'obtiens une réaction des réseaux nerveux! Ce truc va se comporter comme un système nerveux humain!

– Raj, c'est vrai!

C'était Prudence. Flatterie abaissa les yeux vers le panneau qu'elle lui montrait du doigt. Elle avait transformé un angle de son pupitre auxiliaire en système répétiteur lié aux circuits de diagnostic Bickel.

– Rythme Bêta, dit-elle en montrant l'oscilloscope, au centre du pupitre.

Flatterie observa la danse sinusoïdale de la ligne verte sur l'oscilloscope, réfléchissant à ce qu'avait dit Bickel, à ce qu'impliquait cette courbe.

Boîte noire – boîte blanche.

Peut-être était-il théoriquement possible d'utiliser la totalité de l'ordinateur comme boîte blanche pour y transférer le profil opérationnel appelé conscience. Mais il restait de nombreuses questions sans réponses – et l'une d'entre elles primait toutes les autres.

– Qu'avez-vous l'intention d'utiliser comme boîte noire? demanda Flatterie. Où allez-vous trouver votre profil original?

– Dans un cerveau humain conscient. Je vais prendre l'un de nos hibernateurs vacants et transformer le système d'encéphalographe rétroactif en amplificateur cérébral humain.

Il est complètement fou, pensa Flatterie. *Le choc de l'effet de salve va tuer le sujet humain.*

Sur l'écran, Bickel regardait Flatterie. Il se rendit compte que le psychiatre-aumônier avait compris le danger mortel que représentait sa proposition.

Qui attachera le grelot à la queue du chat? se demanda Bickel. Sa gorge se serra. *Bon, s'il le faut, ce sera moi.*

– Comment comptez-vous protéger le sujet des giclées d'effets de salve? demanda Prudence. Par le curare?

Tout en posant la question, elle se demanda comment elle se protégeait elle-même de ses propres expériences. La réponse était décourageante : pas mieux que ne le ferait Bickel! Qu'est-ce qui avait rendu cet équipage si enclin à risquer le tout pour le tout?

– Je pense que le sujet devra être pleinement conscient, dit Bickel. Sans aucune méditation... aucune inhibition narcotique.

Il attendit l'explosion de Timberlake. Il était sûr que cette idée allait paraître monstrueuse à l'ingénieur des systèmes biofonctionnels. Où *était* Timberlake?

– Il n'en est pas question! s'exclama Flatterie. Ce serait un meurtre!

– Ou peut-être... un suicide, dit Bickel.

Prudence détourna les yeux du pupitre et croisa le regard de Bickel.

– Soyez raisonnable, John, implora-t-elle. Vous mettez déjà l'ordinateur en danger avec ce...

– L'astronef fonctionne toujours, n'est-ce pas? répliqua Bickel.

– Mais si vous envoyez une giclée d'effets de salve dans ce... (Elle montra d'un signe de tête l'entassement de blocs et l'entrelacs de fils, à côté de Bickel.) Comment éviterez-vous d'endommager la mémoire centrale de l'ordinateur?

– La mémoire centrale est un système fixe protégé par des tampons. Je maintiendrai le potentiel du « Bœuf » au-dessous du seuil des tampons. De plus... (il haussa les épaules), nous avons déjà envoyé des effets de salve à travers l'ordinateur sans...

– Et éparpillé les informations de A jusqu'à Z! répliqua-t-elle sèchement.

– Nous pouvons toujours retrouver ces informations en nous servant du « Bœuf » pour trier les adresses, dit Bickel.

Flatterie jeta un coup d'œil aux cadrans des senseurs. Qu'avait donc Timberlake? Était-il blessé? Inconscient? Mais les senseurs indiquaient que l'ingénieur se déplaçait légèrement... uniquement à l'intérieur du complexe d'hibernation.

– Si je vous comprends bien, dit Prudence, il va falloir que vous ajoutiez au « Bœuf » des canaux simulateurs de réseaux nerveux jusqu'à ce qu'il forme avec l'ordinateur un ensemble aussi complexe qu'un système nerveux humain. Et à mesure que vous le construisez et que vous le testez, nos vies dépendent de plus en plus de ce monstrueux bricolage.

– Il lui faut un registre complet d'appareils sensoriels, dit Bickel. Il n'y a pas d'autre moyen.

– Il doit y en avoir! dit-elle. D'où tenez-vous une idée aussi insensée?

– De vous.

Elle resta un instant muette de stupéfaction.

– C'est impossible!

– Vous êtes une femme, fit observer Bickel, capable d'assurer la reproduction biologique d'une vie consciente. A cette fin, vous disposez d'un substrat de molécules susceptibles de prendre un grand nombre de formes... de formes différentes. Ces molécules prennent une forme *particulière* en présence d'une molécule qui a déjà cette forme. Il haussa les épaules. Boîte noire – boîte blanche.

– Je croyais que vous faisiez allusion à moi personnellement, dit-elle, tout en levant les yeux vers les cadrans des senseurs pour y suivre le déplacement apparent incohérent de Timberlake.

– Écoutez, dit Bickel, inconscient de leurs préoccupations, le comportement fondamental de l'ordinateur demeurera intact. Nous n'interférerons pas avec les programmes superviseurs ni avec les constantes d'opération. Il faut que nous établissions un système qui traite des probabilités, de la constante de mobilité du...

– La théorie des jeux! dit Flatterie, sarcastique. Vous ne pouvez pas prévoir la totalité du comportement de votre machine. Son regard revint aux cadrans indicateurs.

Que faisait Tim?

– C'est bien ça! dit Bickel. Si la machine est consciente, nous ne pouvons pas prédire la totalité de son comportement... par la nature même de la conscience, par définition. La conscience est un jeu dans lequel les coups permis ne sont pas arbitrairement définis à l'avance. Le seul objectif est de gagner.

Tous les coups permis? se demanda Flatterie. Il fixa soudain son attention sur Bickel, sur la nature essentiellement blasphématoire d'un tel concept. Il *fallait* des règles!

– La machine tire sa personnalité en partie de son créateur, et en partie de ses adversaires, dit Bickel.

Quelque chose de Dieu, quelque chose du Diable, pensa Flatterie. *Ce processus devait comporter une erreur fondamentale... quelque part. Le comportement de Bickel s'écartait considérablement des prévisions. Leur « organe d'analyse » agissait de façon illogique. Il ne jouait pas à chaque fois le meilleur coup possible.*

– Vous allez introduire des facteurs d'erreur et un

accroissement des pertes dans tout l'ordinateur, lui fit observer Prudence. Non seulement c'est illogique, mais c'est... Elle s'interrompit, examina son pupitre, corrigea un équilibre de pression dans le système de recyclage atmosphérique, et attendit de voir si les automatismes parvenaient à maintenir le nouveau réglage.

– Vous devez jouer à chaque fois le meilleur coup possible, dit Flatterie. Votre proposition ne semble pas...

– Vous êtes tombé juste, reconnut Bickel. Le meilleur coup possible, précisément. Cela consiste parfois à jouer un coup *médiocre* et dangereux qui modifie toute la structure théorique de la partie. On change le jeu.

– Et tous ces êtres vivants, dans les hibernateurs? demanda Prudence. Ont-ils le choix dans cette... partie?

– Ils ont déjà fait leur choix.

– Et pendant qu'ils sont réduits à l'impuissance, vous changez les règles du jeu, intervint Flatterie.

– C'est un des risques qu'ils ont acceptés en acceptant l'hibernation, dit Bickel. C'était leur choix.

Flatterie abandonna la discussion et s'extirpa de son siège de quart.

– Qu'allez-vous faire? demanda Prudence.

– Voir ce que fait Tim.

– Où *est* Tim? demanda Bickel.

– Il est descendu dans les chambres d'hibernation, répondit Flatterie, sachant que Bickel pouvait s'en apercevoir aisément en consultant les répétiteurs de l'atelier.

– Il est loin? demanda Bickel.

– Bien sûr! fit Prue.

– Essayez de l'appeler sur le circuit de contrôle!

Au ton pressant de Bickel, elle fit volte-face pour obéir.

Il n'y eut aucune réponse de la part de Timberlake.

– Espèces d'idiots! leur cria Bickel.

Flatterie s'arrêta à la porte du boyau et leva un regard furieux vers l'écran.

– Qui l'a laissé aller dans cette partie de la nef?

demanda Bickel. Espèces d'abrutis! Ne savez-vous pas ce qu'il risque de découvrir, là-bas?

– Que voulez-vous dire?

– Ce maudit astronef n'est rien d'autre qu'un gigantesque système de simulation, dit Bickel. Il ne va rien trouver que quelques remplaçants pour l'équipage. Les caissons doivent être vides!

Il se trompe! pensa Flatterie. *Ou se pourrait-il qu'il ait raison?*

A cette pensée, il se sentit atterré. Il comprit immédiatement que Timberlake, aussi finement accordé qu'ils l'étaient tous pour une fonction particulière, risquait de s'effrondrer si sa raison d'être disparaissait.

– Il lui resterait quand même les équipements biofonctionnels de l'équipage, dit Prudence. Elle regarda Flatterie, à l'autre bout de la salle, envahie d'une immense impression de solitude. L'Œuf de Fer Blanc et ses périls programmés ne contenaient peut-être qu'une poignée d'humains isolés, lancés vers nulle part.

Ils n'auraient pas fait cela, pensa Flatterie. *Mais ils m'ont entraîné à tromper le reste de l'équipage...* Il avait l'impression que ses pieds étaient rivés au pont, et il avait la gorge sèche. *Mais c'est impossible! Quand j'ai découvert les véritables rapports sur Tau Ceti – ils m'ont promis que si nous réussissions, nous pourrions nous contenter de renvoyer la Capsule-Message et continuer comme...*

– Raj, ça ne va pas? demanda Prudence. En l'observant plus attentivement, elle se rendit compte qu'il avait le regard vide, égaré.

– *Les planètes de Tau Ceti sont inhabitables, c'est un fait,* avait reconnu Hempstead, confronté à l'évidence. *Pas d'Eden. Mais on sait que l'univers contient des milliards de planètes habitables. Vous vous rendez compte que vous ne pouvez pas revenir ici, évidemment. Ce serait un danger pour vos hôtes.*

– *Les donneurs de biopsies étaient tous des criminels,* avait dit Flatterie, exprimant un vieux soupçon qui se confirmait soudain.

– *Des gens brillants, mais fourvoyés,* avait protesté

Hempstead. *C'est une des raisons pour lesquelles vous ne pouvez pas revenir, mais rien ne vous empêche de poursuivre votre exploration pour découvrir votre Eden.*

Au souvenir de ces paroles, Flatterie sentit combien elles sonnaient faux.

Comédie et supercherie d'un bout à l'autre, pensa-t-il. *Mais pourquoi ?*

XX

« Chez un droitier, la fonction dite " de raisonnement " opère principalement depuis l'hémisphère gauche du cortex cérébral. La fonction " intuitive " cependant, a son siège principal dans l'hémisphère droit. Certains indices solides tendent à prouver qu'il existe une rétroaction positive entre les deux hémisphères, au travers du corps calleux. La nature exacte de cet échange demeure assez mystérieuse pour sa plus grande part, mais il ne fait aucun doute qu'il joue un rôle important dans la conscience. »

Morgan HEMPSTEAD
Conférences à Lunabase.

Timberlake s'était élancé dans le boyau de communication avec une hâte désespérée; il savait qu'il devait avancer rapidement s'il ne voulait pas être paralysé par la terreur.

Au sas de distribution du boyau, il referma derrière lui la porte étanche et empoigna sur un râtelier un chariot robox, dont il accorda les senseurs à la piste imprimée dans les parois du boyau. Puis il abattit les roues sur les repères de guidage et saisit les commandes manuelles. Les yeux fixés sur l'extrémité du boyau, sur la longue courbe infinie qu'il en apercevait à travers les sas de sécurité transparents, il se sentit saisi à nouveau d'une terrifiante répugnance à avancer.

Je ne peux pas revenir en arrière, se dit-il.

D'un geste brusque, il tourna à fond la poignée de commande du petit tracteur robox et se laissa emporter dans une grande secousse au long de cette piste incurvée.

L'air lui sifflait doucement aux oreilles. Il avait l'impression d'être un piston courant librement dans un immense cylindre. Les sas s'ouvraient automatiquement au signal du robox et se refermaient derrière lui. Il ralentit pour absorber la secousse au passage du bouclier de protection, vira dans l'embranchement qui contournait les cellules d'hibernation, puis replongea à travers l'écran hydraulique et s'arrêta dans le compartiment du sas qui menait aux cellules.

Il rangea le robox sur un râtelier, et contempla un moment la porte étanche. C'était un grand ovale jaune, avec un avertissement en grosses lettres bleues :

LA COMMANDE D'OUVERTURE DE LA PORTE INTÉRIEURE NE PEUT FONCTIONNER QUE SI LA PORTE EXTÉRIEURE EST VERROUILLÉE !

Maintenant qu'il était au pied du mur, Timberlake sentit qu'il était prêt à se soumettre calmement au destin... Il saisit les verrous de la porte et libéra le joint d'étanchéité. Une ligne de givre apparut à l'intérieur tandis que le battant pivotait sur ses gonds et qu'un courant d'air glacé se déversait depuis le sas; les générateurs de sa combinaison changèrent aussitôt de régime pour compenser la chute de température.

Timberlake se glissa dans le sas, referma hermétiquement la porte extérieure et se tourna de l'autre côté. Il y avait au-dessus de la porte intérieure un râtelier chargé de générateurs surpuissants, surmonté d'un avis :

DANGER DE MORT ! SCAPHANDRE SPATIAL OU COMBINAISON BASSE TEMPÉRATURE INDISPENSABLES AVANT L'ENTRÉE DU SAS SUIVANT. ASSUREZ-VOUS QUE VOUS DISPOSEZ D'UN GÉNÉRATEUR DE SECOURS EN ÉTAT DE FONCTIONNEMENT AVANT D'OUVRIR CETTE PORTE.

Timberlake empoigna un générateur de secours par ses lanières de fixation et le suspendit à son épaule. Il enclencha la turbine un bref instant pour en vérifier le fonctionnement, puis il écarta le râtelier, ouvrit la porte suivante, se glissa à travers l'ouverture et reverrouilla derrière lui.

Une porte plus petite l'accueillit, qui portait elle aussi une inscription :

ENTRÉE RÉSERVÉE AUX INGÉNIEURS DES ÉQUIPEMENTS BIOFONCTIONNELS ET AU PERSONNEL MÉDICAL. AU-DELÀ DE CETTE LIMITE, LE FONCTIONNEMENT DE VOTRE COMBINAISON DOIT ÊTRE VÉRIFIÉ EN PERMANENCE. N'OUVREZ PAS CETTE PORTE AVANT D'AVOIR RÉGLÉ VOTRE THERMOSTAT POUR LES TRÈS BASSES TEMPÉRATURES D'HIBERNATION.

Timberlake accoupla le générateur de secours à sa combinaison, vérifia les deux appareils et shunta la sécurité de température. Le processus appris par cœur occupait son esprit, lui évitant de penser à ce qui l'attendait derrière cette porte. Les fermetures étanches de sa combinaison glissèrent sous ses doigts gantés, et il rabattit la visière antibuée sur la lunette de son casque; puis il passa un ruban de contrôle au long des glissières hermétiques.

Le moment de la décision finale était arrivé.

Timberlake se força à agir lentement et calmement. C'était plus que sa vie qui allait dépendre de ce qu'il ferait maintenant. Une fuite de chaleur à l'intérieur des cellules risquait de mettre en danger des vies impuissantes. Il fit passer les déflecteurs de sa combinaison devant un thermodétecteur, l'œil fixé sur le compteur.

Zéro.

Il saisit de ses mains gantées les verrous de la porte intérieure et libéra le dilatateur d'étanchéité. La porte émit un léger bruit de bouteille qu'on débouche, indiquant une petite différence de pression – rien d'anormal. Il franchit le seuil et pénétra dans le froid sec et scintillant du premier bloc d'hibernateurs. C'était là qu'ils étaient venus chercher Prudence. Il vit sa cellule vide sur la gauche, les fils pendants, le chariot capitonné encore ouvert à l'intérieur.

Autour de lui, tout baignait dans une âpre lumière bleue. Il examina le compartiment.

Celui-ci ressemblait à un baril géant dont l'espace libre du centre était entouré de barils plus petits : les cellules individuelles d'hibernation. Une passerelle grillée franchissait l'ouverture centrale et permettait d'accéder aux différentes cellules par l'intermédiaire de courtes échelles et de poignées.

Timberlake franchit la longueur du baril en trois enjambées aériennes et saisit une poignée à côté du sas de séparation qui menait à la section suivante.

Il regarda derrière lui. *Non... ce ne sont pas de simples barils,* se dit-il. Les cellules individuelles s'alignaient devant lui et autour de lui comme autant de tronçons de tuyaux gris attendant d'être assemblés pour un usage quelconque... un égout, par exemple.

Inutile d'examiner les cellules dans cette partie, il le savait. C'était la section Numéro Un : les remplaçants d'équipage prioritaires. S'il y avait supercherie, ce serait plus loin sur la ligne – dans des sections plus éloignées.

Timberlake libéra la soupape de sécurité du sas de séparation, ouvrit la porte et franchit l'ouverture ; puis il rétablit le mécanismc pour isoler la section en cas de dommage partiel.

Il parcourut des yeux ce nouveau compartiment – identique au précédent, sauf qu'aucune cellule n'y avait été ouverte.

Timberlake sentit sa gorge se serrer. Il avait les joues humides et froides. Quelque chose le démangeait entre les omoplates.

Il se souvint soudain du professeur Aldiss Warren, maître assistant de biophysique à LBA. C'était un vieil homme à barbiche, avec une voix sénile et un esprit coupant comme un cimeterre.

Pourquoi est-ce que je pense au vieux Warren – maintenant ? se demanda Timberlake.

Comme si la question avait libéré une question subconsciente, il se rappela le vieil homme divergeant un jour d'un exposé, au cours d'une séance de travaux pratiques, pour parler de la force morale.

– Vous voulez faire un test sur la force morale? avait-il demandé. C'est simple. Construisez un ordinateur de diagnostic médical avec un terminal téléphonique dans une cabine publique. Programmez-le de façon que quiconque se soumettant à l'examen de l'ordinateur puisse apprendre à un jour près la date de sa mort... de causes naturelles, évidemment. Si l'on peut appeler la vieillesse une cause naturelle. Ensuite, vous vous cachez dans un coin et vous regardez qui va se servir de l'appareil.

Quelqu'un – une étudiante – avait demandé :

– Ne serait-ce pas une forme de courage de ne *pas* utiliser cet ordinateur?

– Peuh! s'était exclamé le vieux Warren.

Un autre étudiant avait déclaré :

– Les spéculations de ce genre m'ont toujours prodigieusement barbé.

– Évidemment, avait répondu le vieux Warren. Vous, les jeunes, vous êtes tellement blasés que l'idée ne vous est même pas venue à l'esprit. Un tel ordinateur, nous pourrions le fabriquer dès maintenant, aujourd'hui même. Il y a plus de trente ans que nous en serions capables. Ce ne serait même pas très coûteux – pour ce qui est de ce genre de chose. Mais nous ne le construirons pas, parce que très peu de gens – même parmi ceux qui seraient capables de le réaliser – auraient assez de force morale pour s'en servir.

Timberlake demeura immobile et silencieux dans le compartiment d'hibernation. Il comprenait maintenant pourquoi il s'était rappelé cette anecdote. Entrer dans ce compartiment à l'éclairage glacial revenait à utiliser l'hypothétique prophétiseur de mort du vieux Warren.

Bickel m'a infecté de la certitude que cet astronef n'est pas ce qu'il semble, pensa Timberlake. *Il a pris le commandement, il m'a écarté. Et la seule raison d'être qui m'a été laissée* – il leva les yeux et regarda autour de lui – *se trouvait ici. Si on me la retire, je serai vraiment inutile... sauf en tant que larbin pour les travaux de Bickel.*

Oui, Bickel. Tout de suite, Bickel. Autre chose pour votre service, Bickel?

Étonné lui-même de la façon dont il avait inconsciemment dramatisé la transformation des rapports au sein de l'équipage, Timberlake éprouva une certaine fierté d'avoir ainsi pris conscience de ses mécanismes intérieurs et des bizarreries de son esprit, comprenant du même coup que tout cela découlait en partie de son conditionnement.

Il s'approcha d'une cellule individuelle suspendue assez bas sur la gauche, au centre du compartiment. L'hibernateur ressemblait à tous les autres, qui s'alignaient en rangées cylindriques autour de lui. Il alluma l'éclairage intérieur, saisit une poignée et se pencha sur le hublot d'inspection de la cellule.

La lumière froide clignota avant de s'allumer totalement, illuminant les tubes principaux qui descendaient depuis l'autre côté de la cellulle et les faisceaux de spaghettis multicolores qui traînaient de part et d'autre de la silhouette étendue là.

Il discerna le teint de cire d'un visage d'homme taillé à coups de serpe, une légère barbe noire. On aurait dit un mannequin – et Timberlake pensa immédiatement à des poupées grandeur nature minutieusement exécutées et rangées dans les hibernateurs pour accréditer la mise en scène.

Le nom de l'homme était inscrit sur la plaque d'identification, juste au-dessous de l'endroit où entraient les fils des connexions biofonctionnelles.

« Martin Rhoades », et le nombre codé qui indiquait les spécialités qu'on lui avait inculquées. Il était organisateur, administrateur... et faisait également partie du personnel médical.

S'il s'agissait réellement d'une personne.

Timberlake s'aperçut que ses pensées voletaient d'un concept à l'autre. *Personne. Persona.* Être *Persona* fournit-il une *raison d'être*?

Quelle est ma raison d'être?

Il examina les cadrans de contrôle des équipements biofonctionnels, au-dessus des faisceaux de spaghettis. Tous indiquaient qu'une faible lueur de vie se maintenait à l'intérieur de la cellule. Timberlake modifia légèrement le réglage du débit d'oxygène; l'électroencéphalographe réagit aussitôt.

Le débit d'oxygène se rétablit automatiquement à sa valeur normale.

C'était donc bien un homme en hibernation. Cette rétroaction, accompagnée du jeu complexe de l'électroencéphalographe, n'aurait pu être programmée pour une variation inattendue, et la modification du débit d'oxygène à ce moment précis n'aurait manifestement pas pu être prévue. Un homéostat humain, cependant, l'avait détectée et avait correctement réagi.

Timberlake se laissa retomber sur la passerelle grillée, alla vérifier une autre cellule à l'opposé, puis une autre un peu plus loin dans la file.

Il les parcourut au hasard, ne s'arrêtant que pour vérifier que chacune d'elle contenait un être humain vivant.

Les noms inscrits sur les plaques d'identification lui sautaient au visage.

« Tossa Lon Nikki. »

« Artemus Lon St John. »

« Peter Lon Vardack. »

« Legata Lon Hamill. »

Il reconnut l'un d'eux – cheveux noirs, teint olivâtre avec des nuances cireuses, traits finement ciselés – Frank Lipera, un de ses compagnons de cours en ingénierie humaine.

Timberlake passa à la section suivante... puis à une autre. Il reconnaissait de nombreux occupants, ce qui l'emplit d'un sentiment de solitude. Il avait l'impression d'être un gardien de musée conservant de vieilles reliques le temps d'une brève durée de vie humaine, séquestrant sous ces froides lumières bleues une part de la culture et du savoir de l'humanité.

Il atteignit enfin un angle de la section sept, un autre visage reconnaissable de son passé à LBA – blond et germanique, un teint pâle et cireux. Timberlake lut le nom gravé au-dessus du hublot d'inspection : « Peabody, Alan-K-7a. »

Oui, c'est bien Peabody, se dit Timberlake. Pourtant, d'une certaine façon, ce n'était pas Al... Il avait l'impression que son compagnon des cours de gym, son adversaire au handball et au tennis lunaire, s'en était allé quelque part pour attendre.

Mais Peabody, Alan-K-7a, se révéla être un humain viable doté de réactions homéostatiques individuelles. Il pouvait être réveillé pour parler, agir et penser. On pouvait le ramener à la conscience.

Et la conscience est au-delà de la parole, de l'action et de la pensée, songea Timberlake.

Il lâcha la poignée et se laissa retomber avec légèreté sur la passerelle. Il n'éprouvait aucun besoin de vérifier plus avant, sachant avec certitude que toutes les cellules contenaient des humains en hibernation. Bickel avait peut-être raison quand il affirmait que l'Œuf de Fer Blanc n'était qu'un simulacre très élaboré, mais ici la simulation allait trop loin pour que les choses ne soient pas ce qu'elles semblaient être. Aucune supercherie évidente n'apparaissait dans les hibernateurs.

J'étais censé passer par ici pour aller surprendre Bickel et l'arrêter, pensa Timberlake. *Pour l'empêcher de faire quoi?*

Une perception ténue, glissant à la lisière de sa conscience sans être enregistrée, lui disait que ce que faisait Bickel dans l'atelier ne présentait aucun danger immédiat pour ces dormeurs sans défense.

Quoi que fasse Bickel, *il doit être en train de le faire en ce moment même,* pensa Timberlake. *Je suis parti... depuis presque une heure.*

Il leva les yeux vers les rangées de cellules.

Et pourtant, toutes les cellules que j'ai vérifiées fonctionnaient au mieux de leurs capacités, comme si le système tout entier était réglé à un point d'équilibre optimal.

Timberlake hocha la tête. On aurait dit qu'un Noyau-Psycho-Organique contrôlait encore les parties vitales de l'astronef. Il avait presque l'impression d'entendre les oscillations infiniment ralenties de la vie qui l'entourait.

Sa démangeaison entre les omoplates avait disparu,

mais il éprouvait soudain une fatigue douloureuse; il se sentait quelque peu étourdi et ses muscles avaient du mal à traîner son corps.

Il lui vint alors à l'esprit qu'ils abordaient le problème de la conscience d'une façon trop littérale. *Devrons-nous installer des systèmes qui permettront au « Bœuf » d'éprouver de la fatigue ?* se demanda-t-il. *Nous prenons les choses trop au pied de la lettre... Comme le bon génie qui exauce les trois souhaits des paysans. Peut-être ne serons-nous pas très heureux du résultat.*

Bon Dieu que je suis fatigué.

Quelque chose bougea près de la cloison du fond – une silhouette en tenue spatiale. L'espace d'un instant, Timberlake eut l'impression irréelle qu'un de ses pensionnaires s'était réveillé. Puis la silhouette mouvante apparut en pleine lumière, et il reconnut les traits de Flatterie derrière la visière antibuée du casque-bulle.

– Tim! cria Flatterie.

Jaillie des amplificateurs de son scaphandre, la voix de Flatterie se répercuta avec une résonance métallique dans l'air froid du compartiment.

– Votre récepteur ne fonctionne pas? demanda Flatterie en s'arrêtant devant Timberlake.

Timberlake abaissa les yeux vers le boîtier de contrôle placé près de son menton, et s'aperçut que le voyant du circuit n'était pas allumé.

Je l'avais laissé débranché, pensa-t-il. *Je n'y avais même pas pensé. Pourquoi ?*

Flatterie observa soigneusement Timberlake. Ses mouvements, lorsqu'il l'avait aperçu depuis l'autre extrémité du compartiment, ne semblaient indiquer aucune perturbation sérieuse. Il bougeait. Il semblait conscient de son environnement.

– Ça va, Tim? demanda Flatterie.

– Mais oui. Mais oui... ça va très bien.

Comme les trois souhaits, pensa Timberlake. *Comme les trois S de notre plaisanterie, à l'école : Sécurité, Sommeil, Sexe.*

Quelque chose le toucha à l'épaule, et il se rendit compte qu'il avait entendu s'ouvrir la cloison intérieure.

Il se retourna et vit Bickel, qui se tenait derrière lui.

– Vous vous sentez en forme pour travailler, Tim? J'ai besoin de votre aide.

Une légère inflexion dans la voix de Bickel, une nuance subtile du ton disaient à Timberlake que Bickel s'était inquiété pour lui.

Mais il doit savoir qu'on m'a envoyé par ici... pour essayer de l'arrêter.

En cet instant, Timberlake prit conscience de l'intimité qui les rapprochait, et se rendit compte que ce rapprochement dépassait leur proximité physique.

– Ce que vous avez fait jusqu'à présent n'a aucun effet adverse sur les hibernateurs, Bick, dit Timberlake. Dans toutes les cellules que j'ai vérifiées, les pensionnaires dormaient paisiblement.

– Tous les... Bickel hocha la tête. Vous avez trouvé... ah...

– Regardez vous-même, dit Timberlake, s'apercevant que Bickel n'avait pas encore osé vérifier ses soupçons. Ils sont tous occupés.

– Excusez-moi. Il semblait étrange d'entendre cette formule de politesse émaner du scaphandre de Bickel. Celui-ci sauta pour agripper une poignée supérieure, gravit une échelle et, curieusement, choisit la cellule de Peaboy, Aland-K-7a.

Il suivit la rangée des cellules K, ne s'arrêtant que pour jeter un coup d'œil par les hublots d'inspection. Il redescendit sur la passerelle près du centre et revint vers eux.

– Tous? demanda-t-il avec un signe de tête vers les autres sections.

– La seule cellule vide est celle de Prue, dit Timberlake.

– Prue! dit Flatterie. Elle est seule dans Central-com. Il pressa la touche extérieure de son émetteur-récepteur pour changer le circuit. Les autres virent ses lèvres remuer, mais sa voix n'était qu'un faible chuchotement.

Bickel abaissa les yeux et s'aperçut qu'il avait oublié de brancher son circuit. Il enfonça la touche, entendit Prudence qui disait :

– ... jusqu'à présent. Mais je n'aime pas l'idée de me trouver seule en cas de véritable urgence.

Bickel a lui aussi préféré le silence, pensa Timberlake. Il *voulait rester un moment seul.*

Flatterie rebrancha le circuit de son scaphandre sur l'amplificateur vocal et regarda Bickel d'un air interrogateur. Nous ferions peut-être bien de rentrer?

Raj semble plus soulagé que Tim de savoir que ces cellules sont vraiment ce qu'elles doivent être, pensa Bickel. *Pourquoi?*

– Vous ne voulez pas vérifier vous-même les cellules?

– Je vous crois sur parole, dit Flatterie.

– Vraiment?

Que fait-il? se demanda Flatterie. *Essaie-t-il de me provoquer?*

Timberlake perçut le ton railleur de Bickel, et sentit leur moment de rapprochement se dissiper. Sans que leurs corps aient bougé, ils s'étaient séparés. Mais il se rendit compte avec un curieux sentiment d'exultation qu'il était passé du côté de Bickel.

– Ceci n'a rien d'une illusion, dit Flatterie avec un geste en direction des cellules qui les entouraient.

– Et vous *êtes* conscient, dit Bickel.

Flatterie réprima sa fureur, mais il éprouvait un soudain sentiment d'amertume. *Je ne me laisserai pas provoquer.*

– Évidemment, dit-il. Je suis conscient.

– Ne dites jamais « évidemment » en parlant de conscience, dit Bickel sur un ton de réprimande. La conscience peut projeter des illusions – des objets de stimulation imaginaires – sur l'écran de notre perception. Il montra les cellules qui se trouvaient au-dessus d'eux. Allez-y, vérifiez. Nous attendrons.

Flatterie se réfugia dans l'obstination :

– Il n'en est pas question, dit-il en poussant Bickel pour se frayer un passage.

– Où allez-vous? demanda Bickel, qui avait saisi le bras de Flatterie de sa main gantée.

– Par le plus court chemin – à travers l'atelier. Si

vous n'y voyez pas d'inconvénient! Flatterie secoua son bras pour se dégager.

– Faites comme chez vous, dit Bickel, et il s'écarta.

Timberlake ne quittait pas des yeux le psychiatre-aumônier. Celui-ci dégagea les crampons de verrouillage, ouvrit la porte étanche et se glissa dans le compartiment voisin.

Si Flatterie a eu peur, ce n'était pas pour moi, se dit Timberlake? *Sa peur ne l'a pas quitté.*

Bickel prit le bras de Timberlake pour l'aider à franchir le seuil, entra à son tour et verrouilla le panneau derrière lui. Flatterie s'occupait déjà de la porte suivante, qu'il ouvrit

Fichue façon de procéder, pensa Timberlake. Mais il laissa faire.

Ils atteignirent enfin les sas inférieurs, puis la coursive arrière qui passait sous l'installation principale de l'ordinateur avant de remonter vers l'atelier. Ils franchirent la dernière porte étanche, qu'ils verrouillèrent derrière eux.

Bickel fit basculer son casque en arrière. Flatterie et Timberlake en firent autant. Bickel ouvrait déjà les glissières hermétiques de ses gants.

Timberlake regardait toujours Flatterie, observant la façon dont le psychiatre-aumônier examinait les blocs et les aspérités du « Bœuf », l'entrelacs des fils conducteurs.

– Réseau de comptage infini? demanda Flatterie.

– Pourquoi pas? répondit Bickel. Vous en possédez un. Vous êtes capable de compter au-delà du total de votre capacité nerveuse. « Le Bœuf » doit pouvoir en faire autant.

– Vous connaissez le danger, dit Flatterie.

– Une partie du danger, reconnut Bickel.

– Cette nef pourrait devenir une gigantesque surface sensorielle. Ses récepteurs pourraient opérer des combinaisons qui nous seraient inconnues, contacter des sources d'énergie dont nous ignorerions l'existence.

– Est-ce l'une des théories admises?

Flatterie se rapprocha du « Bœuf ».

– Avant que vous fassiez quoi que ce soit de destructif, dit Bickel avec un signe de tête en direction de la confusion ordonnée qui s'accrochait à la paroi de ses tentacules de fils, sachez que j'obtiens déjà des réactions de type conscient à petite échelle. Le système actionne lui-même divers senseurs, comme un animal qui clignerait des yeux – un capteur thermique par-ci, un audio-senseur par-là...

– Ce n'est peut-être qu'une combinaison de mouvements aléatoires dus aux effets de salve, dit Flatterie.

– Pas lorsque chaque réaction s'accompagne d'une activité des réseaux nerveux.

Flatterie absorba l'impact. Il sentit sa vigilance conditionnée à l'égard du danger – la réaction dont il n'était que le déclic – atteindre son amplitude maximale. Ses pensées se concentrèrent sur les deux boutons rouges et sur le programme d'autodestruction qu'ils déclencheraient par l'intermédiaire des liaisons de l'ordinateur avec la nef.

– Tim, êtes-vous très fatigué? demanda Bickel.

Timberlake regarda Bickel. *Est-ce que je suis fatigué*? Quelques minutes plus tôt, il s'était senti épuisé. Maintenant, quelque chose l'avait revigoré, empli d'un nouvel enthousiasme.

– *Des réactions de type conscient*!

– Je suis prêt pour un autre quart.

– Ce truc est encore trop simple pour approcher, même de loin, la pleine conscience, dit Bickel. La plupart des senseurs de bord shuntent les circuit du « Bœuf ». Les commandes robox ne sont pas connectées, et il n'a pas de...

– Une seconde!

Ils se retournèrent, surpris par le ton furieux de Flatterie.

– Vous admettez que ce mécanisme chercheur d'objectif peut échapper totalement à votre contrôle, dit Flatterie, et vous avez quand même l'intention de lui donner des yeux... et des muscles?

– Raj, avant que nous soyons fichus, ce truc doit avoir le contrôle absolu de l'astronef.

– Pour nous faire traverser sains et saufs le Grand Vide jusqu'à Tau Ceti, dit Flatterie. Vous présumez que c'est le programme de base de l'ordinateur?

– Je ne présume rien. J'ai vérifié. *C'est* le programme de base.

Jusqu'à *Tau Ceti*! pensa Flatterie. Il avait à la fois envie de rire et de pleurer. Il ne savait pas s'il devait leur dire la vérité – les imbéciles! Mais... non, ce serait diminuer leur efficacité. Mieux valait jouer la charade jusqu'à son absurde conclusion.

Il prit une profonde inspiration pour retrouver le contrôle de soi :

– Très bien, John, mais vous ne pouvez pas prévoir tous les objectifs de votre... « Bœuf ».

– A moins d'avoir conçu et d'y avoir intégré tous ses objectifs, répondit Timberlake.

Flatterie fit taire Timbcrlake d'un geste de la main.

– Ceci irait à l'encontre de vos intentions.

– Il faudrait que nous puissions envisager tous les dangers possibles, dit Bickel. Et c'est précisément parce que nous *ne nous pouvons pas* envisager tous les dangers possibles que nous avons besoin de cette conscience éveillée pour guider la nef, avoir la... main sur toutes les commandes.

Flatterie réfléchit, cherchant une faille dans le raisonnement de Bickel. Ses paroles n'étaient qu'un écho des nombreuses séances d'instruction qu'avait suivies Flatterie à LBA. *Il faudra que vous trouviez une technique de survie dans un environnement fondamentalement différent. Rappelez-vous que vous ne pourrez pas prévoir chacun des dangers nouveaux qui vous guetteront.*

– Les sécurités intégrées ne serviront à rien, évidemment, dit Flatterie

– Même raison, dit Bickel. Les sécurités intégrées ne sont utiles que si tous les dangers sont connus et prévus.

– Pouvez-vous empêcher que l'unité centrale de l'ordinateur ne soit endommagée?

– Elle sera protégée par une flopée de tampons. J'ai déjà commencé à les installer.

– Il y avait donc un programme superviseur prioritaire, dit Flatterie. Une procédure chargée de nous faire parvenir sains et saufs à Tau Ceti – vous en êtes sûr?

– Le programme est là. Ils ne l'ont pas truqué.

– Et il s'avère qu'il est désastreux d'aller à Tau Ceti?

Pourquoi ergote-t-il? se demanda Bickel. *Il doit certainement connaître la réponse à sa question.*

– Une simple décision binaire peut résoudre le problème. Nous lui laisserons la possibilité de faire demi-tour.

– Ahhh! dit Flatterie. Le meilleur coup possible, hein? Mais nous sommes dans le jeu de croquet de la Reine, vous l'avez dit vous-même. Et si la Reine de cœur change la règle du jeu? Dans ce pays des merveilles, nous n'avons pas d'Alice pour nous ramener dans la réalité.

Un coup volontairement médiocre dans le cours de la partie, pour modifier la structure théorique du jeu, pensa Bickel. *C'est une possibilité qui semble indiquée.*

Il haussa les épaules :

– Alors on nous enverra au bourreau.

XXI

« Aucune idée distincte n'occupait mon esprit; tout était confus... une étrange multiplicité de sensations m'assaillait; je voyais, touchais, entendais et sentais tout à la fois. Il me fallut longtemps, certes, pour apprendre à distinguer entre les activités de mes différents sens. »

Paroles du monstre de *Frankenstein.*

Prudence, aux commandes depuis moins d'une heure, sentait déjà venir la fatigue, et elle savait qu'elle n'atteindrait la fin de son quart qu'à force de volonté. Ce qui contribuait en grande partie à l'épuiser, c'était le jeu incessant de ses compagnons autour des concepts, la jonglerie verbale.

Les mots semblaient tellement dérisoires, dans leur situation. Ils avaient besoin d'action – d'une action déterminée, constructive.

Timberlake s'éclaircit la voix. Une curiosité impérieuse le pressait d'aller examiner et essayer ce qu'avait construit Bickel – de retracer le cheminement des circuits et de comprendre pourquoi les fonctions générales de l'ordinateur n'en étaient pas perturbées.

– Si nous tombons sur le problème de la Reine de cœur, dit Timberlake, la nef aura plus de chances de s'en tirer si elle est contrôlée par une intelligence consciente et imaginative.

– *Notre* type de conscience? demanda Flatterie.

Voilà ce qui le tracasse, pensa Bickel. *C'est manifestement lui qui est chargé de veiller à ce que nous ne lâchions pas dans l'univers une machine à tuer. L'homéostasie au niveau d'une race peut différer de l'équilibre requis pour la survie d'un individu. Mais ici, nous sommes isolés – toute une race dans un tube à essai.*

– Nous parlons de créer une machine dotée d'une qualité particulière, dit Flatterie. Elle doit diriger son propre fonctionnement depuis l'intérieur, par probabilité. Nous ne pouvons pas déterminer tout ce qu'elle fera. Il leva une main pour arrêter Bickel, qui allait parler. Mais nous *pouvons* déterminer certaines de ses émotions. Si nous pouvions faire qu'elle se soucie de nous? Qu'elle nous admire et qu'elle nous aime?

Bickel le regarda. C'était une idée audacieuse – tout à fait dans la ligne des fonctions de Flatterie en tant qu'aumônier, avec une nuance de sa formation psychiatrique et un souci de protection de la race dans son ensemble.

– Considérez la conscience comme une structure de comportement, dit Flatterie. Qu'est-ce qui a contribué au développement de cette structure? Si nous remontons...

Sa voix se perdit dans le beuglement du klaxon d'alarme.

Ils sentirent tous l'embardée que fit la nef, puis l'absence immédiate de pesanteur dès que le disjoncteur-cage de sécurité eut déconnecté le système gravifique.

Bickel se laissa dériver vers l'avant de l'atelier, où il se cramponna à une épontille et pivota pour se projeter d'un coup de pied vers la porte de Central-com, qu'il déverrouilla aussitôt. D'un même mouvement, il l'ouvrit et se propulsa vers son siège de quart, dans lequel il s'arrima avant d'examiner les répétiteurs. Tim et Flatterie arrivèrent immédiatement derrière lui.

Prudence procédait à des corrections minimes au

pupitre directeur, les yeux fixés sur les compteurs de consommation.

Quand Bickel s'aperçut que l'ordinateur absorbait près de quatre-vingts pour cent de sa capacité maximale, il entreprit aussitôt de rechercher les échauffements ou les courts-circuits éventuels. Il entendit le déclic des cocons de Flatterie et de Timberlake, qui prenaient leur place.

– Consommation anormale au niveau de l'ordinateur, dit Timberlake.

– Fuite de radiations à la Soute Quatre, dit Prudence d'une voix rauque. Accroissement régulier de température en arrière des cloisons de la seconde coque – non, elle commence à se stabiliser.

Elle lança un programme d'inspection des coques, et garda les yeux fixés sur les voyants lumineux des senseurs.

Bickel, qui surveillait le pupitre directeur par-dessus son épaule, comprit en même temps qu'elle ce que signifiaient les clignotements dès qu'ils apparurent.

– Nous avons perdu une section du bouclier extérieur!

– Et de la coque, ajouta-t-elle.

Bickel se radossa, brancha l'écran répétiteur sur les senseurs, et entreprit une analyse extérieure de la zone indiquée :

– Surveillez le pupitre; je vais procéder aux vérifications.

Les images se succédèrent sur le petit écran d'angle de son pupitre à mesure qu'il l'accordait sur des senseurs de plus en plus éloignés. Au milieu de la Soute Quatre apparut l'obscurité pailletée d'étoiles de l'espace cosmique. Les objectifs des senseurs révélaient un flot de mousse coagulante craché par les dispositifs automatiques de sécurité en direction d'un large trou ovale.

Du coin de l'œil, Bickel vit Flatterie procéder à un micro-examen des lèvres de la déchirure :

– On dirait une coupure au couteau, dit Flatterie. Lisse et régulière.

– Une météorite? demanda Timberlake, qui venait

de procéder à une vérification des hibernateurs.

– Aucune fusion sur l'arête, aucun signe d'échauffement par friction, dit Flatterie, abandonnant son pupitre. Il pensait à l'île de Puget Sound – à la campagne environnante saccagée. *Une conscience sauvage. Était-ce déjà le début?*

– Qu'est-ce qui aurait bien pu faire cette entaille dans le bouclier extérieur et dans la coque sans les porter à une température solaire? demanda Bickel.

Personne ne répondit.

Se tournant vers Flatterie, Bickel remarqua ses lèvres blanches et crispées. *Il sait!*

– Raj, qu'est-ce qui peut avoir causé ça?

Flatterie secoua la tête.

Bickel releva sur ses répétiteurs les données du chrono-enregistreur à impulsions laser, en extrapola une estimation de leur position et inscrivit le délai de transmission à LBA. Puis il fit pivoter le transmetteur à son côté et l'enclencha sur le codage RT.

– Que faites-vous? demanda Flatterie.

– *Ça,* c'est une chose que nous ferions bien de signaler, dit Bickel. Il commença à couper la bande.

– Si nous réenclenchions la gravité? demanda Timberlake, avec un regard à Prudence.

– D'après les indicateurs, le système est en état de fonctionner, dit-elle. Elle enfonça la touche de réenclenchement.

Ils furent aussitôt happés par la gravité normale d'un quart de g terrestre.

Timberlake déverrouilla son cocon et posa les pieds sur le pont.

– Où allez-vous? demanda Prudence.

– Je vais sortir jeter un coup d'œil, dit Timberlake. Une force capable de sectionner une portion de notre coque sans aucun échauffement et sans aucune trace d'impact, cela n'existe pas. Il faut que j'aille voir ce qui se passe.

– Restez où vous êtes, dit Bickel. Il risque d'y avoir des cargaisons désarrimées, dans le secteur... n'importe quoi.

Timberlake pensa à la douce Maida, écrasée par une cargaison en folie. Sa gorge se serra.

– Qu'est-ce qui l'empêche de nous couper proprement en deux par le milieu, la prochaine fois? demanda Prudence.

– Quelle est notre vitesse, Prue? demanda Timberlake.

– C sur cinq cent vingt-sept, stabilisée.

– Avons-nous été ralentis par ce qui nous a... heurtés? demanda Flatterie.

Prudence vérifia l'enregistrement comparatif. Non.

Timberlake inspira profondément, le souffle incertain :

– Un phénomène dont l'impact est virtuellement nul et dont la force est... quoi? Infinie? Il secoua la tête. Il n'existe aucun équivalent cinétique.

Bickel enfonça la touche de transmission et attendit que s'établissent les connexions. Il regarda Timberlake :

– L'univers a-t-il commencé avec le « grand bang » de Gamow, ou sommes-nous en plein dans la création continue de Hoyle? Et s'ils avaient tous les deux...

– Ce n'est qu'un jeu mathématique, dit Prudence. Oh, je sais : l'union d'une masse infinie et d'une source finie peut s'accomplir en supposant un impact nul – une force infinie. Mais ce n'est quand même qu'un jeu mathématique, un exercice d'annulation réciproque. Ça ne *prouve* rien.

– Cela prouve le pouvoir original de la Genèse, murmura Flatterie.

– Oh, Raj, voilà que vous recommencez! fit Prudence sur un ton de reproche. Toujours vouloir triturer les mathématiques pour prouver l'existence de Dieu.

– Dieu nous a flanqué une calotte? demanda Timberlake. C'est ce que vous disiez, Raj?

– Cette attitude n'est pas digne de vous dans les circonstances présentes, rétorqua Flatterie. *Quand ils vont recevoir ce message, à LBA, ils sauront que nous avons atteint le stade de la conscience sauvage. C'est la seule réponse possible.*

– Vous alliez émettre une supposition, Bick, dit Timberlake.

Bickel regardait l'aiguille du signal chrono progresser lentement sur le cercle du cadran. Il lui restait encore un long chemin à parcourir avant le *bip* qui leur indiquerait que le message aurait un *momentum* suffisant pour atteindre son but.

– Il s'agit peut-être d'un phénomène d'interface qui ne se manifesterait qu'ici, dans la région transsaturnienne, dit Bickel. Peut-être un effet de champ causé par des ondes de pression issues de la zone de convection solaire. Il y a dans l'univers une sacrée variété de mouvements oscillatoires. Peut-être sommes-nous tombés sur une nouvelle combinaison.

– C'est ce que vous avez laissé entendre à LBA? demanda Flatterie.

– Oui.

– Et si ce n'était pas un jeu mathématique? demanda Timberlake. Pourrions-nous programmer la prévision, par une courbe de probabilité, des limites de ce phénomène hypothétique?

Bickel lâcha le clavier du RT et réfléchit à la question de Timberlake.

Il se dit qu'un tel programme pouvait se réaliser sous forme de fonctions matricielles. Il présentait une similitude avec leur chasse au Facteur de Conscience – essayer de recréer un système d'une complexité excessive à partir de données insuffisantes. Ils pouvaient l'aborder par l'intermédiaire de faisceaux d'équations linéaires simultanées, dont chacune définirait des hyperplans parallèles dans un espace à *n* dimensions.

– Qu'en pensez-vous, Prue? demanda-t-il.

Elle vit où l'imagination de Bickel les avait menés et fit un essai mental, visualisant au fur et à mesure de leur apparition les valeurs diagonales comme autant de coefficients des équations simultanées.

Tout le processus ne prit que quelques secondes, mais elle garda le silence un moment, savourant cette expérience nouvelle. Elle avait composé mentalement une simulation de programme, procédé à un essai et enregistré les résultats en mémoire, se rappelant chaque bit avec précision, là où il devait se trouver. C'était un exploit dont elle ne se serait jamais crue capable. Son esprit... un ordinateur.

Elle expliqua à Bickel ce qui s'était passé, et relut les résultats pour lui. Bickel s'aperçut qu'il comblait lui-même les vides lorsqu'elle sautait certaines opérations pour donner directement les réponses. Quelque part – sans doute au cours des longues séances d'études à LBA – il avait absorbé une énorme quantité de mathématiques abstruses. La nécessité et l'exemple de Prue l'avaient hissé à un niveau où ces connaissances devenaient disponibles.

Il se sentit soudain robuste et grandi de plusieurs pouces. L'effort mental l'avait élevé à un stade d'hyperconscience – il était détendu, et pourtant alerte, conscient de son état vascomusculaire et de son tonus émotionnel dans leur totalité.

Puis la sensation commença à se dissiper. Bickel fut repris par la nef et les contraintes qu'elle lui imposait – le mouvement régulier et imperturbable de la matière dans sa course vers l'extérieur du système solaire.

Toute l'expérience avait duré moins d'une demiminute. Bickel la sentit s'effacer avec un mélange de tristesse et de fureur. Il savait qu'il venait de vivre quelque chose d'extrêmement précieux, et il en conservait une partie en mémoire, comme un fil très fin qui le reliait à l'expérience elle-même et lui donnait l'espoir de pouvoir remonter jusqu'à sa source. Mais les contraintes que constituaient la nef et ceux qui l'entouraient ne le lui permettaient pas.

Il se rendit compte soudain qu'il portait en lui un poids énorme susceptible de rompre complètement ce précieux fil, et il en éprouva un accès de frayeur.

– Pensez-vous qu'un tel programme soit réalisable? demanda Timberlake d'un ton pressant.

– Impossible à programmer! répondit sèchement Bickel. Nous ne pouvons pas donner de limites aux variables. Il se retourna vers le clavier du RT et se mit à taper le message d'un mouvement saccadé.

Il pensa aux modifications qu'il avait apportées au système informatique. *Boîte noire – boîte blanche.* La mise en route de l'entité qu'ils étaient en train de construire nécessitait une boîte noire, et il n'y en avait manifestement qu'une qui pût se prêter au processus de duplication dans la boîte blanche de l'ordinateur : un cerveau humain.

Je servirai de modèle.

L'entité/ordinateur serait-elle un autre Bickel?

Prudence fixait le pupitre principal en cherchant les raisons de la soudaine colère de Bickel, ce qui lui évitait momentanément de penser à ce qui était arrivé à la nef. Mais elle ne pourrait esquiver longtemps le problème.

Les dégâts avaient été causés par un facteur extérieur à la nef. La faible embardée qu'ils avaient ressentie s'était transmise avec un décalage temporel, alors que les voyants rouges et jaunes des indicateurs d'avarie clignotaient déjà. L'embardée avait été provoquée par la baisse de tension et le déclenchement des équipements de commutation mettant en service les automatismes d'intervention.

Impact nul – force infinie.

Quelque chose, à l'extérieur de la nef, avait sectionné une partie de leur coque avec autant de facilité qu'un rasoir pénétrant dans du beurre. Et encore, l'image était trop faible.

Quelque chose venu de l'extérieur.

Elle porta une main à sa joue. Cela tendait à désigner quelque chose qui dépassait les périls programmés dans la nef.

Ce qu'ils avaient rencontré sortait tout droit du fond de l'inconnu. Elle pensa soudain aux monstres marins peints sur les anciennes cartes de la Terre, aux dragons à douze pattes et aux formes humanoïdes dont les poitrines s'ornaient de bouches garnies de crocs.

Elle retrouva un certain calme en se disant que tous ces monstres avaient disparu devant la curiosité quasi simiesque de l'humanité. Et pourtant... quelque chose les avait bien heurtés.

Elle parcourut des yeux une fois encore les voyants du pupitre, et constata que les automatismes d'intervention avaient presque inondé de mousse coagulante la Soute Quatre. Les portes étanches des différents secteurs étaient hermétiquement closes sur deux niveaux autour de la zone endommagée. Quelle que fût la chose qui les avait heurtés, elle n'avait emporté qu'une fine tranche de leur coque... cette fois-ci.

Bickel leva la main vers la touche d'impulsion du transmetteur, qu'il enfonça. La salle s'emplit aussitôt du bourdonnement de l'instrument accumulant l'énergie nécessaire à la projection des giclées multiples d'informations à travers l'espace. Le claquement sec de solidarisation du transmetteur, accompagné d'une légère odeur d'ozone, fut par contraste presque décevant.

– Ils ne vont pas y croire beaucoup plus que nous, dit Timberlake.

– Il y a à LBA certains des spécialistes les plus éminents de la physique des particules, dit Bickel. Peut-être pourront-ils trouver une réponse.

– Un phénomène du type neutrino? demanda Timberlake. Des clous! Ils vont prétendre que nous avons mal interprété l'observation.

– C'est l'heure de mon quart, dit Flatterie. Prue?

Aux paroles de Flatterie, Prudence prit soudain conscience de l'immensité de sa fatigue. Son dos était douloureux et les muscles de ses avants-bras tremblaient. Elle ne se rappelait avoir été aussi épuisée qu'une seule fois – après avoir pratiqué une intervention chirurgicale de près de cinq heures.

Sous de nombreux rapports, elle demandait trop à son organisme – les quarts prolongés, le travail dans l'atelier, les expériences auxquelles elle se prêtait comme cobaye. Mais l'adrénochrome THC lui posait des problèmes. Impossible de lui faire franchir la barrière sanguine du cerveau pour l'amener en contact actif avec les tissus nerveux... à moins d'approcher de très près la dose mortelle. Elle n'avait pas encore osé, bien que le jeu lui parût en valoir la peine.

Si seulement elle parvenait à inhiber les structures inférieures du cerveau et à provoquer l'activité maximale des structures supérieures, elle pourrait fournir à Bickel les différentes phases séquentielles pour qu'il les reproduise sous forme de fonctions électroniques.

– Transmission du pupitre au top, dit-elle.

Tandis qu'ils échangeaient le pupitre directeur, Flatterie examina ses instruments pour s'imprégner de l'*humeur* de la nef. *Car elle a vraiment des humeurs.*

Il avait parfois l'impression que la nef transportait des spectres – ceux des seize clones tués par accident au cours de son assemblage sur la Lune, ceux des membres de l'équipage ombilical tués par la sauvagerie programmée du système – à moins que ce ne fussent ceux des NPO sacrifiés sur cet autel. Un autel dressé à l'orgueil humain... Et les essais précédents – tous les équipages disparus, les colons... et les NPO. *Autant de fantômes qui voyagent avec nous.*

Ces cerveaux sans corps avaient-ils une âme? se demanda Flatterie. *À cet égard – si nous insufflons une conscience dans cette machinerie, notre création aura-t-elle une âme?*

– Les dispositifs automatiques ont-ils fini de combler la brèche? demanda Bickel.

– Tout est refermé, dit Flatterie. Et il se demanda : *Quand la conscience sauvage va-t-elle frapper à nouveau?*

– Qu'y avait-il dans la Soute Quatre? demanda Prudence. Qu'avons-nous perdu?

– Des concentrés alimentaires, répondit Bickel. C'est la première chose que j'ai vérifiée. Le ton de sa voix disait : *Vous étiez de quart; c'est vous qui auriez dû le faire.*

– Raj, voulez-vous que nous commencions à partager les quarts? demanda Timberlake. Quand j'aurai pris un peu de repos...

– Quand vous aurez pris du repos, vous pourrez m'aider à l'atelier, dit Bickel.

Flatterie jeta un coup d'œil à Bickel, puis à Timberlake, en se demandant comment l'ingénieur des systèmes biofonctionnels allait prendre cette rebuffade. Timberlake avait les yeux fermés. Son visage pâle et ses traits tirés trahissaient sa fatigue. Il semblait presque endormi... mais son souffle était court et superficiel.

– Vous voulez continuer coûte que coûte, hein? demanda Prudence. Vous ne pensez pas que nous devrions attendre que les otaries savantes de Hempstead aient potassé la question?

– Ce qui nous a frappés venait de l'extérieur, dit Bickel. C'est un *autre* problème.

– John a raison, dit Timberlake d'une voix rauque. Il s'éclaircit la voix, déverrouilla la sécurité de son siège de quart et se redressa. Je suis claqué!

– Alors, nous avons décidé comme ça, tout d'un coup, Prudence fit claquer ses doigts, que vous pouviez continuer à tripatouiller l'ordinateur comme un fou furieux?

– Mais bon sang! s'écria Bickel. Aucun de vous n'a-t-il encore compris que nous sommes censés utiliser l'ordinateur comme élément de base pour attaquer ce problème?

Bickel regarda autour de lui : Flatterie occupé au pupitre, Timberlake à moitié endormi sur son siège, Prudence qui le fixait d'un œil furieux.

– Ce n'est pas un ordinateur comme les autres. Il possède des éléments dont nous ne soupçonnons même pas l'existence. Il est demeuré connecté à un Noyau-Psycho-Organique durant près de six ans, tout le temps qu'ont duré l'assemblage et la programmation de la nef. Il est bourré de tampons, de conducteurs et de connexions croisées dont ses propres créateurs n'ont peut-être jamais entendu parler!

– Insinuez-vous qu'il est déjà conscient? demanda Prudence.

– Non; je prétends seulement que le couplage de l'ordinateur avec notre « Bœuf » simulateur de lobes frontaux a déjà fait du chemin. Nous sommes arrivés plus loin que n'y était parvenu le programme de LBA en vingt ans! Et nous devrions continuer. Nous coupons en ligne droite à travers...

– Il n'y a pas de lignes droites dans la nature, dit Flatterie.

Bickel soupira. *Quoi encore?* se demanda-t-il.

– Si vous avez quelque chose à dire, sortez-le.

– La conscience est un type de comportement, dit Flatterie.

– D'accord.

– Mais les racines de notre comportement sont enfouies si loin dans le passé que nous ne pouvons pas les atteindre directement.

– L'émotion, encore une fois? demanda Bickel.

– Non, dit Flatterie.

– L'instinct, dit Prudence.

Flatterie hocha la tête :

– Le type d'empreinte génétique qui dit à un poussin comment casser sa coquille pour en sortir.

– Émotion ou instinct, quelle est la différence? demanda Bickel. Les émotions sont produites par l'instinct. Continuez-vous à prétendre que nous ne pourrons pas rendre le « Bœuf » conscient à moins de le doter d'une combinaison d'instincts et d'émotions?

– Vous savez très bien ce que je veux dire, murmura Flatterie.

– Il faut qu'*il* nous *aime*, dit Bickel. Il se mordit la lèvre supérieure, saisi une fois encore par la merveilleuse simplicité de cette suggestion. Flatterie avait raison, bien sûr. C'était une rêne suffisante pour satisfaire les exigences de sécurité, mais assez lâche pour conduire sans blesser.

– Il faut qu'*il* dispose d'un système autonome de réactions émotionnelles, dit Flatterie. Il faut que le système puisse réagir selon un ensemble d'actions physiques dont « le Bœuf » soit... conscient.

Émotion, pensa Bickel. *La caractéristique qui nous donne notre sens de l'individualité, l'élément qui récapitule tous les jugements personnels. Un processus encapsulé qui peut se déclencher hors de toute séquence.*

C'était une rupture avec tous les concepts mécanistes du temps. L'émotion comme processus, une façon audacieuse de considérer le temps.

– Il n'y a rien en nous à propos de quoi nous puissions être objectifs, dit Bickel, sauf nos propres réactions physiques. Vous vous souvenez? C'est ce que le Dr Ellers répétait toujours.

Flatterie pensa à Ellers, chef de psycho à LBA. *Bickel est l'« objectif », la force qui donnera une direction à vos recherches*, avait dit Ellers. *Naturellement vous avez tous des suppléants. Les accidents, cela arrive. Mais vous n'avez rien qui soit aussi affilé que Bickel. C'est un découvreur créatif.*

Un « découvreur créatif » – les échecs de tous ceux qui étaient venus avant lui... de tous ces frères-clones... tout servait de préparation à cet assaut du problème. *Si nous réussissons, nous survivrons; et si nous échouons...*

Et Bickel pensait : *Émotion. Comment la symboliser et la programmer? Que fait le corps? Nous sommes à l'intérieur, en contact direct avec tout ce que fait le corps. C'est la seule chose à propos de laquelle nous puissions être réellement objectifs. Qu'est-ce que le corps...*

– *Il* a besoin d'un corps dont les fonctions soient totalement interconnectées, dit Bickel. Le problème et sa solution lui apparaissaient dans leur ensemble comme une soudaine révélation. Il lui faut un corps qui ait connu des traumas et des situations critiques. Il regarda Flatterie. Et aussi la culpabilité, Raj. *Il* a besoin d'un sens de la culpabilité.

– Culpabilité? répéta Flatterie tout en se demandant pourquoi cette suggestion provoquait en lui à la fois de la colère et une certaine frayeur. Il était sur le point de répliquer lorsqu'il prit conscience d'un bruit rauque et rythmique. Il crut d'abord au défaut de fonctionnement d'un signal d'alarme, puis se rendit compte qu'il s'agissait de Timberlake. L'ingénieur des équipements biofonctionnels avait verrouillé le cocon de son siège de quart, et il dormait – en ronflant.

– Culpabilité, dit Bickel, les yeux fixés sur Flatterie.

– Comment? demanda Prudence.

– En termes de programmation, dit Bickel, nous devrons prévoir des fonctions de déroutement, des systèmes d'alarme internes – des contrôles qui interrompront les opérations selon les besoins fonctionnels du système global.

– La culpabilité est une émotion artificielle; elle n'a rien à voir avec la conscience, objecta Flatterie.

– La culpabilité est fille de la peur. Vous ne pouvez

avoir de culpabilité sans la peur.

– Mais vous pouvez avoir la peur sans la culpabilité, dit Flatterie.

– Vraiment? demanda Bickel. Et il pensa : *C'est le syndrome de Caïn et Abel. Où l'espèce a-t-elle pris ça?*

– Pas si vite, dit Prudence. Proposez-vous que nous installions un... que nous... inspirions de la crainte à ce « Bœuf »?

– Ouais.

– Il n'en est pas question! dit Flatterie. Il avait branché l'exerciseur automatique de son siège, mais il l'arrêta pour se tourner vers Bickel d'un air furieux.

– Notre créature dispose déjà d'une mémoire vaste et rapide, dit Bickel. C'est une mémoire fixe – si on ne tient pas compte de nos problèmes d'adressage, qui n'interfèrent pas de toute façon avec son fonctionnement – et je parie que cette machine possède une zone de mémoire protégée déjà remplie d'illusions en prévision du moment où elle en aura besoin pour se protéger.

– Mais la peur! dit Flatterie.

– C'est le côté pile de votre pièce, Raj. Vous voulez qu'elle nous aime? D'accord. L'amour est une sorte de besoin, n'est-ce pas? Je suis prêt à lui donner le besoin d'une source extérieure de programmes – c'est-à-dire nous, vous comprenez? Je laisserai dans sa constitution les lacunes nécessaires que nous serons les seuls à pouvoir combler. Elle aura des émotions, mais cela veut dire une gamme illimitée d'émotions, Raj. Cette gamme comprend la peur.

Peur et culpabilité, pensa Prudence. *Il va falloir que Raj se rende à l'évidence.* Elle regarda Bickel, remarqua son regard voilé et lointain.

– Plaisir et douleur, marmonna Bickel. Il regarda tour à tour Prudence, Timberlake endormi et Flatterie. *Se rendent-ils compte qu'il faudrait également que « le Bœuf » soit capable de se reproduire?*

Prudence sentit son pouls s'accélérer. Elle se détourna de Bickel et porta une main à sa tempe pour y mesurer les palpitations, mesure qu'elle rapprocha de son souffle plus court, de sa température, de la faim, de son état de fatigue et de son niveau de perception. Les expériences chimiques auxquelles elle était en train de soumettre son propre corps la dotaient d'une perception aiguë de ses fonctions corporelles, et cette perception lui indiquait qu'elle avait besoin d'un réajustement chimique.

– Alors, Raj? dit Bickel.

Il faut que je me calme, se dit Flatterie en se retournant sur son siège. *Il faut que j'aie l'air naturel et serein.* Il évitait de poser les yeux sur le panneau factice de son pupitre répétiteur. Derrière ce panneau se dissimulaient la mort et la destruction. Bickel devenait extrêmement sensible aux moindres indices. Flatterie nota le vert paisible du panneau des voyants lumineux, le cliquètement des relais dans les compteurs graphiques. Tout, à bord de la nef, semblait normal et apaisant. Tous les systèmes semblaient fonctionner sans heurt.

Pourtant, tout au fond de lui-même, Flatterie se sentait tendu, comme un animal qui se fige en entendant le chasseur.

Plaisir et douleur. Cela peut se faire, bien sûr : orientation graduelle vers un objectif, puis refus... interférence... retrait... frustration... menace de destruction.

– Je retourne à l'atelier, dit Bickel. La façon de procéder est suffisamment claire, n'est-ce pas?

– Pour vous, peut-être, dit Flatterie.

– Impossible de s'arrêter, dit Prudence, en espérant que Flatterie comprendrait le sous-entendu : *Impossible de l'arrêter.*

– Allez-y, dit Flatterie. Assemblez vos simulateurs de réseaux nerveux. Mais prenons le temps de bien réfléchir avant de relier votre système à l'ensemble de l'ordinateur. Il regarda Bickel. Envisagez-vous toujours cette expérience boîte noire – boîte blanche?

Bickel se contenta de le regarder fixement.

– Vous connaissez le danger, dit Flatterie.

Bickel ressentit soudain une sorte d'exultation, la découverte de quelque facteur interne qui lui avait échappé. La nef, ses organismes vivants et ses problèmes ressemblaient à des marionnettes et à des jouets de marionnettes. La solution lui apparaissait avec une clarté extraordinaire – jusque-là, il n'avait fait que l'approcher. Il voyait tous les schémas nécessaires empilés dans son esprit comme des diapositives superposées.

Un assemblage à quatre dimensions, se remémora-t-il. *Nous allons créer un réseau en profondeur et le doter de ramifications universelles complexes qui lui permettront d'absorber les transmissions asynchrones. Il faut qu'il soit capable de dégager des configurations discrètes à partir des surcharges d'impulsions qu'il reçoit. L'important n'est pas le matériau mais la structure. L'important, c'est la topologie. Voilà la clef de tout notre foutu problème.*

– Prue, donnez-moi un coup de main, dit-il. Il jeta un coup d'œil au chronomètre situé à côté du pupitre de Central-com, puis regarda Timberlake. *Qu'il dorme; Prue était capable de les aider. Elle faisait en électronique du travail soigné – d'une exactitude chirurgicale, propre, avec une longueur de fil minimale et des connexions solides.*

– Il va nous falloir une zone de couplage pour chaque groupe de blocs multiples, dit Bickel en regardant Prudence. Je vais vous confier ce travail pendant que j'assemblerai les systèmes de blocs principaux.

Comme si les paroles de Bickel s'étaient entassées dans son esprit jusqu'à ce que la pression accumulée les fasse se déverser dans le domaine de la compréhension, elle comprit ce que Bickel avait l'intention de faire. Il allait introduire une charge continue de données dans l'association « Bœuf-ordinateur », immensément élargie. Comme on projette un film sur un écran, il allait projeter dans l'ordinateur un éventail géant, un psycho-espace presque infini.

Les opérateurs nécessaires s'alignaient dans son esprit en rangées parallèles de nombres binaires, à liaisons croisées. Et elle vit qu'elle pouvait recadrer le problème, le superposer à des fonctions matricielles, créant ainsi un tableau problème-solutions pareil à un échiquier multidimensionnel.

Dans l'instant même de cette révélation, elle se rendit compte que Bickel n'aurait pu délimiter l'approche de cette solution sans avoir recours au même levier mathématique pour se charger du gros œuvre.

– Vous vous êtes servi de matrices de contiguïté, dit-elle, accusatrice.

Il hocha la tête. Elle avait compris qu'il s'aventurait dans une conception mathématique nouvelle – une algèbre de qualités grâce à laquelle il pouvait suivre le cheminement des impulsions neurales et les disperser entre les psycho-espaces intercalaires du « Bœuf-ordinateur ».

Prudence avait commencé à saisir ce que voyait Bickel, mais les autres n'en étaient encore qu'au stade des pressentiments. Les possibilités étaient ahurissantes. Les méthodes impliquées permettraient la construction d'ordinateurs entièrement nouveaux, dont la taille et la complexité fondamentale pourraient être réduites d'un millier de fois au moins. Mais plus importante encore était la compréhension ainsi acquise par Bickel de ses propres psycho-espaces et de leur fonction d'abstraction – l'excitation globale des cellules nerveuses de son propre corps, et la façon dont elle était réduite à des valeurs reconnaissables.

Bickel se rendit compte que le fait de penser dans le cadre de cette structure l'amenait à un seuil. Une certaine pression ici, l'application d'une certaine énergie là, et il savait qu'il serait projeté dans un domaine de conscience dont il n'avait jamais fait l'expérience.

Il en éprouvait à la fois de la crainte, de la surprise et de l'attirance. Il se dirigea vers la porte de l'atelier, l'ouvrit, et se retourna vers Flatterie.

– Raj, dit-il. Nous ne sommes pas conscients.

– Quoi? Hein? C'était Timberlake qui sortait de son sommeil en se frottant les yeux, le regard posé sur Bickel.

– Nous ne sommes pas éveillés, dit Bickel.

XXII

« Au-delà des sens, il y a les objets ; au-delà des objets, il y a le mental ; au-delà du mental, il y a l'intellect ; au-delà de l'intellect, il y a le Grand Moi. »

Katha UPANISHAD,
Extrait, destiné à l'instruction
des psychiatres-aumôniers.

Nous ne sommes pas éveillés.

Tout au long de son quart, ces paroles hantèrent Flatterie.

Timberlake avait marmonné quelque chose comme « Sacré blagueur ! » avant d'aller poursuivre son somme dans sa cabine.

Mais Flatterie, dont l'attention se partageait entre la console de commandes et l'écran supérieur qui lui montrait Prudence et Bickel au travail dans l'atelier, sentait la nef acquérir dans son esprit une curieuse identité.

Il avait l'impression que lui et les autres n'étaient que les cellules d'un organisme plus vaste – que les voyants, les cadrans, les compteurs et les senseurs, de même que l'intercom vidéo omniprésent, étaient les sens, les nerfs et les organes d'une entité distincte de lui-même.

Nous ne sommes pas éveillés.

C'est une pensée que nous éludons constamment, pensa-t-il.

Il entendait la voix de Bickel parlant à Prudence dans l'atelier :

– Voici la ligne principale chargée de traiter les rétroactions négatives. Suivez le code des couleurs et connectez-la ici... Voici le circuit amortisseur ; il faut prendre garde de ne pas introduire des cycles résonnants dans les branches neurales sélectives.

Et Prudence, parlant à demi pour elle-même :

– Le crâne humain renferme environ quinze mille millions de neurones. J'ai extrapolé à partir de vos blocs de construction et de l'ordinateur – nous en aurons finalement plus de deux fois autant, dans cette... bête.

Dans l'esprit de Flatterie, leurs voix ressemblaient à des échos.

Bickel : Pensez à un seuil qu'il faut franchir. Plusieurs sortes de pressions peuvent permettre de le franchir. Ce sont les pressions liées à l'entropie – ou les pressions d'une prolifération de variabilité : appelons cela la vie. L'entropie d'un côté, la vie de l'autre. Chacune provoque le franchissement du seuil à partir d'un certain niveau de pression. Et le franchissement du seuil déclenche le Facteur de Conscience.

Prudence : Qu'est-ce que c'est, un homéostat ou un filtre ?

Bickel : Les deux.

Flatterie pensa alors à la nef dans son ensemble, à la grande machine dont la survie exigeait une organisation optimale – un processus d'*agencement*. L'entropie y était certainement liée, car le système global d'un astronef tendait à se stabiliser dans une distribution uniforme de ses énergies.

En ce qui concerne la nef, l'ordre est plus naturel que le chaos, pensa Flatterie. *Mais nous jouons de cette nef comme si tous ses composants étaient des instruments de musique et Bickel le chef d'orchestre. Car lui semble connaître la partition.*

La Conscience.

Bickel : Je vous le dis, Prue, il faut que la conscience soit quelque chose qui remonte le courant du temps. Le temps dans lequel elle est enclavée.

Prudence : Je ne sais pas. Quand un bloc de cellules réagit à une excitation, cela fait naître une impulsion. L'impulsion se divise et forme une structure à branches multiples avec une tige unique – dans les réseaux nerveux, dans l'espace d'intercalation. La tige retient cette impulsion première, naturellement, et nous avons une émission qui se situe dans un espace à quatre dimensions – dont le temps.

Bickel : Et la conscience est pareille à un bateau qui remonterait le courant.

Prudence : A contre-courant? Je suis d'accord pour inclure le temps dans le diagramme, mais l'excitation et la ramification évoqueraient plutôt un solide complexe qui *pénétrerait* le temps, comme des nervures à l'intérieur d'une feuille en quatre dimensions.

Bickel : Pensez au système RT de la nef. Qu'est-ce que c'est? Il absorbe des centaines de reproductions d'un même message – toutes les reproductions ayant été transmises dans une seule giclée comprimée... une seule décharge – et il les ralentit, les compare, élimine les tiges erronées et vous communique le message traduit et corrigé.

Prudence : Mais la conscience n'entre pas en jeu tant que le message n'a pas atteint son récepteur humain.

Bickel : Rétroaction négative, Prue. L'entrée ajustée à la sortie. Si le système fonctionne mal, l'opérateur humain le répare, comme on répare un barrage sur une rivière pour récupérer une partie suffisante du courant.

Prudence (levant les yeux d'un segment de neurofibre qu'elle introduisait dans un micromanipulateur) : La conscience – une sorte de rétroaction négative?

Bickel : Avez-vous jamais pensé, Prue, que la rétroaction négative était la plus incroyable perfectionniste de l'univers? Elle n'autorise aucune défaillance. Elle est conçue pour maintenir le fonctionnement du système dans certaines limites, quelles que soient les perturbations.

Prudence : Mais... les circuits de ce « Bœuf »... vous y

avez délibérément introduit des erreurs qui ne sont...

Bickel : Pourquoi pas? Toutes nos idées traditionnelles sur la rétroaction impliquent une certaine uniformité de l'environnement. Mais nous vivons dans un univers non uniforme. Le milieu dans lequel nous évoluons n'est pas entièrement prévisible. Il faut que nous maintenions notre système en équilibre instable... en changeant nous-mêmes les règles de façon aléatoire.

L'ordre opposé au chaos, pensa Flatterie en jetant un coup d'œil à l'écran supérieur. Seigneur, comme cet amas de blocs prenait de l'ampleur! Il avait proliféré à partir du panneau de l'ordinateur en deux excroissances principales enfouies sous une jungle de pseudoneurones dont les faisceaux ressemblaient à des sarments de vigne.

Bickel, étendu sur le dos, travaillait sous l'assemblage. Les boucles de connexion des lignes principales de transmission pendaient juste au-dessus de ses genoux.

Nous ne sommes pas éveillés, songea Flatterie.

Dieu, comme il serait facile de renoncer en cet instant même! Il était assis dans le siège du conducteur, l'un des boutons à portée de sa main. Qui le saurait jamais? La nef mourrait... il n'y aurait plus de problème. Que ces salauds de LBA essaient à nouveau... avec quelqu'un d'autre.

Mais le vrai problème était là : ils essaieraient encore, bien sûr, mais pas avec quelqu'un d'autre.

Toujours la même misérable charade – encore et encore !

Prue, par exemple. Elle a supprimé ses injections d'anti-S. Elle joue avec sa propre biochimie. Elle va bientôt prendre des poses pour aguicher Bickel. Lui qui ne voit en elle que sa compétence à utiliser le micromanipulateur. C'est vrai qu'elle fait du bon travail!

Nous ne sommes pas éveillés.

La conscience elle-même créait la variété, engendrait des ramifications de probabilités. Et la variété se nourrissait de la variété. Le fait même de jouer leur *musique* particulière produisait l'imprévisible – y compris des erreurs.

Où se fait la rupture de communication?

Bickel (se contorsionnant avec une grognement pour sortir de sous « le Bœuf ») : Le corps généralisé et le cerveau spécialisé, Prue – mettez-les ensemble et qu'obtenez-vous? L'illusion. Voilà le tampon, l'illusion. C'est le bouclier protecteur qui permet à des systèmes virtuellement incompatibles de coucher ensemble. La conscience est génératrice d'illusions.

Prudence : Où range-t-on la bobine de neurones R4DBd?

Bickel : Deuxième râtelier, à gauche de l'établi. Maintenant, prenez l'illusion de la position centrale.

Prudence : C'est le résultat naturel de l'impuissance et de la dépendance du nouveau-né par rapport à son environnement. Un enfant en bas âge *est* le centre de l'univers. C'est un souvenir que nous ne perdons jamais.

Bickel : Eh bien, les impressions sensorielles individuelles ressemblent à des cailloux jetés dans une mare tétradimensionnelle. La conscience s'accroche aux ondes créées par ces cailloux et leur donne une intégration spatiale et temporelle afin qu'on puisse les interpréter. Il faut que la conscience donne un sens aux choses. Mais son outil principal est l'illusion.

Intégration spatio-temporelle, pensa Flatterie.

L'entité qu'était la nef – leur Œuf de Fer Blanc – manquait pour l'instant d'une certaine aptitude à l'intégration. Alors qu'elle aurait dû dépendre d'une force autorégulatrice efficace, la nef devait se contenter du système rétroactif insuffisant que représentaient les quatre humains connectés de façon tout à fait approximative à son « système nerveux ».

C'était une façon de voir les choses.

Mais il y aurait un point, dans l'avenir de la nef, où les avaries dépasseraient leur capacité de récupération. Les humains n'étaient pas à la hauteur de la tâche.

Flatterie ressentit une profonde amertume à l'égard de la société qui avait envoyé cette frêle cargaison vers nulle part. Il en connaissait les raisons, mais les raisons n'avaient jamais empêché l'amertume.

Considérez la société comme une construction humaine, un mécanisme de défense très perfectionné, avaient dit Hempstead et ses cohortes. *Les limitations de la société sont enracinées dans les cellules elles-mêmes par un processus de sélection. Et ces limitations s'intègrent à la rétroaction autorégulatrice dans les systèmes gouvernant la société. On s'est posé sérieusement la question de savoir si les humains pouvaient en fait se libérer de leur structure autorégulatrice. Explorer l'au-delà de cette structure requiert assurément des méthodes audacieuses.*

Flatterie se rappela la loi telle qu'elle était énoncée : *L'expérience humaine individuelle n'est pas le facteur prioritaire de contrôle dans le comportement humain. C'est la structure sociale qui domine.*

Flatterie frotta délibérément ses phalanges contre l'arête de son siège de quart pour se forcer à sortir de sa rêverie. Il concentra son attention sur la console, vit qu'il devait procéder aux réglages habituels de température. Les régulateurs automatiques n'arrivaient jamais à la maintenir exactement à sa valeur optimale.

Bickel : Faites attention à la longueur des lignes à retard. Vous risquez de semer la confusion dans le présent psychologique du « Bœuf ».

Prudence : Son quoi ?

Bickel : Son présent psychologique – son présent illusoire – ce dont vous faites l'expérience en n'importe quel instant donné ; ce bref intervalle que vous appelez *maintenant*. Le professeur Ferrel – vous vous souvenez du vieux Ferrel-baril ?

Prudence : Qui pourrait oublier le gendre de Hempstead ?

Bickel : Ouais, mais il était loin d'être stupide. Nous étions à la station de poursuite des satellites, un jour – lui de son côté du mur stérile et moi du mien – et il a dit : « Regardez cet objet en train de se déplacer. » C'était une navette venant de la Terre. « Vous *savez* qu'il se déplace à grande vitesse. Et ses positions successives vous apparaissent au même instant, au présent. Sans à-coups, mais plutôt sous la forme d'un flux continu. C'est un présent illusoire, mon cher. Ne l'oubliez jamais. » Et je ne l'ai jamais oublié.

Prudence : Le... « Bœuf » aura-t-il réellement une perception du temps?

Bickel : Il le faut. Nos circuits retardateurs lui donneront nécessairement le sens de l'écoulement du temps. Sans cela, il ne serait qu'un vaste fouillis.

Prudence : Le sens de... l'immédiat.

Bickel : Quand vous y réfléchissez, vous vous rendez compte que nous n'interprétons pas l'expérience immédiate du temps. Nous absorbons le temps à grandes goulées. Mais le temps réel, cela doit être quelque chose de graduel et de progressif, un changement qui glisse sans à-coups sur l'arrière-plan d'une constante de mesure quelconque.

Prudence : Ainsi, nous alignons le temps physique du « Bœuf » et nous le mettons en route, comme un jouet que l'on remonte, en lui assignant une direction voulue.

Bickel : Les parties les plus reculées de son « présent illusoire » doivent s'estomper comme c'est le cas pour nous. Il faut que le passé soit moins intense que ce qui est en train d'apparaître à l'horizon. Il lui faut en permanence un « effaçage séquentiel progressif », sinon il sera incapable de distinguer ce qui est proche dans le temps de ce qui est éloigné.

Quand Flatterie leva les yeux vers l'écran, il vit Bickel brancher un oscilloscope, sur « le Bœuf » et procéder à une vérification d'impulsion.

L'entropie, pensa Flatterie. *Une seule direction dans le temps.*

Il projeta une image dans son esprit : deux jets d'eau – l'un étiqueté entropie, et l'autre portant le nom de cette poussée probabiliste qu'on appelle la vie. En équilibre entre les deux, comme une balle sur un jet d'eau, dansait la conscience.

C'est tellement simple, pensa Flatterie. *Mais comment reproduire cela... à moins d'être Dieu?*

Bickel : Attendez! Ne connectez pas cette couche avant d'avoir testé la réduction.

Prudence : Vous et vos satanées précautions!

Bickel : La vie est une affaire qui exige de grandes précautions. La moindre erreur dans ces circuits réducteurs peut nous foutre dans une merde royale. Rappelez-vous que ce « Bœuf » doit absorber des données compliquées et les filtrer au moyen de systèmes intégrateurs de plus en plus simples jusqu'au résultat final affiché sous forme de symboles opérationnels. Pensez à votre sens de la vision. Combien y a-t-il de neurones récepteurs dans votre rétine?

Prudence : Environ cent vingt millions?

Bickel : Mais quand le système revient au niveau des ganglions, combien y a-t-il de cellules?

Prudence : Pas plus d'un million deux cent mille.

Bickel : Réduction, vous saisissez? Le système absorbe des quantités d'impressions sensorielles et les combine en signaux discrets de moins en moins nombreux. Et nous obtenons finalement un *datum* sensoriel appelé « image ». Mais nous interprétons cette image en fonction d'un énorme fichier de comparaisons topologiques, toutes issues d'expériences précédemment traduites.

Prudence : Et vous pensez que votre ordinateur a emmagasiné suffisamment... d'expériences pour ce genre de comparaison?

Bickel : Il les aura quand nous en aurons fini avec lui.

Flatterie pensa : *Boîte noire – boîte blanche.*

Prudence : Ne risquez-vous pas de surcharger l'ordinateur, de l'enliser?

Bickel : Pour l'amour du ciel, Prue! Vous recevez vous-même constamment toutes sortes d'informations. Votre propre système ne se charge-t-il pas de trier toutes ces informations, de les mettre en files d'attente, de les programmer et d'évaluer les données?

Prudence : Mais l'existence même de l'Œuf de Fer Blanc dépend de cet ordinateur. Si nous faisons une gaffe dans...

Bickel : Il n'y a pas d'autre solution. Vous auriez dû

vous en rendre compte dès l'instant où vous avez compris que cette nef ne représente qu'une vaste mise en scène.

Prudence (furieuse) : Que voulez-vous dire ? Pourquoi ?

Bickel : Parce que l'ordinateur est le seul endroit où puisse être stockées une telle quantité d'informations. Voyez-vous, Prue, nous manquons de temps pour commencer à zéro l'éducation du bébé.

Avant que Prudence pût répondre, le beuglement du klaxon de transmission se fit entendre. Le RT avait été branché en dérivation manuelle pour éviter que ses circuits n'interfèrent avec le travail de l'atelier, et Bickel et Flatterie réagirent au même instant. Bickel enfonça la touche de mise en service, dans l'atelier. Flatterie enclencha l'interrupteur principal du RT, sur sa console, tout en se rendant compte avec un sentiment de détachement que le message de LBA allait passer par les circuits du « Bœuf » avant de leur être transmis.

XXIII

« Je me sens des devoirs de créateur envers cette Conscience Artificielle. Il me semble que mon principal objectif soit de rendre cette créature heureuse, de lui procurer toute la joie dont je suis capable. Tout ce projet, autrement, semblerait dépourvu de sens. Il y a déjà suffisamment de créatures malheureuses dans l'univers. »

Raja Lon Flatterie,
Communion privée avec « le Bœuf ».

Il fallut plusieurs minutes au message pour se frayer un chemin à travers le RT et les développements du « Bœuf » que Bickel avait ajoutés au système. Dans Central-com, l'attente fut chargée de tension. Le regard de Flatterie courait d'un bout à l'autre des rangées de voyants de son pupitre. Le système comportait maintenant d'énormes inconnues, et toute introduction de données risquait de provoquer d'étranges comportements dans des secteurs dangereux.

Comportement ! pensa Flatterie, saisissant le mot au vol dans son esprit.

Il y avait dans ce terme des assertions anthropomorphiques.

Pourquoi devrait-il jouer selon nos règles ?

Dans l'atelier, Bickel était tendu, lui aussi. Le message se transformerait-il encore en charabia?

Prudence, qui se tenait près de lui, percevait l'odeur des muscs non lavés de son corps, tous les indices de sa concentration sur leur problème commun.

Pourquoi pas ? Il veut vivre autant que je le veux.

Bickel parcourut des yeux les répétiteurs de l'atelier, vit les aiguilles tressaillir et s'immobiliser à des valeurs normales. Puis vint le bourdonnement aigu caractéristique du RT, qu'on entendait maintenant dans l'atelier depuis que « le Bœuf » faisait partie du circuit. A ce bruit, Bickel ressentit un picotement sur les flancs et le long des bras.

Les compteurs enregistrèrent la pause habituelle du RT. Les giclées multiples du message étaient triées, comparées, traduites et envoyées dans le réseau de sortie.

Jetant un coup d'œil à l'écran, Bickel vit que Flatterie avait branché le système sur le mode auditif.

La voix de Morgan Hempstead retentit dans les vocodeurs.

– Ici Programme, appelle nef LBA *Terra*. Ici Programme. Nous sommes incapables de déterminer avec exactitude la cause des avaries signalées. Nous supposons qu'il s'agit d'une erreur de transmission ou de données insuffisantes. L'une des analyses laisserait entrevoir la possibilité d'une rencontre avec un champ de neutrinos de type théorique A-G. Pourquoi n'avez-vous pas accusé réception de nos directives concernant la procédure de retour?

Bickel observait ses compteurs. Le message sortait avec une clarté remarquable; sans aucune déformation apparente maintenant qu'il était acheminé par les circuits du « Bœuf ».

On entendit distinctement le bruit que fit Hempstead en s'éclaircissant la voix.

Prudence éprouva un sentiment particulier à l'audition de ce bruit banal – un homme se raclant la gorge. Ce détail sans importance avait été transmis à des millions de kilomètres simplement pour leur apprendre que Hempstead avait été gêné par un peu de flegme.

Dans les vocodeurs, la voix de Hempstead reprit :

– LBA est soumis à de lourdes, je répète, lourdes pressions politiques concernant l'ordre d'abandon. Accusez immédiatement réception de ce message. La nef doit être ramenée sur orbite autour de LBA en attendant que votre sort et celui de la cargaison soient réglés.

– Que votre sort soit réglé, répéta Prudence en regardant un Bickel impassible. Quelle expression horrible!

Flatterie sentait son cœur battre violemment. Il se demandait si les paroles suivantes apporteraient le signal codé de sabordage.

Bickel fixait le vocodeur d'un regard perplexe, les sourcils froncés. Comme la voix de Hempstead était claire! Jusqu'au raclement de gorge, que le RT aurait dû normalement éliminer du message. Il reporta son attention sur l'excroissance surréaliste du « Bœuf », contre le paroi de l'ordinateur.

La voix de Hempstead poursuivait :

– Nous espérons recevoir une analyse plus complète de vos dégâts. La nature et l'étendue des dommages sont d'une importance capitale. Accusez réception immédiatement. Ici Programme, terminé.

– Prue, comment avez-vous trouvé la voix du Vieux? demanda Bickel d'un ton normal et désinvolte.

– Soucieuse, dit Prudence. Et elle se demanda pourquoi Bickel, malgré ses inhibitions à l'égard d'un retour en arrière, prenait les choses avec autant de calme.

– Si vous vouliez traduire les émotions contenues dans un message parlé, comment feriez-vous, Prue?

Elle le regarda, surprise :

– Je qualifierais l'émotion ou j'imiterais le ton original, pourquoi?

– Le RT n'est pas censé être capable d'une chose pareille, fit Bickel. Il leva les yeux et croisa le regard de Flatterie, sur l'écran. N'accusez pas réception, Raj.

– Le RT fonctionne mieux que jamais, n'est-ce pas? demanda Prudence.

– Non, dit Bickel. Il ne devrait pas être capable de fonctionner ainsi. Le message laser a été réduit à l'essentiel. Les modulations originales de la voix en font théoriquement partie, et conservent souvent suffisamment de force pour qu'on puisse identifier certains maniérismes, mais les subtilités sont censées dépasser les capacités du système. Ce que nous venons d'entendre, c'est de la haute-fidélité.

– Les circuits du « Bœuf » l'ont affiné.

– C'est possible.

– Avez-vous noté une activité des réseaux nerveux? demanda Flatterie.

– Même un poisson a une activité nerveuse, fit Bickel. Cela n'a rien à voir avec la conscience.

– Mais c'est le même type de sensibilité, dit Flatterie.

Bickel hocha la tête.

– Élévation et abaissement sélectifs des seuils, articula Flatterie. Contrôle des seuils.

A nouveau, Bickel hocha la tête.

– Qu'est-ce que c'est que ça? demanda Prudence.

– Ce truc, dit Bickel en montrant « le Bœuf », vient de montrer qu'il était capable d'un contrôle de seuil... comme nous le faisons quand nous identifions quelque chose. Il la regarda. Quand vous abaissez votre seuil de réception, vous étalez le message spatio-temporel et vous le projetez à travers une zone de reconnaissance interne en vue de procéder à une comparaison mentale. Le message est une configuration spatio-temporelle que vous superposez à une région d'identification. Cette région d'identification est capable de distinguer grossièrement entre « exactement », c'est-à-dire une similitude maximale, et une sorte de flou que vous pourriez appeler « quelque chose d'approchant ». Le contrôle de seuil effectue la mise au point nécessaire pour ce genre de comparaison.

Avec des gestes précis, Bickel se replongea dans les circuits sur lesquels il travaillait avant d'être interrompu par le message de LBA. Il prit un faisceau de fibres portant l'étiquette caractéristique des neurones et le glissa dans un micromanipulateur au moyen duquel il acheva la connexion avec une fiche multiple.

Dans Central-com, Flatterie tendit la main gauche et

saisit l'épontille qui se trouvait à côté de son siège de quart, en la serrant jusqu'à faire blanchir ses phalanges.

Ils désobéissaient à Hempstead de façon flagrante et absolue. Le psychiatre-aumônier avait des instructions précises en vue d'une telle éventualité. *Obéissez! Si d'autres essaient de vous en empêcher, faites sauter l'astronef.* Mais il sentait que Bickel était sur le point de trouver une solution au problème prioritaire du Programme. Ils allaient réussir. Cela autorisait sans doute une certaine latitude.

Qui peut me dire ce que je dois faire, ô mon âme? Qui me dira où peut bien être mon âme?

Les paroles du Psaume 139 se glissèrent dans son esprit : « *Je Te loue de ce que je suis une créature si terrible et si merveilleuse.* »

Trahissons-nous Dieu en construisant une chose terrible et merveilleuse? se demanda-t-il.

Il chuchota : « Notre Père qui êtes aux Cieux... »

Mais je suis dans les cieux. Et les cieux m'exposent néanmoins à un péril spirituel!

Les bruits que produisaient Bickel et Prudence au travail dans l'atelier se transformaient presque en onde porteuse pour ses pensées.

Foi et savoir, pensa-t-il. Et il devina l'éternel conflit qui avait maintenant choisi son corps pour arène – le savoir attaquant les frontières de la foi. Il sentit les émotions constructives que sa foi était chargée de contenir.

Je pourrais mettre fin à cette absurdité. Mais nous sommes tous dans la même impasse, et la violence nous trahit.

La religion et la psychiatrie ne sont que deux branches de l'art de guérir. Il se rappelait clairement les paroles du maître de conférences des « Usages de la Foi », durant la seconde année des cours qui devaient le préparer à son rôle. « *La religion et la psychiatrie partent du même tronc.* »

Guéris-toi toi-même, pensa-t-il. Des larmes jaillirent de ses yeux. Où étaient la foi, l'espoir et le rire – l'amour et la créativité dont on lui avait enjoint de faire usage?

Flatterie leva les yeux vers l'écran; il vit à travers ses larmes Bickel et Prudence, si absorbés par leur travail qu'ils ne lui prêtaient aucune attention.

Vois comme leurs mains se touchent, pensa Flatterie.

Il se sentit coupable à cette vue et se rappela l'avertissement de Brooks : « Gardez-vous de la dissimulation; gardez-vous de la nécessité de dissimuler. »

– Quel horrible moment que celui où l'on éprouve pour la première fois le besoin de cacher quelque chose, murmura-t-il. Plaise à Dieu, ai-je oublié la manière de prier?

Oubliant la présence cruciale de la console, Flatterie ferma les yeux et serra violemment l'épontille :

– Le Seigneur est mon berger, murmura-t-il. Je ne manquerai de rien.

Mais les mots avaient perdu tout pouvoir sur lui.

Il n'y a pas d'eaux calmes, ici... ni de verts pâturages, pensa-t-il.

Ces choses n'avaient jamais été pour lui – ni pour aucun de ceux qui sortaient des bacs d'embryogenèse et des crèches stériles de LBA. Il n'y avait eu que la vallée de l'ombre de la mort.

NE DÉVERROUILLEZ PAS CETTE PORTE ÉTANCHE SANS AVOIR PRIS CONNAISSANCE DE LA PRESSION D'AIR DANS LE COMPARTIMENT SUIVANT.

Tous les matins en allant suivre ses cours – pendant onze ans – il avait franchi le passage qui portait cet avertissement.

TENUE SPATIALE OBLIGATOIRE AU-DELÀ DE CETTE LIMITE.

Ce panneau omniprésent avait établi les frontières de leur libre activité – et continuait à le faire.

La combinaison spatiale s'ajoutait aux inhibitions sociales pour imposer ses limites particulières au comportement. Elle restreignait votre contact avec les autres humains, vous imposait de communiquer par tapotements codés ou par les vuphones où chacun se réduisait à une poupée dansante sur un écran d'oscilloscope.

L'ennemi omniprésent, c'était l'*extérieur* – cette totale absence des éléments nécessaires à la vie, ce vide qu'on appelait l'espace. C'était une menace, et ils la craignaient – constamment. La verge et la houlette pouvaient servir de réconfort face à l'espace, mais on rêvait toujours d'air frais et d'une cellule rassurante, hermétiquement close, dans laquelle on pourrait se dépouiller de la maudite combinaison. C'était la seule véritable source de confort, et peu importait qu'elle vînt du Diable lui-même.

La seule rémission sur laquelle on pût compter en présence de cet ennemi était la chute d'une bouteille souple depuis une étagère. De l'huile sur la tête ne pouvait que voiler une visière. Il fallait se couper les cheveux courts et réduire la secrétion des huiles naturelles à force de détergents.

– *La bonté et la miséricorde ?* Cela se ramenait à tout ce qui préservait l'espoir de pouvoir un jour vivre sans combinaison à ciel ouvert.

J'ai perdu ma foi, pensa Flatterie. *Dieu, pourquoi m'avez-vous ôté ma foi ?*

– Bénis soient ceux qui ont le cœur pur : car ils verront Dieu, murmura-t-il.

Matthieu, tu étais un imbécile. Une courtisane ne peut pas retrouver sa virginité.

– Tout l'univers est une question de chimie et de mécanique, murmura-t-il encore, de matière et d'énergie.

Mais Dieu seul était censé maîtriser totalement la manipulation de la matière et de l'énergie.

Nous ne sommes pas des dieux. Nous blasphémons en essayant de fabriquer une machine qui pense à elle-même et par elle-même. C'est pour cette raison que je suis chargé de surveiller cette mission. Nous blasphémons en essayant d'introduire une âme dans une machine. Je devrais descendre sans plus attendre pour démolir cette chose !

– Raj!

C'était la voix de Bickel qui retentissait dans l'intercom.

Flatterie leva les yeux vers l'écran, la bouche soudain desséchée.

– Je détecte une activité indépendante dans les boucles photosensorielles des circuits d'enregistrement et de stockage de l'ordinateur, dit Bickel. Prue, vérifiez la consommation de courant.

– Normale, dit-elle. Ce n'est pas un court-circuit.

– Il ne peut pas être... conscient, dit Flatterie d'une voix figée.

– D'accord, fit Bickel. Mais qu'est-il d'autre, alors? Il se programme lui-même dans tous... Il y eut un silence pesant, puis, Bon Dieu!

– Que s'est-il passé? demanda Prue.

– Il s'est arrêté, dit Bickel.

– Qu'est-ce qui l'a... déclenché? demanda Flatterie.

– J'ai connecté un bloc inhibiteur à la branche d'un simulateur de réseau nerveux isolé et j'y ai envoyé une combinaison d'impulsions pour le tester. L'essai a manifestement créé une combinaison résonnante qui est allée fouiller tout droit à travers « le Bœuf » et dans les réseaux de l'ordinateur par l'intermédiaire des connexions de contrôle. C'est à ce moment que j'ai commencé à détecter la réaction d'autoprogrammation.

Prudence, visant le long de son doigt, déplaça celui-ci au long d'un épais faisceau de fils multicolores qui formaient une boucle pendante sous « le Bœuf ».

– La liaison de contrôle est à sens unique vers l'enregistrement et le stockage. Elle est protégée par un tampon, là.

Bickel arracha le fil qu'elle indiquait.

– Que faites-vous, demanda-t-elle.

– Je déconnecte. Je vais extraire des blocs-mémoires la configuration de l'essai et l'analyser avant de poursuivre.

Silence.

Flatterie leva les yeux vers l'écran avec une profonde

répugnance qu'il savait inhérente à sa formation religieuse.

On le lui avait assez répété : « Vous n'êtes pas *quelqu'un*. Vous êtes un *clone.* »

On avait toujours trop insisté sur cette affirmation pour qu'il pût l'accepter totalement. Il comprenait cependant les raisons de ce conditionnement et il les acceptait.

Mais cette chose que Bickel est en train de construire ?

LBA disposait d'une réserve complète de clones qui suffirait à recréer l'équipage de la nef tel qu'il se présentait au moment du lancement, à quelques menues variantes près et avec des Noyaux-Psycho-Organiques différents. Il n'avait jamais réussi à en découvrir la raison précise, mais il savait qu'il était plus économique de produire les NPO à partir d'humains endommagés que d'élever des clones et de les former pour cette tâche.

Par cet étrange biais, les NPO étaient peut-être génétiquement plus humains que l'équipage.

Flatterie savait qu'il était censé n'éprouver aucun sentiment de culpabilité à l'idée de saborder la nef – avec lui à bord. Le message était clair : « Nous pouvons recréer chacun de vous, ici, sur la Lune. Vous êtes infinis. Vous ne pouvez jamais mourir vraiment, car vos cellules vivront toujours. »

Mes cellules à moi ? se demanda-t-il. *Ma conscience à moi ?*

Mais n'était-ce pas là le problème qui se trouvait au centre de tout leur programme ?

Qu'est-ce que la conscience ?

Son regard revint à l'écran. *Si je détruis le cerveau/ordinateur/nef à présent... vais-je tuer quelqu'un ?*

XXIV

> « Sur une période assez étendue, les clones constituent un outil extrêmement précieux pour la détermination des dérivés génétiques. Il est clair que notre technique du clonage, à LBA, nous permet de tirer indéfiniment un clone d'un autre clone. Dans dix mille ans, nous pourrons posséder des matériaux génétiques contemporains de l'instant présent... de maintenant ! Peut-être cela sera-t-il à l'humanité d'une plus grande utilité que la compréhension de la conscience. »
>
> Morgan HEMPSTEAD,
> *Conférences à Lunabase.*

L'excitation programmée des senseurs déclenchait des clignotements de voyants lumineux sur le panneau de l'ordinateur, et le passage d'une couleur à l'autre engendrait de curieuses fluctuations dans l'éclairage de l'atelier. La cloison incurvée qui faisait face à l'ordinateur reflétait du jaune, puis du vert, maintenant du mauve... du rouge.

Les couleurs changeantes tombaient sur le diagramme que tenait Timberlake, et dont il comparait les prévisions aux affichages lumineux qu'il avait devant lui.

Sur l'écran supérieur, on voyait Prudence au pupitre principal, parvenue à peu près à la moitié de sa période de quart. Flatterie somnolait dans son siège.

Bizarre qu'il ne se soit pas retiré dans sa cabine, pensa Timberlake.

Bickel émergea d'entre les deux branches du « Bœuf » et se trouva pris sous un déluge de vert projeté par les voyants lumineux.

– Le dernier relevé ne diverge que de huit millièmes, dit Timberlake.

– Insignifiant, dit Bickel. Des signaux?

Timberlake fit un signe de tête en direction de l'oscilloscope. Le mouvement donna naissance à une douleur fulgurante au niveau de sa nuque. Bickel les avait surmenés. Privé de repos depuis les trois derniers quarts, Timberlake se sentait épuisé et ankylosé. Il se frotta le cou.

Bickel se détourna de l'oscilloscope :

– Vous vous souvenez que je vous avais demandé de me rappeler toutes les oscillations liées à la vie? Les rythmes, les vibrations – cette grande série singulière de battements de tambour.

– Ouais, dit Timberlake. Vous êtes prêt pour un essai complet?

Bickel contemplait fixement les lumières clignotantes. Maintenant qu'approchait l'instant de vérité, il se sentait réticent. Et il connaissait les raisons de son hésitation : la chose secrète qu'il avait faite, et la peur des conséquences qui pouvaient en résulter.

Encore un essai... et ensuite... quoi?

Boîte noire – boîte blanche.

– Vous pensez que ça ne va pas marcher? demanda Timberlake. Bickel l'impatientait, mais il sentait qu'il ne fallait rien précipiter.

– Le système nerveux humain – y compris la région du cerveau que nous supposons influencer la conscience – a subi une sacrée série d'essais, dit Bickel.

– Et ce truc-là – Timberlake désigna « le Bœuf » d'un hochement de tête – est un analogue logiquement simple du cerveau humain.

– La simplicité logique n'a pas grand-chose à voir avec la question. Nous construisons quelque chose, d'accord, mais pas selon les bonnes vieilles règles du pontage.

Il fait traîner les choses, pensa Timberlake. *Pourquoi?*

– Alors, que faisons-nous?

– Il ne faut pas grand-chose, un mot suffit parfois à flanquer la logique par terre, dit Bickel. Le cerveau humain devait répondre à une série de spécifications qui n'avaient rien à voir avec la simplicité de la conception. D'abord, il fallait qu'il survive tout en se développant. Sa taille et sa forme étaient liées au problème. Il fallait qu'il adapte une structure existante à des fonctions nouvelles.

Bickel croisa le regard de Timberlake :

– Le cerveau est manifestement un croisement hybride de la fonction et de la structure. C'est une source d'avantages, mais aussi de faiblesses.

– Alors? dit Timberlake en haussant les épaules. Qu'est-ce qui flanque tout par terre, maintenant?

– Raj parle de psycho-espace et de psycho-relations. Ce maudit cheminement de causalité des impulsions nerveuses se propageant pour former de nouvelles sortes d'espace. Il est tout à fait possible que notre univers *normal* soit déformé par son passage à travers un nombre infini de psycho-espaces.

– Ah? Timberlake fixait Bickel, s'interrogeant sur la peur qu'il percevait dans sa voix.

Bickel poursuivit :

– Il peut exister un nombre infini de types de conscience. Chaque fois que je suis sur le point de lâcher ce truc en liberté, je commence à me demander quel espace il va habiter.

– Raj et ses foutues histoires d'épouvante, fit Timberlake.

Bickel avait toujours les yeux fixés sur l'assemblage du « Bœuf » se demandant s'il avait eu raison d'agir secrètement.

Ce fichu labyrinthe électronique allait-il créer sa propre culpabilité?

Pour atteindre un niveau qui le rendrait capable d'accepter l'empreinte d'une boîte noire, « le Bœuf-ordinateur » devait franchir certaines barrières, Bickel le savait. Il devait fléchir ses muscles mentaux. Et la culpabilité *était* une barrière.

En programmant des espaces vides, en fournissant des données parsemées de lacunes évidentes, il avait introduit une série d'informations portant sur la mort. L'ordre de traitement immédiat commandait à l'ordinateur de combler ces lacunes. En introduisant parallèlement l'adresse du programme biofonctionnel d'un embryon de vache dans les hibernateurs du cheptel, Bickel avait fourni à l'ordinateur un moyen simple de compléter ses informations.

Il pouvait tuer l'embryon.

Il fallait que j'agisse secrètement, se dit Bickel. *Je ne pouvais pas mettre Timberlake dans le coup à cause de ses inhibitions. Et les autres auraient pu le prévenir.*

– Vous pensez que nous avons laissé échapper une erreur dans le système? demanda Timberlake. Qu'est-ce qui vous tracasse? Que la recherche sélective se soit interrompue d'elle-même?

– Non. Bickel secoua la tête. Cette opération de recherche est tombée sur une irrégularité, un seuil qu'elle n'a pas pu franchir.

– Alors qu'est-ce qui vous retient, bon sang?

Bickel sentit sa gorge se serrer. Il avait de plus en plus de mal à garder un fil de raisonnement intact pour ce qui était de pourvoir « le Bœuf » d'une conscience. Il avait l'impression de nager contre un courant de plus en plus fort.

Dans quelle sorte de miroir la conscience peut-elle se regarder? se demanda-t-il. *Comment « le Bœuf » peut-il dire : Ça, c'est moi? Que verra-t-il?*

– Tous les systèmes nerveux humains possèdent le même genre d'irrégularités et d'imperfections, déclara Timberlake. C'est statistiquement que leurs propriétés varient.

Bickel hocha la tête en signe d'acquiescement. Timberlake avait raison. C'était la raison pour laquelle ils avaient introduit des erreurs aléatoires dans « le Bœuf » : imperfection statistique.

– Vous êtes inquiet pour la régulation des impulsions? demanda Timberlake.

Bickel secoua la tête :

– Non. Il posa la main à plat sur un bloc neural enrobé de plastique qui saillait de l'assemblage. Nous avons là un homéostat dont la principale fonction est de traiter les erreurs – la réalité négative. La conscience regarde constamment l'envers de tout ce qui nous fait face, elle est tournée vers nous.

– Vous avez ménagé des lacunes pour qu'il ait besoin de nous, dit Timberlake. Vous n'êtes pas tranquille à cause de la régulation des seuils?

Bickel regarda Timberlake :

– *Les seuils ? Oui, en partie.* Chez un être humain, les cellules cérébrales et les neurones périphériques s'équilibrent mutuellement de sorte que leurs différences finissent par s'annuler. On obtient un effet de gradation douce. *L'effet. L'illusion.*

– Il y a quelque chose qui nous échappe, marmonna Bickel.

Timberlake se demandait pourquoi la voix de Bickel était chargée d'une telle angoisse, pourquoi il tournait la tête d'un côté à l'autre comme un animal en cage.

– Si cette chose devient autonome, nous n'aurons plus aucun contrôle sur elle, dit Bickel. Raj a raison.

– Raj et ses histoires de Golem! fit Timberlake sarcastique.

– Non. Bickel semblait terriblement sérieux. Cette chose dispose d'une mémoire *différente,* pratiquement sans rapport avec les souvenirs que peut avoir un être humain. Les souvenirs, Tim – les psycho-espaces formés de piles de réseaux nerveux – sont précisément les configurations qui créent le comportement. Que va-t-il faire lorsque nous allons le brancher... Si nous ne lui fournissons pas le genre d'expériences auxquelles l'espèce a survécu?

– Vous ne pouvez pas connaître la nature des traumatismes qui ont constitué l'espèce et c'est ce qui vous bloque.

C'était la voix de Flatterie. Ils levèrent les yeux vers l'écran et le virent assis dans son siège de quart, encore à demi enserré dans son cocon et se frottant les yeux au sortir du sommeil. Plus loin, Prudence veillait sur le pupitre principal comme si rien d'autre ne la concernait.

Bickel réprima un sentiment d'irritation à l'égard de Flatterie.

– C'est vous le psychiatre. L'identification des traumatismes ne fait-elle pas partie de vos moyens d'action?

– Il s'agit de traumatismes à l'échelle de toute la race humaine, dit Flatterie. En ce domaine, nous n'avons que des hypothèses à émettre.

Flatterie fixait l'image de Bickel, sur l'écran. *John est paniqué. Pourquoi? Parce que « le Bœuf » s'est subitement mis à agir de son propre chef?*

– Il faut que nous mettions ce truc en route, dit Bickel en regardant « le Bœuf ». Mais nous ne pouvons pas savoir avec certitude ce que c'est. C'est l'inconnu au superlatif. Il ne peut pas être comme l'un de nous. Et s'il est différent... et cependant vivant et conscient de l'être...

– Alors vous vous mettez à chercher des moyens de le rendre plus semblable à nous, dit Flatterie.

Bickel hocha la tête.

– Et vous pensez que nous sommes le produit de nos traumatismes ataviques et individuels? demanda Flatterie. Vous ne croyez pas que la conscience est l'effet apparent d'un récepteur?

– Bon sang, Raj! s'écria Bickel. Nous sommes à un pas de résoudre ce problème! Ne le sentez-vous pas?

– Mais vous vous demandez si nous fabriquons une créature qui sera invulnérable... du moins invulnérable à nous?

Bickel déglutit avec difficulté.

– Et vous pensez, poursuivit imperturbablement Flatterie, que cette bête que nous sommes en train de créer n'a pas de fonction sexuelle, qu'elle ne peut pas, par conséquent, être semblable à nous. Elle n'a pas de chair; elle ne peut pas savoir ce que craint ou ce qu'aime la chair. Alors, vous vous demandez comment simuler la chair, le sexe et toutes les souffrances auxquelles l'espèce humaine a été confrontée. Mais la réponse est évidente : nous ne le pouvons pas. Nous ne connaissons pas tous nos instincts. Nous ne pouvons pas trier les reflets et les ombres pour les séparer de notre histoire.

– Nous pouvons en faire ressortir certains, objecta Bickel. Nous possédons l'instinct de... la lutte... de la survie en vue de... Il s'humecta les lèvres et parcourut du regard la paroi de l'ordinateur.

– Peut-être n'est-ce que de l'orgueil, dit Flatterie. Peut-être ne s'agit-il que d'une curiosité simiesque et ne serons-nous satisfaits que lorsque nous aurons créé comme Dieu a créé. Mais à ce moment-là, il risque d'être trop tard pour faire demi-tour.

Comme s'il n'avait pas entendu, Bickel dit :

– Il y a aussi l'instinct du tueur. Celui-là remonte tout droit à la boue originelle, où il fallait massacrer autrui ou périr soi-même. L'autre facette omniprésente de cet instinct, c'est notre « sens pratique », celui qui nous pousse à « ne pas prendre de risque ».

Il a fait quelque chose, pensa Flatterie. *Qu'a-t-il fait? C'est quelque chose qui lui fait peur.*

– Et le sentiment de culpabilité est greffé sur cet instinct de tuer, dit Bickel. C'est le tampon... la façon de maintenir le comportement humain à l'intérieur de certaines limites. Si nous implantons...

– La culpabilité implique le péché, dit Flatterie. Où trouvez-vous dans la religion ou dans la psychiatrie le *besoin* de pécher?

– L'instinct n'est qu'un mot, dit Bickel. Et nous sommes loin de l'origine du mot. Qu'est-ce que c'est? Nous pouvons élever cinquante générations de poulets dans des éprouvettes, depuis le stade de l'embryon jusqu'à celui du poussin. Ils ne verront jamais une coquille. Mais la cinquante et unième génération, couvée normalement par une poule, saura encore sortir de l'œuf en brisant la coquille.

– Empreinte génétique, dit Flatterie.

– Empreinte. Bickel hocha la tête. Quelque chose de gravé en nous. Et gravé profondément. Oh, nous savons! Nous connaissons ces instincts sans même jamais les élever au niveau de la conscience. Ce sont eux qui abaissent notre perception, qui nous rendent furieux, violents, passionnés... Il hocha de nouveau la tête.

Qu'a-t-il fait? se demandait Flatterie. *C'est ce qui le panique. Il faut que je sache ce que c'est!*

– Le syndrome de Caïn et Abel, dit Bickel. Meurtre et culpabilité. C'est enfoui là quelque part... gravé en nous. Les cellules se souviennent.

– Vous n'avez pas la moindre idée de ce que vous dites, dit Flatterie d'un ton accusateur. Vous séparez les paires positives des paires négatives, vous confondez les jugements moraux avec le raisonnement, vous inversez le cours normal de...

– Inverser! s'écria Bickel. Voilà ce que j'essayais de trouver – inverser. La capacité de transformer le plaisir en souffrance ou la souffrance en plaisir... c'est une partie de la conscience que nous n'avons pas...

– C'est de la perversion, dit Flatterie.

– Le pouvoir d'être sain d'esprit, c'est aussi le pouvoir de devenir fou, dit Bickel. Ce sont vos propres paroles!

Flatterie le regardait fixement, pris de court par ce renversement de la discussion... et une soudaine suspicion de ce que pouvait avoir fait Bickel.

– Vous savez, dit Timberlake, parlant d'un ton modéré et raisonnable, si un instinct est une chose à laquelle le système dans son ensemble doit se référer en cas d'urgence, c'est un peu comme la fonction de déroutement d'un ordinateur associée à un programme superviseur.

– Nous sommes au-delà du stade de la conception, et il y a un moment que nous l'avons dépassé, dit Flatterie.

– Exactement au point d'où nous sommes partis, acquiesça Bickel. Nous pouvons reproduire des synapses à l'aide de transistors à jonction unique, jongler avec le taux de conduction et les périodes de réfraction absolue par le choix de fibres pseudoneurales, doter nos réseaux nerveux de bulbes terminaux multiplicateurs et inhibiteurs à volonté... Mais nous finissons toujours par nous heurter à cette question inéluctable...

– Comment contrôler ce qui doit demeurer au-delà de tout contrôle? Je vous l'ai déjà dit. L'*amour*.

– On ne le contrôle pas, déclara Bickel. On le *vise*... et le dispositif de visée est obligatoirement l'instinct. Vous l'avez dit, Raj, il faut qu'il nous aime, qu'il nous soit loyal. Mais est-ce qu'il nous vénérera pour autant! Devrons-nous être ses dieux? Et s'il doit être loyal, cela signifie-t-il qu'il doive posséder une conscience? La loyauté peut-elle exister sans conscience? Et peut-il avoir une conscience sans faire l'expérience de la culpabilité?

– La culpabilité est une prison! protesta Flatterie. Vous ne pouvez pas priver de liberté un...

– Qui a parlé de liberté? demanda Bickel. Vous êtes en train de vous contredire! Toute la question est là : comment allons-nous le contrôler? Du reste, à bien y réfléchir, est-ce que je suis libre, moi? Qui de nous peut affirmer l'être?

Flatterie lui lança un regard furieux.

– Nous sommes des morceaux de protoplasme gouvernés par l'instinct, gouvernés par la conscience, dit Bickel.

– Quel instinct? demanda Flatterie.

– Vous me faites penser à un vieux disque rayé! Quel instinct? On ne peut remonter à l'origine des instincts! Eh bien, pour commencer, nous avons l'instinct de tuer – de tuer et de manger. Nous nous moquons de la façon dont nous nous procurons notre énergie. Au fond de nous-mêmes, nous nous en fichons éperdument.

– Si seulement c'était aussi simple, dit Flatterie.

– Quand vous vous situez dans le sous-sol psychique, ça l'est, dit Bickel. Je n'ai pas besoin d'un doctorat en psychiatrie pour savoir ce que je ferais si le vernis s'en allait.

– Vous retourneriez à l'état sauvage, hein? A l'animal!

– Pour découvrir tous les dessous du système, vous pouvez en être sûr! Vous les docteurs, que diable avez-vous étudié depuis tant d'années avec vos rêves et vos complexes et votre Christ? Vous vous êtes enfermés dans une danse formaliste sans fin, pleine de postures déterminées, et... bon Dieu! Vous me faites penser à une bande de dandys en train de danser le menuet!

– Nous avons procédé avec déférence et circonspection pour approcher Dieu en l'Homme, dit Flatterie. On ne fouille pas dans le psychisme humain avec un fouet à mayonnaise au risque de réveiller tous les...

– Tiens donc!

Ils s'entre-regardaient d'un air furieux, Bickel torturé par l'indécision, Flatterie sentant ses soupçons se confirmer.

Il a donné au « Bœuf » les moyens de tuer, pensa Flatterie. *Ses arguments et sa colère en sont la preuve. Mais tuer quoi? Aucun de nous, certainement. Un colon dans les cellules d'hibernation? Non. Un des animaux du cheptel! Il va d'abord tâter la violence du bout de l'orteil, voir si « le Bœuf » en est vraiment capable.*

Mais il ne peut avoir déjà fait le transfert boîte noire – boîte blanche.

Prudence, partageant son attention entre la console de commandes et l'affrontement des volontés, se sentait dériver de plus en plus loin dans un état de perception extra-sensibilisée. Elle discernait les minuscules fluctuations de température de Central-com, elle entendait tout autour d'elle les perpétuels grincements métalliques du pont et des cloisons, elle devinait les soupçons grandissants de Flatterie et la situation désespérée de Bickel, acculé à la défensive, elle percevait les battements de son cœur et les moindres variations chimiques de son corps.

C'étaient les processus chimiques qui la fascinaient : la pensée que par l'intermédiaire de ce jeu subtil de matière organique et inorganique qu'elle appelait « moi », des ordres qu'elle ignorait ou dont elle n'avait qu'une conscience très vague étaient sans cesse transmis et exécutés.

L'ordinateur, avec sa vaste bibliothèque de données sélectionnées depuis des millions d'esprits différents, lui offrait un moyen de creuser la question qu'avait soulevée Bickel, et elle n'avait pu y résister.

Où et comment les instincts sont-ils élaborés ?

Tandis que la discussion entre Flatterie et Bickel se poursuivait âprement, elle avait traduit la question sur une bande à perforations marginales, qu'elle avait introduite par décalage dans le terminal informatique de son pupitre avant d'enfoncer la touche de service.

Elle savait que ce problème dépassait les séquences chimiques de base pour entrer dans un domaine où la connaissance de la structure protéique elle-même n'était qu'un code théorique. Mais si l'ordinateur lui donnait une réponse traduisible par une fonction physique, elle pourrait l'approfondir en se livrant à des expériences sur son propre corps.

– Bickel, qu'avez-vous fait ? demanda Flatterie.

Prudence leva les yeux de sur sa console. Elle vit Flatterie qui fixait l'écran, les épaules tendues comme s'il était prêt à bondir. Sur l'écran, on voyait Bickel et Timberlake, le dos tourné à l'objectif, les yeux fixés sur la paroi de l'ordinateur et sur l'assemblage tourmenté du « Bœuf ».

Le bourdonnement de l'ordinateur était perceptible partout dans l'atelier et dans Central-com. Les voyants lumineux de contrôle et de détection jouaient un tempo scintillant sur le pupitre principal et sur les consoles de l'atelier, et les compteurs de consommation d'énergie avaient presque atteint les limites de tolérance du système.

XXV

> « Il existe nécessairement un seuil de la conscience au-delà duquel on acquiert des attributs divins. »
>
> Raja Lon Flatterie,
> *Le Livre de la nef.*

Comme hypnotisés par le jeu des voyants et des indicateurs, ils demeuraient tous les quatre figés, presque immobiles. Bickel et Flatterie avaient les mêmes raisons de ne rien faire – la peur que la *moindre* intervention de leur part suffise à détruire tout le système. Timberlake transpirait de frayeur à l'idée que cet affichage de la console de visualisation pût comporter une menace pour ses protégés enfermés dans les hibernateurs. Seule, Prudence était paralysée par un sentiment de culpabilité.

Le souffle court, elle percevait intensément tous les sons mécaniques accompagnant les clignotements de l'affichage – chaque cliquètement, le moindre bourdonnement ou vrombissement, le plus petit sifflement de ruban – comme si elle avait eu des connexions sensorielles directes avec le système.

Elle porta tout à coup la main gauche à sa bouche, horrifiée par une soudaine prise de conscience : *Toutes les fonctions de l'ordinateur passent maintenant par « le Bœuf! »!*

– Qu'avez-vous fait? demanda Flatterie.
– Rien! dit Bickel sans se retourner.
– Ne devrions-nous pas..., commença Timberlake.
– Ne touchez à rien! coupa Bickel d'un ton sec.
– C'est moi qui l'ai fait, dit Prudence d'une petite voix. J'ai introduit une question dans l'ordinateur.
– Quelle question? demanda Bickel. Il montra du doigt un gros compteur, au-dessus de lui. Regardez-moi cette consommation! Je n'ai jamais rien vu de pareil.
– J'ai reconstitué soixante-huit phases séquentielles de configurations biochimiques du quatrième ordre. J'en ai fait un programme de comparaison d'isomères optiques, une première étape pour essayer de découvrir où et comment nos instincts sont imprimés en nous.
– C'est passé dans les blocs de contrôle, dit Bickel, indiquant d'un hochement de tête un nouvel affichage lumineux de la console. Avec un renforcement multiple d'autres unités...
– Comme quelqu'un qui se concentrerait sur un problème difficile, dit Timberlake.
Bickel hocha la tête.
Avec un sifflement, le terminal de Prudence se mit à cracher de la bande dans la visionneuse.
Bickel fit volte-face.
– Qu'est-ce que ça donne?
Prudence examina la visionneuse, se forçant au calme :
– Une réponse pyramidale. Je n'avais demandé que les quatre premières possibilités. Il en est déjà à la dixième phase! C'est bien dans les acides nucléiques... avec l'information génétique. Mais il explore toutes les impasses... les poids moléculaires et...
– Il est en train d'en discuter avec vous, dit Bickel. Il vous demande votre opinion. Intervenez dans le traitement et éliminez les impasses évidentes à mesure que vous les détecterez.
Prudence repassa la bande dans la visionneuse pour relever les séquences inutiles. *Catalyse de l'hydrogène... manifestement pas. Trop de risques de contamination.*

Elle fit des coupures dans la bande de sortie avant de la réintroduire dans l'ordinateur.

Le terminal de sortie devint soudain silencieux, mais le jeu de lumières de la console de visualisation redoubla de frénésie. La consommation d'énergie accusa une nouvelle montée, rythmée par une pulsation.

– Avez-vous introduit un cycle résonnant dans le système? demanda Prudence. Elle était surprise de l'effort qu'il lui fallait déployer pour parler d'une voix égale.

– Cette pulsation correspond à la synchronisation des boucles de réponse du « Bœuf », dit Bickel.

Tandis qu'il parlait, le terminal de Prudence reprit son caquetage. Une bande jaillit dans la visionneuse.

Prudence l'examina silencieusement.

– Alors, qu'est-ce que c'est? demanda Bickel.

La bande cessa enfin de défiler, et le silence se fit brusquement. Prudence expliqua :

– C'est en relation avec la phosphatase acide... catalyse des acides aminés dans les spires d'ADN.

Elle procéda à une comparaison fonctionnelle, rapprochant les résultats des essais pratiqués sur son propre corps. *Adrénochrome. Si elle renforçait le OH avec C_5H_{11} (n)... cela lui permettrait-il de franchir la barrière sanguine du cerveau avec un dosage non mortel?*

– Est-il... conscient? chuchota Flatterie.

Bickel leva les yeux vers la paroi de l'ordinateur; les lumières s'éteignaient une à une, et il ne restait plus que le jeu somnolent des voyants de contrôle – vert... mauve... or...

– Non, dit Bickel. Nous avons seulement produit un ordinateur capable de s'autoprogrammer, de concentrer tous ses bits d'informations sur un problème... de rechercher des données, même s'il doit aller les prendre hors de ses mémoires. Il a *su* à quel moment il devait poser une question à l'un de nous.

– Et vous n'appelez pas ça être conscient? demanda Timberlake.

– Pas de la façon dont nous le sommes, dit Bickel. Il

faut qu'on lui pose une question avant qu'il ne... prenne vie.

– Phosphatase acide, fit Prudence, songeuse. Que savons-nous de la phosphatase acide? Elle savait que sa question portait sur le langage ADN de la vie, et qu'elle était liée à leur problème de conscience artificielle. Elle avait envie de se confier aux autres, de discuter ouvertement de ses expériences... mais ce n'était pas seulement le souci des inhibitions de ses compagnons qui la contraignait au silence – d'une certaine façon, elle était allée trop loin sur une route qu'elle devait poursuivre... seule.

– La phosphatase acide est répartie un peu partout dans le corps, dit Flatterie. Il se retourna et regarda Prudence comme s'il la voyait pour la première fois. *Elle comprendrait tout de suite, sans aucun doute.* Levant les yeux vers l'image de Timberlake et de Bickel, sur l'écran, il se dit qu'eux auraient peut-être besoin d'explications. Puis son attention revint à Prudence – comme elle paraissait maigre et fatiguée!

Prudence hocha la tête, le regard perdu dans ses pensées :

– La chimie du corps, évidemment, dit-elle. La prostate du mâle est riche en phosphatase acide. Les mâles en emmagasinent plus que les femelles.

Et elle pensa : *Testostérone*! Le niveau d'hormones mâles dans le corps était directement lié à une certaine position dans la hiérarchie. De tout l'équipage, Bickel devait en avoir le niveau le plus élevé.

Flatterie poursuivit avec circonspection :

– Il faut que les tissus organiques en contiennent une certaine quantité avant qu'une personne puisse être éveillée.

Prudence se redressa brusquement et regarda Flatterie dans les yeux :

– Une enzyme liée à la physiologie du sexe et de l'éveil...

Elle détourna les yeux, pensant : *Sexe et éveil.*

– C'est ce que suppriment les anti-S? demanda Bickel.

– Pas directement, répondit Timberlake. Les anti-S

agissent principalement sur la séparation du sérum phénolsulfatase. Ils en empêchent le transport et l'action.

Timberlake, le spécialiste des systèmes biofonctionnels, le biophysicien, devrait comprendre, lui aussi, pensa Flatterie.

Il regarda l'écran, vit Bickel silencieux et pensif, et se sentit pris pour lui d'une soudaine pitié. Un fait tellement simple : *L'éveil et le sexe sont liés l'un à l'autre.*

Prudence, le visage toujours tourné vers le pupitre de commandes principal, examinait celui-ci sans vraiment le voir. Si la nef s'était mise à tourner brutalement sur elle-même à cet instant-là, il lui aurait fallu plusieurs secondes pour réagir. En regardant Flatterie, elle avait su ce qu'il pensait comme si les mots s'étaient inscrits sur son front.

La conscience liée à la reproduction.

Aucun doute : toutes deux sortaient du même puits génétique. L'histoire les avait baignées des mêmes eaux, transférant les besoins de l'une aux besoins de l'autre.

Bickel se retourna lentement et regarda par l'intermédiaire de son écran le gros chrono-enregistreur à pulsations laser de Central-com, qui marquait le passage du temps terrestre. Il indiquait dix-huit semaines, vingt et une heures et vingt-neuf secondes. Une minute supplémentaire s'inscrivit tandis qu'il l'observait.

La plupart de ces secondes comptées à coups d'impulsions s'étaient écoulées pour l'équipage de l'Œuf de Fer Blanc dans l'atmosphère d'une nef en péril. Quelle qu'en fût la source ou l'intention, le danger était bien réel; il suffisait pour s'en convaincre d'étudier les rapports sur l'accumulation des avaries. Mais les contraintes qui pesaient sur l'équipage ombilical avaient pris naissance avec la perte des Noyaux-Psycho-Organiques, elles étaient survenues lorsqu'ils avaient cessé d'être protégés par une autre conscience.

Pour la première fois, Bickel se mit à envisager le concept de conscience en tant que bouclier – comme un moyen de protéger son possesseur des chocs de l'inconnu. C'était le « Je peux faire n'importe quoi! » jeté en réponse à un univers où n'importe quoi pouvait constituer une menace.

Il abaissa les yeux vers Flatterie, encore à demi enfermé dans le cocon de son siège de quart; la courbure de ses épaules et l'expression de son visage étaient celles d'un vaincu.

Pourquoi est-il si prompt à accepter la défaite? se demanda Bickel. *On aurait presque l'impression qu'il l'a recherchée.*

A peine avait-il formulé la question qu'il en trouva la réponse : *Quand on est programmé pour détruire, on éprouve un besoin de destruction.* Avec un sentiment de perception accrue, il se tourna vers l'assemblage du « Bœuf », concentrant son attention sur les protubérances, les blocs et l'écheveau des connexions neurales.

Mais j'ai programmé cette bête pour la violence!

Se forçant à garder un air calme et naturel, Bickel déplaça des cavaliers au tableau de connexions pour procéder à un test de diagnostic et relever le pas-à-pas du programme. Sa gorge se serra lorsqu'il parcourut du regard l'état imprimé.

L'embryon qu'il avait placé à la merci du « Bœuf » était mort. Non... Mort était un mot trop simple pour définir ce qui était arrivé à cet embryon. Il avait été désintégré, déchiqueté, réduit à ses plus simples molécules. Tout était enregistré sur les bandes et les disques, révélant du même coup la raison de cette destruction.

La question de Prue!

Dans sa recherche d'informations, l'ordinateur avait soumis l'embryon à une expérience destructrice.

Une expérience destructrice et *inutile* qui ne lui avait certainement pas fourni beaucoup de données – à part les caractéristiques les plus grossièrement évidentes de la phosphatase acide et peut-être certaines données négatives dans d'autres domaines biochimiques.

Il est capable de tuer pour obtenir des informations, pensa Bickel. *Il a une certaine aptitude à accepter les motivations – si nous lui en fournissons.*

XXVI

> « Il existe un trait de caractère appelé " l'initiative ", et qui sert à compenser la prudence. Si l'équilibre est trop juste, on obtient une inaction oscillatoire, mais cette action d'équilibration est portée par le flot de la conscience. Bien qu'elle se manifeste chez tous les êtres vivants sous une forme ou sous une autre, la forme qu'elle prend chez les humains, à savoir la manipulation sophistiquée des symboles, doit être liée à la solution que nous recherchons en ce qui concerne la conscience. »
>
> Morgan HEMPSTEAD,
> *Conférences de Lunabase.*

Prudence essuya la transpiration qui lui inondait les joues, puis se concentra de nouveau sur le pupitre directeur. Depuis près d'une demi-heure, elle partageait son attention entre le pupitre et Bickel. C'était épuisant.

Bickel, qui travaillait dans l'atelier avec Timberlake, était manifestement en proie à une indécision cachée dont il ne voulait pas avouer la cause. Il s'était passé quelque chose... quelque chose que Bickel avait refusé de partager avec le reste de l'équipage. Il exécutait tous les gestes requis par la mise au point de cette monstruosité, mais quelque chose l'effrayait, qu'une prudence normale ne suffisait pas à expliquer.

Un voyant de contrôle du tableau de bord se mit à clignoter dans le rouge.

– Nous venons de perdre un autre senseur, dit Prudence, relevant les coordonnées du voyant... à 4CtB5K2.

– Deuxième *pi*, quatrième anneau intérieur derrière la couche protectrice numéro cinq, dit Timberlake. C'est diablement près des cellules d'hibernation.

– Je vais vérifier, dit Flatterie en déverrouillant le cocon de son siège. Il posa les pieds sur le pont et fit basculer son casque en avant, mais le laissa ouvert.

– Y a-t-il un robox-R dans le secteur? demanda Bickel.

– Quelle différence? dit Flatterie. Le temps que nous en ayons trouvé un et reconstitué les séquences d'instructions...

– Allons-nous vérifier ce senseur, oui ou non? demanda Timberlake. Il fixait Flatterie d'un regard furieux.

– J'y vais, dit Flatterie. *Je ne dois pas laisser Tim se charger de ce boulot*, se dit-il. *Il me faut un prétexte pour aller de l'autre côté des cabines vérifier ce qu'a fait Bickel. C'est quelque chose de violent et de dangereux. Sa maîtrise de soi ne tient qu'à un fil.*

– Raj, dit Prudence.

Il se retourna sur le seuil de la porte étanche.

– Cette... chose, -là, dans l'atelier, *pourrait* se reproduire sans aucune aide de notre part. Toutes les machines-outils, tous les chariots robox, tous les mécanismes et tous les senseurs sont programmés par l'intermédiaire de l'ordinateur. Une fois la dernière connexion établie...

Flatterie s'humecta les lèvres et franchit la porte sans répondre.

Pourquoi diable a-t-elle mis ça sur le tapis maintenant? se demanda Bickel.

– Quel foutu lambin, dit Timberlake. J'aurais dû y aller moi-même.

Prudence commuta une partie de son pupitre pour pouvoir suivre la progression de Flatterie. Elle leva les yeux vers l'écran. Bickel contemplait la porte par laquelle était sorti le psychiatre-aumônier, derrière elle.

Raj était déprimé à l'idée que la reproduction soit liée à la conscience, songeait Bickel. *Ce que lui a dit Prudence aurait dû le remonter un peu, mais ça ne lui a fait aucun effet.*

Bickel se sentit envahi d'un sombre pressentiment.

Programmer pour détruire équivaut à créer un besoin de destruction.

De quoi ai-je peur? se demanda-t-il. *De quel élément nouveau? Du fait que « le Bœuf » puisse se reproduire en faisant appel aux bandes programmes des outils et aux muscles mécaniques de la nef?*

– Prue, vous avez la position de Raj? demanda-t-il.

– Il a pris un chariot de dépannage et il sera sur place dans un minute ou deux, dit-elle. J'ai fait une vérification de continuité sur le...

– C'est inutile, dit Bickel. Le problème se situe au niveau du senseur lui-même. Le réseau de continuité dispose de centaines d'instruments et de circuits de remplacement. Qu'est-ce qui a lâché, un capteur de température?

– Un multiple, dit Prudence. Thermo-audio-visuel.

– Celui-là se trouvait près des volets régulateurs de température du déflecteur des cellules d'hibernation, marmonna Timberlake. Bigrement trop près. Vous avez observé des variations de température sur les autres senseurs?

– Rien d'important, dit-elle.

Prudence abaissa un interrupteur, observa les variations de facteurs son-température-poids sur son pupitre; les voyants de contrôle suivaient le déplacement de Flatterie. Elle bascula un autre interrupteur :

– Raj, encore combien de temps?

La voix de Flatterie jaillit du vocodeur de contrôle, au-dessus du pupitre :

– Encore une minute, à peu près.

Ils attendirent en silence, écoutant les bruits provoqués par le déplacement de Flatterie grâce au vocodeur de contrôle.

Prudence mit en fonction un faisceau de guidage vers

le senseur muet dès que Flatterie eut franchi les déflecteurs hydrauliques.

– Déflecteurs verrouillés, dit-elle, lisant les indications de son pupitre.

– Verrouillage général, dit Flatterie.

Il engagea les crampons de la dernière porte étanche, sachant que l'opération allait s'afficher sur le pupitre de Prudence, dans Central-com. L'acte même éveilla en lui une peur diffuse; il venait de se couper symboliquement du cœur de la nef.

Je vais réparer ce senseur et retourner aux cabines le plus vite possible. Il semblera naturel que je m'arrête là-bas en revenant. Il faut que je découvre ce qu'a fait Bickel, mais sans éveiller ses soupçons.

Flatterie se retourna pour examiner les lieux. Il se trouvait dans le sas qui servait de jonction aux boyaux de communication de la coque extérieure dans ce secteur de la nef. Conçu de forme ovoïde pour résister aux pressions, le sas avait un petit diamètre d'environ six mètres et une profondeur de sept. Flatterie s'orienta grâce à la faible attraction du champ gravifique artificiel.

Le senseur défectueux se trouvait en haut d'un boyau qui s'incurvait à deux heures sur sa droite. Tube huit, anneau K. L'indicatif correspondait. La panne devait se situer sur la ligne cinq. Il contempla par l'ouverture les parois de métal gris pâle éclairées d'une lumière froide. Un faisceau de guidage vert l'invitait à s'engager dans le boyau.

Prue a pensé à actionner le faisceau de guidage.

Il saisit de la main gauche le chariot de dépannage et s'élança dans la pesanteur réduite jusqu'à l'ouverture, dont il attrapa le barreau d'accès. Poussant le chariot devant lui, il en ajusta les senseurs sur la piste imprimée et le fit démarrer à petite allure pour se hisser dans le boyau.

Au moment où le sphincter automatique du sas se referma derrière lui, il se souvint soudain d'Anderson étranglé par un sphincter assassin... mais il n'y avait plus de problème de ce côté-là... tous les NPO étaient morts. Le fait qu'un membre de l'équipage fût obligé de venir jusque-là pour effectuer une réparation signifiait que le danger était d'une autre sorte.

– Quelque chose qui ne va pas? demanda Prudence, dont la voix parut emplir le casque de Flatterie.

Les voyants de contrôle lui ont indiqué que je n'avançais plus, pensa Flatterie. Il se sentit rassuré qu'elle fût si vigilante à surveiller ses mouvements – ou son absence de mouvement.

– Tout va bien; je suis prudent, c'est tout.

– Vous voulez que Tim vienne vous prêter main-forte?

– Je n'ai pas besoin qu'on me tienne la main! répliqua Flatterie, qui se demanda aussitôt pourquoi il avait mis tant de hargne dans son refus.

– Vous êtes au Poste Deux, dit Prudence. Il y a un vidéo, sur le Deux. Vérifiez.

Flatterie leva les yeux vers l'anneau de senseurs disposés tout autour du boyau; il repéra celui qui portait le cercle jaune caractéristique des objectifs vidéo et fit en passant un signe de la main dans sa direction.

La piste imprimée du robox-R remontait sur la paroi du boyau pour éviter le renflement situé à la base du sas automatique suivant. Après avoir franchi le sas, il jeta un regard en arrière, vers les volets transparents qui se refermaient sur son passage. Il avait l'impression d'être à cent lieues du cœur de la nef.

Les yeux fixés droit devant lui, il se laissait tirer par le robox ronronnant, envahi peu à peu par un sentiment de solitude. Avec un NPO aux commandes, il aurait suffi pour une petite besogne de ce genre d'envoyer un robox automatique de réparation. Le problème, c'était la mobilité. Aux endroits où il existait des unités de réparation fixes – sur la coque extérieure, aux sas principaux de cloisonnement, aux déflecteurs et aux barrières de protection du noyau intérieur – la nef pouvait résoudre elle-même ses problèmes avec un minimum d'aide de la part de son équipage. Mais un ennui de ce genre, où il fallait faire preuve de mobilité et de décision, obligeait un membre de l'équipage à prendre le risque d'aller réparer sur place.

Flatterie, soudain débordant de haine, se prit à maudire les ingénieurs qui avaient conçu l'Œuf de Fer Blanc. Il connaissait leurs raisons : « Accroissement programmé de la frustation », tel était le terme consacré. C'était très bien – du moment qu'aucun des créateurs de la nef n'avait à faire l'expérience de la frustration... ou de la mort.

Il avait atteint le Poste Quatre et approchait du Cinq.

– J'arrive au Poste Cinq, dit-il. Eh!

Il coupa l'alimentation du robox et freina son élan en s'accrochant à l'anneau circulaire de la station. Il leva les yeux vers l'arc que formaient les senseurs : un trou net et brillant, colmaté de mousse grise coagulante, occupait l'emplacement du multisenseur. Les anneaux de code jaune, rouge et vert, imprimés sur la paroi autour du trou, n'avaient pas été touchés. Du regard, il fit le tour des autres senseurs du boyau. Tous semblaient fonctionner.

Flatterie repensa à l'île de Puget Sound – des senseurs qui disparaissaient mystérieusement..., des techniciens portés manquants. Il sentit une sueur froide lui inonder les épaules.

La voix de Prudence jaillit dans son casque :

– Quelque chose à signaler?

Il baissa le volume :

– Le multisenseur semble avoir été coupé. Il a disparu. Le trou a été colmaté à la mousse.

– Il n'y a pas de projecteurs de mousse automatiques dans ce secteur, dit Prudence.

– En tous les cas, ce truc a été colmaté à la mousse! répliqua Flatterie, incapable de contenir son irritation.

Prudence annonça soudain :

– John, je relève une consommation anormale dans l'ordinateur. Vous faites quelque chose?

– Rien, dit Bickel.

Flatterie tourna la tête à l'intérieur de son casque. La voix de Bickel lui était parvenue faiblement, retransmise par l'intermédiaire de Central-com. *Une intervention de l'ordinateur!* Se forçant à agir avec calme, Flatterie ouvrit le compartiment de pièces détachées du robox et en sortit un senseur de rechange, qu'il vérifia. L'instrument avait à peu près huit centimètres de diamètre et comportait un détecteur thermique à torsion, des objectifs vidéo standards pareils à de minuscules pierres précieuses incrustées dans sa surface, et trois conduits grillagés qui menaient à la membrane de l'unité auditive.

Du coin de l'œil, Flatterie détecta un mouvement vers le haut du boyau. Il se redressa brusquement, se cognant la tête au rembourrage de son casque, et leva les yeux vers le Poste Six.

Un robox-R suivait la piste imprimée dans sa direction, extenseurs d'outillages plaqués sur les côtés. L'engin avançait par saccades, accélérant et ralentissant tour à tour.

Sa première pensée fut que Prudence avait reconstitué les séquences d'instructions de télécommande, et qu'elle manœuvrait l'appareil depuis son pupitre. Le caractère rudimentaire des commandes de Centralcom relatives au service robox aurait pu expliquer le comportement déconcertant du chariot.

– Vous m'avez envoyé un autre robox, Prue? demanda Flatterie.

– Non, pourquoi?

– Il y a un robox-R qui approche du Poste Cinq.

Flatterie, qui surveillait le chariot, le vit perdre la piste, puis la retrouver.

– C'est impossible! Mon pupitre n'indique rien.

Le chariot s'arrêta de l'autre côté du cercle de senseurs. De son flanc jaillit une foreuse qui se tendit vers le trou colmaté, puis se retira.

– Qui commande ce truc? demanda Flatterie.

– Personne ici, dit Prudence. Et je vois Tim et John. Ce ne sont pas eux.

– Vous avez toujours ce débit à l'ordinateur? chuchota Flatterie.

– Oui.

– Le... « Bœuf » fonctionne-t-il? demanda Flatterie.

– Seulement les circuits originaux, répondit Bickel. Par la dérivation du RT. Les nouvelles unités renforcées n'ont pas été connectées.

– Il ne peut pas y avoir d'autre robox dans le secteur, répéta Prudence. Nous n'en avons mis aucun en mode automatique, et je ne vois rien sur mon pupitre. Il faudrait au moins un jour et demi pour remettre les circuits de télécommande en...

– Il est là, devant moi, dit Flatterie.

Il le regardait fixement, fasciné. Un bras mécanique, tenant une douille de senseur vide, se déplia vers l'orifice empli de mousse puis se rétracta. Un bras à pince apparut ensuite. Celui-ci palpa la mousse et se retira d'un mouvement brusque qui fit sursauter Flatterie.

– Que fait-il? demanda Prudence.

– Je n'en sais trop rien. On dirait qu'il examine les dégâts. Ses objectifs vidéo sont tournés vers le trou. Il agi comme s'il ne savait pas quel outil utiliser.

– *Qu'est-ce* qui ne sait pas? C'était Timberlake, dont la voix lui parvenait faiblement par l'intermédiaire de Central-com.

– Essayez de réparer le senseur vous-même, dit Bickel.

Flatterie sentit sa gorge se dessécher. Il prit dans la trousse à outils de son robox un palpeur muni d'un œil de guidage et sonda la mousse à la recherche des fils du conduit.

Aussitôt, une sorte de fouet jailli de l'autre robox lui enserra le bras et l'écarta. Flatterie ressentit une violente douleur à l'endroit où la chose l'avait agrippé. Il lâcha l'outil en hurlant.

– Que se passe-t-il? demanda Prudence.

L'extension en forme de fouet se déroula lentement et relâcha le bras de Flatterie.

– Le robox m'a empoigné, dit Flatterie, d'une voix que la douleur et la surprise faisaient chevroter. Il s'est servi de la sonde à circuits... pour m'attraper le bras.

– Il ne veut pas vous laisser réparer? demanda Bickel. Sa voix était maintenant parfaitement audible dans les écouteurs du casque – il s'était branché sur le circuit de contrôle à partir de l'atelier.

– J'en ai l'impression, dit Flatterie. *Pourquoi aucun de nous ne dit-il ce qu'il en pense?* se demanda-t-il.

Pourquoi refusons-nous de nous rendre à l'évidence?

Avec une soudaine détermination, l'autre robox tendit un bras à pince, prit le senseur de rechange que tenait Flatterie de la main gauche et l'inséra dans la douille. Un autre bras à pince ramassa le guide palpeur et le brancha sur la prise de sa propre sonde à circuits.

– Que fait-il, maintenant? demanda Bickel.

– Il fait la réparation lui-même, dit Flatterie.

La palpeur ressortit du trou en tirant les fils.

– John, que disent vos compteurs? demanda Prudence.

– Une légère pulsation des mémoires au niveau des servomécanismes, répondit Bickel. Très faible. On dirait l'écho cyclique d'une pulsation-test. Vous relevez toujours le débit de courant? Ici, je n'ai rien.

– Débit de la ligne principale vers l'ordinateur. Vous devriez l'enregistrer.

– Rien, dit Bickel.

– Il vient de fixer le nouveau senseur dans le trou avec sa douille, dit Flatterie.

– Il avait apporté les pièces de rechange qui convenaient? demanda Bickel.

– Il a pris le senseur que j'avais apporté.

– Il vous l'a pris? demanda Prudence.

– Exactement.

– Prue, cette pulsation-test devient plus forte, dit Bickel. Vous êtes sûre que ça ne vient pas de votre pupitre?

Elle examina sa console. Absolument.

– La réparation est terminée, dit Flatterie. Qu'indique le pupitre directeur, Prue?

– Le senseur fonctionne. Je vous vois... et je vois aussi l'autre robox.

– Essayez de toucher le nouveau senseur, Raj, dit Bickel.

– Ce truc a failli m'arracher le bras la dernière fois que j'ai essayé, objecta Flatterie.

– Servez-vous d'un outil. Quelque chose de long. Vous devez avoir une sonde à radiations télescopique, dans votre outillage.

Flatterie fouilla le compartiment à outils du robox, d'où il sortit la sonde télescopique. Il la déploya au maximum et la tendit vers le senseur, qu'il toucha.

Le bras-fouet jaillit de l'autre robox. Flatterie ressentit un choc violent et fixa de ses yeux écarquillés le tronçon de sonde qu'il tenait à la main. L'extrémité sectionnée avait été projetée vers le haut du boyau et tournoyait sous la force du coup.

– Bon Dieu!

C'était la voix de Timberlake – ce qui prouvait qu'ils avaient branché l'écran de l'atelier sur le circuit du Poste Cinq.

Flatterie déglutit avec difficulté. Il dit d'une voix étouffée :

– Si ç'avait été mon bras...

Ses yeux étaient rivés sur l'autre robox, qui demeurait immobile, ses objectifs vidéo pointés vers lui.

Nous jouons avec le feu, se dit-il. *Nous ne savons pas ce qui guide ce robox. C'est peut-être un programme de réparation mis en route accidentellement, mais ce pourrait être quelque chose que les créateurs de l'Œuf de Fer Blanc ont intégré à la nef.*

– Vous feriez mieux de sortir de là, Raj, dit Prudence.

– Non, attendez! dit Bickel. Raj, ne bougez pas. Vous m'entendez?

– Je vous entends, dit Flatterie.

Il fixait toujours le robox, certain que l'appareil pouvait le couper en deux d'un seul coup de cette sonde à circuits.

Il perçut dans ses écouteurs un bruit d'activité lointaine.

– Je devrais pouvoir visualiser tout l'ordinateur à partir d'ici, dit Bickel, mais je n'arrive pas à trouver ce foutu robox nulle part sur mon pupitre. Il n'y a même pas la moindre résonance de pulsation dans aucune boucle, qui puisse nous indiquer la source des instructions de commande.

– Je ne peux pas rester ici indéfiniment, chuchota Flatterie.

– Qu'indiquent vos compteurs, Prue? demanda Bickel.

– Toujours le débit de l'ordinateur... et cette pulsation.

– Raj est à l'extérieur des boucliers de protection depuis seize minutes, dit Timberlake. Prue, quelle est la tolérance de radiations, dans ce secteur?

Elle confronta les lignes de comparaison au chrono-indicateur sur l'oscilloscope du pupitre principal, et lut la différence :

– Il faut qu'il ait franchi le sas du bouclier dans moins de trente-huit minutes.

Un mouvement, en haut du boyau, attira l'attention de Flatterie. L'extrémité de la sonde télescopique, après avoir atteint le sommet de sa trajectoire, commençait à retomber vers le centre gravifique de la nef. Quand le tronçon d'outil passa à la hauteur de l'autre robox, celui-ci redressa la pointe d'un de ses bras senseurs – juste la pointe – pour suivre son passage.

Cette activité minimale, cette *vigilance*, terrifia Flatterie beaucoup plus que si le robox s'était attaqué à l'objet et l'avait déchiqueté. Il avait l'impression très nette que la machine attendait – qu'elle attendait et qu'elle recueillait des informations.

– Raj?

C'était la voix de Bickel.

– Oui?

– Existe-t-il dans l'ordinateur des informations quelconques, même une allusion, indiquant que vous pourriez le détruire?

M'a-t-il envoyé ici pour me piéger et m'obliger à répondre à cette question? se demanda Flatterie. Mais la frayeur qu'il décelait dans la voix de Bickel lui fit écarter cette idée.

– Pourquoi? demanda-t-il.

Bickel s'éclaircit la voix avant de lui parler de la violence programmée contre l'embryon de vache et de l'expérience destructrice qui en avait résulté. Je l'avais programmé pour qu'il comble les lacunes de ses informations, Raj, et je n'y ai mis aucun facteur de limitation. Cette violence prouve que rien ne l'arrêtera s'il s'agit de maintenir son intégrité. Si vous représentez la moindre menace...

– Vous dites qu'il est conscient? demanda Prudence.

– Pas de la façon dont nous sommes conscients, dit Bickel. Comme un animal – et avec au moins un instinct que nous connaissons : celui de la conservation.

– Raj, répondez à sa question, dit Prudence.

Elle connaît la réponse, pensa Flatterie. Il l'avait senti au son de sa voix. *Pourquoi ne répond-elle pas à ma place?*

– L'ordinateur risque en effet de disposer d'une information de ce genre, dit-il. Et il pensa : *Je suis pris au piège! Il faut que je retourne aux cabines et que je détruise cette chose... Elle a déjà échappé à tout contrôle... Mais si je bouge, elle va me tuer.*

Il regarda le robox. C'était ce qui donnait à l'ordinateur sa mobilité – les milliers de robox d'entretien spécialisés répartis à l'intérieur de la nef... même celui qu'il avait entre les mains, s'il était commuté en mode automatique et accordé à un contrôle programmé... et s'il y avait une conscience pour le diriger. C'était ce qui fournissait à l'ordinateur ses gonades mâles et femelles – les robox et les outils commandés par programmes.

– Réagirait-il... violemment, si Raj essayait de bouger? demanda Prudence.

Silence.

– Qu'en dites-vous, Bick? demanda Timberlake.

– Probablement, dit Bickel. Vous avez vu la violence dont il a fait preuve quand Raj a essayé de toucher ce senseur.

– Que feriez-vous si quelqu'un essayait de vous enfoncer un doigt dans l'œil? dit Timberlake.

– Il se rapproche de moi, dit Flatterie. Au ton calme de sa propre voix, il ressentit un petit éclair de fierté.

– Ne bougez pas, dit Bickel. Tim! Prenez un chalumeau et...

– J'y vais, dit Timberlake.

– Raj... je pense que votre seule chance est de faire le mort... restez absolument immobile, dit Bickel.

La pointe d'un senseur se promena devant les yeux de Flatterie, dont le regard plongea l'espace d'une seconde dans une sinistre lueur rouge et jaune. La pointe se rétracta et le robox recula de cinquante centimètres, frôlant celui de Flatterie.

– Lâchez votre robox, chuchota Bickel.

Flatterie se rendit compte que les jointures de ses doigts étaient livides à force de se crisper sur la barre de commande. Il desserra la main.

– La gravité va vous faire dériver vers la base du boyau, chuchota Bickel. Laissez-vous aller. Restez détendu.

Le mouvement fut d'abord à peine perceptible.

– Les sas font partie du système central. C'était la voix de Prue. S'ils ne...

Elle ne termina pas sa phrase; il était évident qu'elle aussi se rappelait comment un sas-sphincter avait pris la vie d'Anderson.

Flatterie se rendit compte qu'il se déplaçait maintenant véritablement. Les deux unités robox s'éloignaient lentement dans le boyau, mais la pointe du senseur était toujours dirigée vers lui.

Le premier sas défila devant ses yeux. *Il était ouvert!*

Mais les feuilles transparentes ne se refermèrent pas derrière lui. Le robox ambulant le suivait, d'abord avec hésitation, puis de plus en plus vite.

Le klaxon du RT beugla dans le casque de Flatterie, retransmis par le réseau depuis Central-com.

– Oh, mon Dieu! C'était Prudence.

– Le transmetteur était ouvert? demanda Bickel.

– Le message est déjà dans le système, dit Prudence. Nous l'avions laissé en automatique.

– Tim, où êtes-vous? demanda Bickel.

– Au sas de jonction, dit Timberlake.

– Prue, prenez le message, dit Bickel. En visio.

Ele brancha le RT sur Central-com et des relais cliquetèrent. Quelques instants plus tard, elle annonça :

– En bref, Hempstead nous demande de cesser de faire la sourde oreille. Il nous ordonne de faire demi-tour, et sans tergiverser. Il a bizarrement choisi ses mots : « Ceci est un ordre de retour arbitraire. »

– Il sait ce qu'il peut faire de son ordre de retour arbitraire, dit Bickel.

Aux paroles de Prudence, Flatterie sentit un froid glacial lui enserrer la poitrine. « *Ordre de retour arbitraire* » C'était l'ordre codé qu'il avait à la fois redouté et espéré – l'ordre de sabordage de la nef.

XXVII

« Vous, mon créateur, voudriez me mettre en pièces et triompher ; ne l'oubliez pas, et dites-moi pourquoi je devrais avoir pitié de l'homme plus qu'il n'a pitié de moi ? Vous ne penseriez pas commettre un meurtre, si vous pouviez... détruire mon corps, l'œuvre de vos propres mains. »

Paroles du monstre de *Frankenstein.*

Tandis que Timberlake s'éloignait dans les boyaux de communication à la rencontre de Flatterie, Bickel examinait tous les instruments de l'atelier, cherchant une explication au comportement du système informatique. Il se sentait pris de terreur au moindre clignotement d'un témoin lumineux, au moindre ajustement automatique d'un relais, au moindre mouvement d'une aiguille de compteur. Les voyants étaient autant d'yeux lumineux fixés sur lui.

Autant pour apaiser ses propres craintes que pour aider Flatterie, il se mit à parler.

– Raj, avez-vous fait quoi que ce soit qui ait pu mettre réellement en danger le système informatique ?

– Bien au contraire. J'ai essayé de... d'élaborer le programme émotionnel...

– De faire en sorte qu'il ait de l'affection pour nous ?

– Oui. Mais je n'ai introduit aucun programme.

Prudence intervint :

– Je crois que tout ce qu'on a fait à bord de cette nef aboutit au système informatique.

– Je le pense aussi, dit Bickel. Qu'avez-vous fait précisément ?

– J'ai essayé de... *lui* montrer que j'avais réellement de l'affection pour lui.

– C'est peut-être la seule raison qui vous vaille d'être encore en vie, dit Bickel.

Une fois de plus, il parcourut des yeux les consoles d'instruments de l'atelier. Pas le moindre indice. Rien !

Les pensées de Flatterie revenaient sans cesse à l'ordre de Lunabase, qui lui avait injecté de l'eau glacée dans les veines :

Ordre de retour arbitraire.

Sabordage !

Sabordage !

C'était un refrain psalmodié dans le champ de sa conscience.

Un ordre hypnotique gravé en profondeur, se dit-il.

Mais il ne pouvait se résoudre à désobéir. Les arguments rationnels qui justifiaient l'existence de ce fusible de sécurité étaient trop péremptoires. Le sort de toute l'humanité était plus important que le destin d'un seul homme... ou d'un seul astronef.

Flatterie sentait son corps se nouer sous l'effet de la frustration. Il était là, à l'extérieur des boucliers de protection du noyau. Il avait été conditionné pour accepter cet ordre et l'exécuter, se sacrifier pour la protection de l'espèce. A ce point, il ne pouvait laisser le fanatisme lui brouiller l'esprit. Il connaissait les dangers que représentait pour l'espèce humaine une conscience mécanique emballée que personne ne pouvait...

Il laissa échapper un hurlement ; quelque chose venait de lui agripper la jambe.

– C'est moi, Raj.

La voix de Timberlake résonna dans les écouteurs de son casque, mais il lui fallut un moment pour accepter l'identification au niveau émotionnel. Son cœur battait encore à grands coups quand Timberlake le tira au-delà du cercle de senseurs suivant.

Le robox vengeur accéléra son mouvement. Il se maintenait à environ trois mètres d'eux.

– Je le brûle? chuchota Timberlake.

– Ne faites surtout aucun geste hostile, dit Flatterie.

Il entrevit du coin de l'œil la lisière du sas de jonction, et la main de Timberlake qui tenait sa cheville relâcha son étreinte. Il perçut le grincement de la porte d'accès qui s'ouvrait sur le sas intérieur.

– Allons-y, dit Timberlake en tirant doucement Flatterie. Ils dérivaient vers l'intérieur du compartiment.

Flatterie s'agrippa à un montant du sas pour faire obstacle à la force d'inertie. Le robox qui les suivait s'était arrêté plus haut, à l'entrée du boyau, mais la pointe du senseur était toujours dirigée vers eux. Timberlake se plaça de façon à occulter la vision du robox, et Flatterie franchit à reculons l'angle déflecteur du sas. Timberlake le suivit, puis il referma la porte et la verrouilla.

Flatterie se dirigea vers la porte opposée. Il respirait déjà mieux, maintenant qu'ils étaient derrière les boucliers et qu'il y avait une porte entre eux et le robox. Il saisit le volant de commande de la porte et tourna.

Les crampons restèrent fermement verrouillés.

Il appuya plus fort.

Les crampons refusaient de bouger.

– Voyons, dit Timberlake, allons-y. Il joignit ses efforts à ceux de Flatterie.

Les crampons demeurèrent aussi immobiles que s'ils avaient été gelés.

Flatterie et Timberlake échangèrent un regard, leurs masques presque au contact l'un de l'autre. Flatterie avait les mains moites de sueur, et il sentait l'odeur fétide de la peur imprégner sa combinaison spatiale.

– Essayez... l'autre porte, dit-il.

Timberlake hocha la tête et se propulsa d'un coup de pied vers le déflecteur et la porte qu'ils venaient de verrouiller. Flatterie vit ses muscles soulever les épaules de sa combinaison dans l'effort qu'il faisait pour essayer de rouvrir l'autre porte.

Manifestement, celle-ci était également bloquée.

Timberlake se laissa retomber auprès de Flatterie et enfonça la touche du circuit de communication, placée au-dessus de son casque.

– John?

– John est provisoirement coupé du circuit, dit Prudence. Vous êtes hors de danger... enfin, de danger immédiat, non?

En phrases courtes et concises, Timberlake expliqua leur situation.

– Pris au piège? demanda-t-elle. Comment est-ce possible?

– Quelque chose a bloqué les portes, dit Flatterie. Pourquoi John n'est-il pas sur le circuit?

– Oh... Un silence. Il a laissé son casque... dans l'atelier. Il l'a retiré et l'a débranché, puis il a pris un lot d'appareils et s'est dirigé vers les cabines.

– Vos senseurs! Qu'indiquent-ils? demanda Flatterie.

Un silence.

– Il est dans votre cabine, Raj. Je ne comprends pas.

– Quels instruments a-t-il pris? demanda Timberlake.

– Tout un tas de trucs, surtout dans le coffre près duquel vous travailliez, Tim, sous le milieu de l'établi.

Dans ma cabine, songea Flatterie. *Rien n'a échappé à notre « organe d'analyse »!*

– Tim, votre chalumeau, dit-il en montrant la torche à découper pendue à la ceinture de Timberlake.

– Celui-ci secoua la tête.

– Il y a une minute, vous m'avez dit de ne faire aucun geste hostile.

– Donnez-moi ce chalumeau!

– Non, monsieur. Vous savez aussi bien que moi ce qui bloque cette porte. Une autre unité robox, ou deux – ou cinquante. Votre première idée était la bonne. Laissons Bickel...

– Ne savez-vous pas ce que Bickel est en train de

faire? demanda Flatterie, sans chercher à dissimuler le désespoir contenu dans sa voix.

– Aussi bien que vous, Raj. C'est moi qui ai assemblé d'après ses schémas la plus grande partie des appareils qui se trouvaient dans le coffre. C'est un générateur à effet de champ synchronisé avec un générateur d'effet de salve. Il y a un appareil de rétroaction encéphalographique... un amplificateur d'homme, comme il l'appelle.

– Boîte noire – boîte blanche, dit Flatterie. Il faut que nous l'arrêtions.

– Pourquoi?

– Il va bousiller l'ordinateur.

– Pas *cet* ordinateur-là.

– *Bickel l'a contaminé avec son cynisme,* pensa Flatterie.

– Il va se tuer, fit-il à haute voix.

– C'est ce qu'il pense, mais je ne crois pas qu'il réussira.

– Quand il sera frappé par l'effet de salve, ses muscles vont briser tous les os de son corps! C'est une mort horrible.

– Peut-être, s'il était connecté directement au générateur, dit Timberlake. Mais ce n'est pas le cas. Il va recevoir des décharges à travers le champ de l'autre générateur – atténuées, adoucies.

– Savez-vous ce qu'il y a dans ma cabine? demanda Flatterie.

– Un dispositif quelconque de surveillance, dit Timberlake J'en ai relevé des indices sur les compteurs.

– Un trieur de champs, dit Flatterie. Il est réglé sur l'ordinateur, avec un système de portes qui ne le laisse fonctionner qu'en sortie. Si Bickel retire ces circuits de protections...

– C'est ce qu'il va faire. Maintenant, asseyez-vous et restez tranquille. C'est notre seule chance.

Flatterie le fixa d'un regard furieux.

– Si Bickel libère cette monstrueuse machine, elle peut anéantir la Terre!

– Pourquoi ne racontez-vous pas des histoires de fantômes, pour changer? demanda Timberlake.

– Je n'ai pas le temps de vous expliquer toute l'histoire. Il faut absolument arrêter ce monstre. Vous devez me croire sur parole.

– Vous êtes dingue, dit Timberlake. Mais Flatterie se rendit compte que ses paroles avaient touché les inhibitions les plus profondes de l'ingénieur des systèmes biofonctionnels.

– Vous êtes ingénieur, dit Flatterie. Vous êtes un structuraliste. Vous connaissez le raisonnement de Bickel?

– Où voulez-vous en venir?

– Il tire ses arguments de la construction interne du corps humain, dit Flatterie, qui parlait aussi vite qu'il le pouvait. La structure est un élément vital des origines mécaniques – les dents, les muscles des mâchoires, le système digestif, et ainsi de suite. Toutes les preuves indiquent que l'homme descend de carnivores – et Bickel affirme que l'instinct de tuer est une nécessité absolue pour un carnivore.

– Voulez-vous dire que l'intinct de tuer est un préliminaire indispensable à la conscience?

– C'est Bickel qui le dit! Pas moi.

– Pourquoi en êtes-vous si sûr?

– Ses actes ne laissent aucun doute!

– Ah..., vous avez inventé tout cela!

– Donnez-moi ce chalumeau, dit Flatterie.

– Non. Timberlake secoua la tête.

– Je vais prendre ce chalumeau, même si je dois vous tuer pour l'avoir, dit Flatterie. Il s'approcha lentement de Timberlake.

– Prue, vous avez entendu ce fou? dit Timberlake en reculant d'un pas.

Le circuit demeura silencieux.

– Prue?

Flatterie se redressa, répétant intérieurement ses propres paroles : ... *si je dois vous tuer pour l'avoir*. Il eut soudain l'impression d'être acculé dans un recoin parfaitement vulnérable.

Instinct de tuer? se demanda-t-il.

– Prue! appela Timberlake. Raj, contrôlez-vous! Prue ne répond pas!

Flatterie avait reculé. Il se sentait glacé, nauséeux, et des tremblements agitaient ses mollets et ses épaules. Des pensées à demi-brouillées évoluaient à la lisière de sa perception.

J'esquive quelque chose, pensa-t-il. *Il y a quelque chose que j'essaie de me dissimuler... quelque chose de... d'effrayant...*

– Qu'est-ce qui ne va pas, Raj? demanda Timberlake. Il y avait soudain de l'inquiétude dans sa voix.

Flatterie tendit la main et saisit une épontille pour éviter de s'effondrer. Il ferma les yeux, invoquant l'image du motif sacré imprimé sur la paroi de sa cellule – projetant sur ses paupières le champ de sérénité et les visages saints qu'il évoquait, la dynamique des surimpressions qui combinaient tous les symboles religieux auxquels les hommes avaient consacré leur foi et leurs aspirations depuis des temps immémoriaux.

Ceux qui servent le Seigneur verront leurs forces renouvelées, se dit Flatterie. *Seigneur, fais que cette force se transforme en un renouveau de nos esprits. Fais que nous partagions la Lumière.*

La litanie resta en suspens, sa conscience se fixa sur le mot « esprit », et l'image du motif sacré se mit en mouvement. Le champ de sérénité et les symboles sacrés, se dissolvant en atomes tourbillonnants, formèrent une nouvelle configuration, pareille aux contours d'un grand fleuve avec tout son réseau hydrographique.

Quand Flatterie rouvrit les yeux, il découvrit que l'intérieur du piège de métal dans lequel il se trouvait enfermé avec Timberlake était inondé d'une lumière dorée – à la fois éblouissante et douce.

Timberlake semblait inconscient de la lumière, pétrifié dans ses propres pensées.

Et Flatterie se trouva saisi par l'émerveillement de cette révélation – un grand fleuve et ses affluents.

Tous les hommes font partie du fleuve entier, pensa-t-il. *Nous sommes des affluents – et nos esprits sont des affluents, ainsi que nos pensées les plus secrètes. Chaque configuration dans l'univers contribue à l'en-*

semble – certaines pareilles à un torrent bouillonnant et d'autres à peine plus qu'une perle de rosée. Toute structure est une expression de la même loi.

C'était holographique – il s'en rendait compte. Les éléments essentiels du tout se retrouvaient dans la plus petite partie. A partir d'un grain de sable, on pouvait projeter l'univers. C'était peut-être bien la loi la plus élémentaire de cet univers.

La loi était pareille à un fil palpitant dont il pouvait faire l'expérience, mais qu'il ne pouvait exprimer – la simplicité se transformant en une nouvelle complexité, puis en une simplicité plus vaste qui se fragmentait en une plus grande complexité, laquelle engendrait une plus grande simplicité...

Il le sentait dans le contact du tissu de sa combinaison contre sa peau, dans la perception de l'air recyclé qui entrait dans ses poumons, dans chaque impression sensorielle.

Quelle pureté extraordinaire dans cette douche de molécules sur lui-même et sur la place qu'il occupait au sein du ballet!

– Je Te remercie, Seigneur, pour cette révélation, murmura-t-il.

Et Flatterie se maintint dans cet état de perception supraliminale. Il regardait maintenant Timberlake, qui lui semblait... mort, en quelque sorte. Timberlake bougeait, mais ses yeux, derrière la visière, étaient pareils à des trous dans ses orbites. Ses mouvements avaient la raideur d'articulations squelettiques.

Se rappelant Prudence et Bickel, Flatterie sentit qu'eux aussi partageaient cette absence de vie : leurs yeux étaient morts. Leur poitrine se soulevait au gré de leur respiration, mais l'irrégularité laborieuse de ce mouvement avait le même rythme (à une faible nuance près) que la respiration d'un agonisant, d'un mourant qu'on maintenait en vie au-delà de son temps par des moyens artificiels.

Nous sommes condamnés, pensa Flatterie. *Seigneur, pourquoi m'as-Tu éclairé seulement pour me montrer ceci ?*

Le squelette Timberlake et les images mort-vivantes

de ses souvenirs emplirent Flatterie de fureur. Il se redressa contre l'épontille et hurla :

– Vous êtes morts! Zombies! Vous êtes déjà morts! Zombies!

Aussi vite que la fureur était venue, elle disparut et il se mit à pleurer doucement. Le sentiment d'illumination s'estompa. Il était apparu en l'espace de dix battements de cœur et s'enfuit dans le temps d'une seule pulsation. La lumière dorée s'évanouit, et le sas de plastacier qui l'emprisonnait avec Timberlake ne fut plus que ce qu'il était – une pièce aux parois solides, trop petite, avec un éclairage trop froid, et l'air fourni par sa combinaison était trop chargé des relents omniprésents du recyclage

– Raj, il faut que vous repreniez contrôle de vous-même, disait Timberlake.

Mais Dieu nous contrôle, pensa Flatterie. *Et Dieu m'a dit ce que je devais faire. Il m'a permis grâce à une expérience religieuse de voir notre destin – et de le faire s'accomplir.*

Timberlake inspira profondément, la poitrine serrée. Il se sentait légèrement nauséeux; sa frayeur devant leur impuissance était aggravée par l'état de Flatterie, proche de la panique. Ils étaient tous deux aussi désarmés que l'avait été l'embryon de vache.

Il repensa à cet embryon sans défense de la section Holstein des hibernateurs du cheptel – un morceau de protoplasme relié aux tuyaux du système biofonctionnel, nanti de son code personnel. Il avait eu son identité propre, et Timberlake avait l'impression d'avoir connu cet animal particulier, de pouvoir projeter dans son esprit son potentiel disparu et le voir paître et remplir ses fonctions naturelles de producteur d'énergie.

Tout ce potentiel naturel avait été sacrifié pour se transformer en simples unités d'excitation cérébrale dans le développement d'une conscience mécanique. Toute autre fonction possible avait été anéantie dans l'instant de sa destruction délibérée. Il était devenu un objet des sens – irréel, reculant dans le passé, ses atomes se dissipant dans le néant du temps. Il ne pouvait plus y avoir en lui rien de personnel, d'individuel ou d'unique à compter du moment de sa mort.

Timberlake déglutit péniblement. Sa gorge était douloureuse, comme d'une angoisse remémorée. Il savait que cette sensation tenait à son conditionnement d'ingénieur des systèmes biofonctionnels – ses inhibitions en tant que protecteur de la vie. Il secoua la tête essayant de chasser le sentiment de confusion.

C'était une créature pas encore née, un animal, se dit-il. *Ce n'était pas un être à la façon dont nous sommes des êtres. La complexité physique de cette créature morte était énorme, pourtant elle n'aurait jamais pu être consciente de la même façon que nous le sommes... même si elle avait vécu sa vie normale.*

L'argument lui parut vide à l'instant même où il se répercutait silencieusement dans son esprit.

Flatterie ne hurlait plus. Il était toujours cramponné à l'épontille, les yeux fixes derrière sa visière.

– Calmez-vous, Raj, dit Timberlake. Il parlait doucement, comme pour réconforter un enfant qui aurait eu de la peine. Puis il appela, plus fort : « Prue? »

Toujours pas de réponse.

Elle est peut-être trop occupée pour répondre, se dit-il.

Il écouta le léger ronronnement que produisait l'équipement de sa combinaison spatiale, tout en évaluant leur situation. Prue ne répondait pas – raison inconnue. Bickel était allé dans les cabines – manifestement dans l'intention d'exécuter la phase boîte noire – boîte blanche de sa théorie, pour transférer la configuration de sa propre conscience dans la boîte blanche qu'était l'association « Bœuf-ordinateur ». « Le Bœuf » serait-il ensuite pareil à Bickel? Non... Impossible.

Timberlake eut soudain l'impression d'avoir franchi un obstacle majeur dans la compréhension de ses propres rapports intérieurs entre son esprit, son cerveau et son corps. Il sentait qu'il venait de pénétrer sur un nouveau territoire, non encore identifié.

Il vit que Flatterie était presque vidé de toute son énergie – conséquence de son surmenage émotionnel et physique. Il avait vécu en haut du boyau une expérience particulièrement éprouvante. Flatterie vacilla contre son épontille et lui dit :

– Désolé... de vous avoir menacé..

Les rythmes de la voix de Flatterie fascinèrent Timberlake. Il prit soudain conscience de la façon dont ces rythmes se fondaient en d'autres rythmes et découlaient eux-mêmes d'autres rythmes. Il perçut les rythmes de sa propre vie et les courbes composées de Fourier irradiant à partir de lui et vers lui.

Il lui revint alors à l'esprit des paroles qu'avait prononcées Bickel pendant qu'ils travaillaient ensemble sur « le Bœuf » :

Si nous donnons la vie à cette chose, nous devons nous rappeler que la vie est une variable constante au comportement excentrique. La vie que nous allons créer doit penser en relief autant qu'en ligne droite – même si sa pensée dérive de configurations enregistrées sur bandes et de réseaux de pseudoneurones.

La conscience ressemblait à une valve dont la fonction était de simplifier. Toutes les complexités devaient la franchir pour être réduites à un alignement ordonné.

Un flot d'énergie pénétrait continuellement dans le système – en quantités si vastes qu'elles auraient suffi à surcharger n'importe quel système tétradimensionnel classique.

Surcharger – surcharger – surcharger! Le flot se déversait par la valve de la conscience. A mesure que la charge s'accroissait, la valve pouvait dévier le flot... ou s'élargir pour l''absorber.

Timberlake avait l'impression de progresser à travers d'énormes couches de brouillard – couche après couche après couche... jusqu'au moment où il atteignit un lieu de clarté et d'équilibre.

Je suis éveillé, se dit-il. C'était une pensée effrayante.

XXVIII

« La corrélation entre la chimie et les émotions est indiscutable. La ressemblance chimique qui apparente nos simulateurs mécaniques à l'humanité étant pour le moins limitée, une conscience artificielle, si elle est capable d'émotions, peut donc en éprouver certaines qui sortent grandement de la gamme des émotions humaines. De telles émotions peuvent paraître divines à la compréhension limitée de l'espèce humaine. »

Vincent FRAME,
Spéculations.

Bickel trouvait la cellule de Flatterie assez semblable à la sienne pour en éprouver un sentiment de familiarité, mais suffisamment différente pour ressentir une certaine inquiétude. Les conduits du système biofonctionnel semblaient conventionnels – un nécessaire d'oxygénation dont le couvercle était ouvert, le tube et le masque accrochés à leur râtelier, le dôme des répétiteurs de contrôle au-dessus de la couchette. Les analyseurs d'atmosphère indiquaient une composition normale, et les tubes d'alimentation de secours étaient en place.

Le motif sacré imprimé sur la cloison, face à la couchette, attira son attention. C'était une chose fascinante en teintes pastel, bleues, rouge et or, avec une surimpression hypnotique sombre et onduleuse qui évoquait des visages de rêve.

Bickel s'arracha à la contemplation du motif sacré pour examiner l'équipement de la cabine. Les installations lui réservèrent une surprise qu'il étudia soigneusement. Aucun doute, la chose qui ressemblait à un filet rigide et qui se rabattait au-dessus de la couchette à partir de la cloison latérale envoyait des impulsions dans une version plus faible, mais plus perfectionnée, du générateur-sélecteur de champ qu'il avait conçu pour assurer le transfert boîte noire – boîte blanche. Il suivit les fils et eut une autre surprise : un système de portes limitait le fonctionnement à un seul sens. Les réflexions du champ étaient transmises à l'occupant de la cellule, mais rien n'allait de celui-ci vers le système informatique de la nef.

Bickel réfléchit aux implications du dispositif et hocha lentement la tête.

Puis il s'étendit sur la couchette et fit un essai très court du générateur après avoir rapproché de lui le boîtier de commandes, gardant un œil sur les compteurs et sur la courbe du filet qui basculait sur son support pour se stabiliser à une dizaine de centimètres au-dessus de sa tête.

Il suffit de quelques secondes au générateur pour établir le champ, après quoi Bickel éprouva un curieux sentiment de vigilance – un état d'observation dépourvu d'émotions. Il avait une impression de rêve éveillé et pensa immédiatement à un réflecteur – comme un miroir placé dans l'angle d'un couloir pour voir les gens dissimulés par le recoin... un miroir à sens unique qui ne révélait que cette vigilance attentive.

Il se rendit compte aussitôt que cette installation pouvait communiquer à une personne sensibilisée l'*humeur* de l'ordinateur de bord. Il eut l'impression vague que ses viscères avaient été transformées en grands bains de mercure, en disques, en bobines, en rubans et en tambours magnétiques, que ses terminaisons nerveuses avaient été connectées à des milliers de senseurs délicats qui accédaient à d'étranges dimensions.

Mais ce n'était encore qu'un rêve. La vaste créature de fils et de pseudoneurones, à défaut d'être encore pleinement consciente d'elle-même, était attentive et vigilante, mais son potentiel complet était encore freiné par les rênes de la somnolence.

L'humeur changea.

Lentement, Bickel sentit le champ s'accorder à ses réflexes, l'armer d'un programme de participation totale de la même façon qu'on tend un arc à la limite de sa capacité, rassemblant ses énergies et les libérant soudain dans une boucle afférente.

Avec un sentiment d'horreur mêlée de détachement, Bickel vit sa main droite se tendre brusquement et ouvrir un panneau dissimulé par les lignes du motif religieux gravé sur la paroi. Derrière le panneau, un bouton apparut, rouge et menaçant. Bickel éprouva une difficulté presque insurmontable à empêcher son doigt de presser ce bouton. Il abattit sa main gauche sur le coupe-circuit placé à côté de la couchette ; la plainte du générateur de champ fit bientôt place au silence.

Mais ses doigts le démangeaient encore d'appuyer sur ce bouton rouge.

Il se rendit compte alors à quel point le Programme avait infesté la nef de dispositifs d'autodestruction qui se renforçaient mutuellement. Il avait été conditionné pour la tâche... et sans doute les autres membres de l'équipage l'étaient aussi.

Alors comment ai-je pu résister au conditionnement ? se demanda-t-il.

Il prit conscience peu à peu de ce que cela signifiait, et il constata qu'il vivait depuis des jours bien au-dessus du seuil de ses réflexes, en équilibre, dans l'attente... de... quelque chose.

Il contempla le bouton rouge. C'était la commande de sabordage à laquelle Flatterie... à laquelle ils avaient tous été affectés.

Les mains moites de transpiration, Bickel se glissa hors de la couchette, referma le panneau qui dissimulait le bouton rouge, et entreprit de modifier le dispositif générateur de champ de Flatterie. Les circuits à portes étaient apparents sur les faisceaux de fils codés à l'aide de couleurs. Bickel les arracha, brancha son propre amplificateur et commença l'installation du circuit boîte noire – boîte blanche.

Il travaillait rapidement : connexion, test – connexion, test...

Puis il saisit la source d'énergie constante : un bloc scellé sous plastique qui comportait des moteurs et des bobines sur coussins d'air, des bandes de Möbius à perforations marginales assurant un fonctionnement en boucle continue, et une seule sortie par l'intermédiaire d'un multiplicateur Eng. Il contrôla sur le cadran la force de la pulsation singulière, et brancha la source sur le circuit.

C'était terminé... tout était prêt.

Bickel se sentit soudain envahi d'un profond sentiment de solitude. Il revint à la couchette, s'y étendit et ouvrit le transmetteur du circuit de contrôle, sans allumer le récepteur.

– Maintenant, écoutez bien, dit-il, tout en imaginant la façon dont sa voix allait se déverser par les vocodeurs et réduire les autres en silence. Je vais commencer l'échange boîte noire – boîte blanche dans quelques secondes. J'ai bloqué les sas qui donnent sur les cabines, et mon récepteur n'est pas branché. Ne perdez pas votre temps à essayer de m'appeler ou d'entrer ici.

Toujours bloqué dans le sas, Timberlake se retourna vers son compagnon de captivité ; derrière la visière, il lut la terreur dans les yeux de Flatterie.

– Que chacun reste tranquille, dit Bickel. Ne tentez pas de recourir à la violence. Le programme meurtrier est toujours en liberté dans les circuits. La raison pour laquelle j'ai décidé de poursuivre ce... Il se tut un instant, déglutit avec difficulté. Tim, je suis désolé, mais deux hibernateurs ne répondent pas. Je pense qu'il a peut-être tué deux personnes de la même façon qu'il a tué l'embryon. Il cherche... il fait des expériences... il est curieux, comme un singe.

Dans le sas, la respiration de Timberlake se fit haletante ; il eut l'impression de sombrer à travers des couches de brouillard. Quelque chose lui tenaillait l'estomac, comme de la faim. *Deux colons tués en hibernation. Mon Dieu!*

Toujours cramponné à l'épontille près de Timberlake, Flatterie se demanda : *Où est Prue?* Il imagina la nef fonçant à travers l'espace sans personne au pupitre principal... Prue dérivant quelque part dans la salle des commandes, masse inerte de protoplasme... Il ferma les yeux. *Mais je suis la première cible à abattre. Si la nef tue maintenant, c'est moi qu'elle tuera... pour se protéger.* Il rouvrit les yeux, parcourut du regard les parois métalliques de leur prison. Aucune issue. *Nous avons invoqué un génie terrifiant, et nous ne serons peut-être pas capables de le renvoyer d'où il est venu.* Puis il pensa à nouveau : *Où est Prue?*

Bickel s'éclaircit la voix.

– Soyez extrêmements prudents jusqu'à ce que j'aie effacé le programme assassin. Tout ce qui se trouve à bord peut devenir un instrument de mort vous comprenez? L'air que nous respirons, les systèmes de recyclage, les unités robox, n'importe quelle arête tranchante enduite de poison... n'importe quoi.

Il enfonça la première touche de service.

– Le compte à rebours de la mise en route du générateur de champ commence dans trente secondes. Souhaitez-moi bonne chance.

C'est un suicide... un geste inutile, pensa Flatterie.

Bickel surveillait l'arc des compteurs, au-dessus de lui. Ils indiquaient un potentiel normal dans les circuits, la pulsation régulière du vocodeur qui bourdonnait légèrement. Celui-ci émit un soudain hoquet d'électricité statique.

Sur les cadrans de contrôle, les aiguilles allèrent frapper violemment contre leurs butées.

Je suis l'Apprenti Sorcier.

Le vocodeur émettait maintenant une sorte de râle, qui se transforma lentement en une voix gutturale, presque inintelligible.

– Tuer, dit-il.

Bickel observait les compteurs; il nota la consommation d'énergie de l'ordinateur, les pulsations dans les circuits du « Bœuf ».

C'était l'ordinateur, et lui seul, qui parlait.

– Tuer, répéta-t-il, d'une voix plus claire. Annuler l'énergie. Dissolution des systèmes qui utilisent de l'énergie sous quelque forme que ce soit... approximations symboliques... non mathématiques.

Bickel enclencha un circuit de diagnostic. Les compteurs n'indiquaient aucun potentiel dans le circuit général de communication, une pulsation dans le « Bœuf », une consommation réduite dans l'ordinateur.

Tuer.

Il fixait le pupitre, réfléchissant.

L'information transportée par un ruban magnétique avait un équivalent mathématique exact. Le message du ruban constituait au moins deux messages – et probablement beaucoup plus. Il y avait le message fonctionnel, la représentation de ce qu'il était censé faire – fournir les informations, additionner, soustraire, multiplier, calculer une inconnue... Mais il fournissait aussi la base mathématique qui identifiait précisément le message pour un opérateur humain selon la quantité d'informations transmises.

Et *au-delà*, pensa Bickel, *quoi ?*

Il savait qu'il n'avait pas mis lui-même le système en route, et qu'il n'y avait pas encore imprimé sa conscience propre. Pourtant, le système agissait de façon indépendante, Bickel se sentit prêt à annuler cette phase de l'opération, à appeler ses compagnons en consultation... mais le caractère meurtrier de ce monstre demeurait. *Tuer.*

XXIX

> « Mon devoir était de le détruire, mais j'ai échoué. »
>
> Lamentations de Victor FRANKENSTEIN.

Une excitation profonde était perceptible dans toute la nef. Timberlake la ressentit, et Flatterie aussi – mais surtout Bickel. On aurait dit qu'un dormeur se retournait dans son hamac, dont les mailles se déformaient et s'étiraient dans un grand déplacement de molécules.

Tuer, pensa Bickel.

Quelle que fût la chose qui prenait vie dans la nef, elle connaissait déjà ce verbe. Éprouvait-elle du remords pour la façon dont elle l'avait apprise? Tim et Raj n'avaient pas encore été victimes de ce violent processus d'apprentissage.

Tuer.

Le bouton rouge était toujours là, derrière le panneau de la cloison.

Le devoir de Flatterie est-il mon devoir?

Était-il déjà trop tard pour de telles préoccupations?

Toute l'attention de Bickel était concentrée sur le générateur de champ qu'il avait modifié pour ses besoins. Il regarda les commandes du générateur, puis le bouton rouge.

Si je fais sauter la nef, je ne saurai jamais si ça aurait marché. Un autre Bickel – le clone d'un clone d'un autre clone – risquait de se retrouver assis là, confronté à la même indécision.

C'est à moi de choisir.

Avant d'avoir pu changer d'idée, Bickel enfonça la touche de service du générateur modifié. Il sentit le champ se former autour de lui. Sa peau se mit à fourmiller, et tous ses follicules pileux le picotaient. Ses yeux pleuraient, le dos de ses mains frissonnait. Il avait l'impression d'être suspendu dans une corbeille d'énergie.

Quelque chose essayait de le pêcher en lui jetant des filets et en agitant devant lui des lignes garnies d'hameçons. Il se rendit compte que ce n'était là qu'une jonglerie de symboles – l'esprit essayant de classer une expérience nouvelle dans les limites des symboles connus.

L'un des filets s'abattit sur lui.

L'effet de salve le frappa d'une infinité d'étincelles.

Il eut l'impression d'avoir touché une ligne à haute tension, avec toute la force de la réalité. Il se sentit ligoté par des spirales tourbillonnantes, emporté par un rythme ondoyant. Tout son système sensoriel était devenu un ver qu'on tirait à travers un filet... non, à travers des trous, des tubes et des terriers. Il avait l'impression que des valves s'ouvraient sur son passage et se refermaient derrière lui, comme s'il voyageait au long des boyaux de communication de la nef.

Mais il était un ver dont tous les sens s'étaient concentrés à la surface de la peau. Il voyait, respirait, entendait, sentait par tous ses pores. Et pendant ce temps, il était entraîné dans cette spirale étourdissante sur un rythme ondoyant.

Des étiquettes se mirent à flamboyer devant cette peau sensibilisée, et il les vit par un milliard d'yeux.

« Données sensorielles auditives. »

« Accumulation linéaire d'informations. »

« Ajustage latent d'addition. »

« Facteur d'association en système fermé. »

« Diminution mémorielle de seize mille ans. »

« Approximation totale de qualité sensorielle. »
« Mécanisme de comptage interne. »
Mécanisme de comptage interne, pensa-t-il.
De son moi-ver jaillit un pseudopode qui brancha une fiche, transformant l'excitateur de Möbius en un panneau de lueurs clignotantes.
Il en perçut aussitôt le rythme, comme celui d'un autre cœur, et les étiquettes se mirent à défiler de plus en plus vite.
« Diagramme-forme des psychorelations »... « Alternance des modalités sensorielles »... « Analogues des contours de formes »... « Canal de sous-matrice infinie »... « Réglage d'intensité sensorielle »... « Réseau de chevauchement des données »... « Comparaison de similitude approximative ».
Toute la configuration des étiquettes et des valves commençait à revêtir bizarrement une certaine signification, une cohérence au sein d'une cohérence... comme un rêve qu'il fallait interpréter dans son ensemble.
Les probabilités relatives concernant le nombre de cellules de l'ordinateur susceptibles de mauvais fonctionnement à un instant donné s'élevaient à 16×10^{-15}. Le fait se dessina dans sa conscience : *diminution mémorielle de seize mille ans.*
Le système dans lequel il se trouvait était tel qu'il avait pu perdre, selon les probabilités, un bit pour seize mille mémoires à la suite d'un fonctionnement défectueux du système... mais dans ce contexte, il s'agit de bits partiels, pas d'un incident global.
Ce système est-il l'ordinateur, ou est-ce moi? se demanda-t-il.
– Toi!
Le son frappa tous les pores de sa peau sensibilisée, et il perdit momentanément connaissance.
Alors qu'il reprenait lentement ses sens, quelque chose chuchota :
– Synergie. C'était pour son moi-ver un bain de sonorités rafraîchissantes.
Synergie, pensa Bickel. *Travail coopératif. Synergie. Coordination.*

– Conscience humaine, chuchota quelque chose. Définition trop large. Corps généralisé et cerveau spécialisé – une relation.

Devant les yeux de sa peau défila un motif de lignes entrelacées qui se contorsionnaient, se nouaient et s'étreignaient formant des symboles et des flèches.

Un schéma!

Celui-ci continuait à défiler dans le champ de sa perception. Des séries de réseaux de cellules formaient des triangles équilatéraux limités par leurs faces de contact. Les faisceaux de circuits parallèles se triplaient, chacun fonctionnant comme un réseau nerveux et contrôlant les deux autres réseaux du circuit triple. Ils furent d'abord groupés en unités afférentes, chaque cellule d'une couche d'un réseau ayant un lien excitatoire avec chacune des trois synapses de la couche suivante.

Le courant se transféra au réseau afférent, au système de rétroaction, et il vit le pivotement d'un tiers de tour, la torsion de Möbius qui faisait que chaque contrôle rétroactif était filtré par un autre réseau au moins avant de revenir assurer un contrôle sur son réseau d'origine.

– Dieu, écoute Ton pécheur, dit une voix. Bickel reconnut les intonations de Flatterie.

Comment Flatterie peut-il être là-dedans? se demanda-t-il.

La réponse défila dans son champ de conscience – le générateur de champ de Flatterie avait amplifié l'écho de sa voix répercuté par les cloisons de sa cellule, et celui-ci avait été recyclé dans le système global de la nef. Les circuits de portes n'avaient servi à rien. Chaque senseur de cette pièce était une unité de rétroaction.

– L'œil n'a pas vu, ni l'oreille entendu, disait la voix de Flatterie. Ni ne sont entrées dans le cœur de l'homme les choses que Dieu a préparées pour ceux qui L'aiment.

Qu'est-ce que ça signifie? se demanda Bickel.

Mais il n'y eut pas d'autre réponse que cette voix qui courait sur la peau de son moi-ver.

– Dieu, aie pitié de nous. Tu es ce même Seigneur

dont le propre est d'être toujours miséricordieux. Que les pleurs creusent sur nos joues les mêmes sillons que sur celles du Bienheureux Pierre, et que nous puissions nous repentir pour tous. Nous ployons sous le péché. Guide-nous, Seigneur, comme le Bienheureux Bouddha a guidé celui qui cherchait le salut. Nous avons soif de Ta miséricorde.

C'était la voix de Flatterie en prière. Mais quand? Un enregistrement? Était-il agenouillé en cet instant même dans Central-com? Mais s'il priait, pourquoi « Le Bœuf-ordinateur » introduirait-il cette prière dans ce... champ?

La voix de Flatterie continua de le poursuivre :

– Soumettons-nous à la volonté de Dieu comme l'a fait le Mahatma, le Bienheureux Gandhi. Ceux qui se soumettent à Dieu possèdent Dieu. Dans toutes nos actions, manifestons notre gratitude envers Dieu et qu'Il puisse diriger nos pas. Dans Ta volonté, Seigneur, est notre paix. Ne nous laisse pas nous dissiper dans le péché, mais aide-nous au contraire à nous élever et accomplir Ta volonté.

Bickel se sentit alors poussé, conduit, comprimé. Il devint un senseur unique, un œil vidéo contemplant Central-com en vue plongeante. Tous les sièges de quart étaient vides et Prudence était étendue sur le sol, un bras tendu vers la porte de la section des cabines.

Dans une soudaine prise de conscience, Bickel se rendit compte qu'elle était à deux doigts de la mort. C'était une question de *minutes!* C'était réel, il le savait. Par l'intermédiaire d'un senseur, on lui montrait une réalité au sein de la nef. Au-dessus du siège vide de Prudence, le pupitre principal clignotait sans que personne prît garde à ses voyants lumineux.

Où sont Raj et Tim? se demanda Bickel. *La nef est-elle en train de les tuer aussi?*

La vision de Central-com s'éteignit. Bickel flottait dans l'obscurité et une voix chuchota :

– Désires-tu être désincarné?

Il ne put donner d'autre réponse que la terreur qui venait de l'envahir. Impossible de localiser ses muscles ou de contrôler ses sens. *Cela doit faire partie de l'expérience qu'ont vécue les Noyaux-Psycho-Organiques,* pensa-t-il. *Ils se sont éveillés à une réalité de ce genre... obligés d'apprendre à manier de nouvelles forces. Suis-je en train d'être transformé en un cerveau sans corps?*

– Il n'y a pas de centre dans l'univers, chuchota la voix qui venait de partout.

Une obscurité si dense qu'elle évoquait une totale absence d'énergie enveloppa Bickel.

Et le silence.

Une conscience désincarnée? C'est impossible. Il faut qu'il y ait un corps. Mais un corps est une source de problèmes. Suis-je devenu partie intégrante de la conscience de l'astronef?

Il perçut une respiration. Quelqu'un respirait. Et des battements de cœur. Et une tension musculaire.

Un nombre infini de piqûres d'épingles sur une infinité de terminaisons nerveuses.

Une brillante pulsation de lumière – d'une intensité douloureuse.

Une sensation de réalité diaphane filtra jusqu'à sa conscience.

La sensation n'avait pas l'âpreté du contact direct avec les senseurs. Elle était aussi douce que de l'huile mouvante. Un globe complet de sensations olfactives, d'une présence aiguë, se répandit dans cette huile en la déplaçant. La sensation pénétrait l'espace et le temps.

Il eut un mouvement de recul.

Un globe sensoriel auditif s'attaquait maintenant à sa perception, insistant, perçant. Il pouvait y distinguer les infimes grincements de particules déplacées.

J'entends comme entend l'astronef, je sens comme il sent. S'est-il emparé de mon cerveau?

Des sons et des combinaisons sonores tels qu'il n'en avait jamais imaginés se mirent à jouer sur ses perceptions. Il essayait de s'en éloigner à mesure qu'ils devenaient plus intenses, mais le globe olfactif revint le harceler. Les deux globes dansaient ensemble, se séparant puis se fondant l'un dans l'autre. Une interaction sensorielle étrangère l'assaillit – gamme après gamme, globe de radiations après globe de radiations. Il était incapable de s'y soustraire. Il ne pouvait réagir – seulement recevoir.

Un globe tactile menaça de le submerger. Il sentit des mouvements – certains grossiers et d'autres minuscules – atome par atome – des gaz, des semi-solides et des semi-semi-solides.

Rien ne possédait ni dureté ni substance, sauf les sensations qui bombardaient ses terminaisons nerveuses à vif.

La vision!

Des couleurs impossibles et des aurores boréales de sensations visuelles vinrent s'entretisser avec les autres assauts nerveux.

Des cils pharyngiens et des pressions gazeuses s'infiltrèrent avec leurs messages. Il s'aperçut qu'il pouvait entendre les couleurs, observer le courant des fluides au sein de son corps-cosmonef, et même percevoir les effluves de la structure équilibrée des atomes.

L'espace d'un bref instant, les jeux combinés des radiations fusionnèrent, produisirent un récepteur totalement étranger qui réagissait comme un artiste créant de nouvelles sensations pour le seul amour de la création – flux et reflux, fusionnements excentriques. Sa perception hésita à la lisière de l'expérience, puis revint en arrière.

Il se sentait maintenant battre en retraite, toujours pilonné par ce bombardement nerveux multidimensionnel. Il sentait qu'il se recroquevillait vers l'intérieur, comme une structure qui s'affaisse sur elle-même – par toutes les facultés perceptives de la peau de son moi-ver ouverte à toutes les sensations – vers l'intérieur, toujours vers l'intérieur... Le bombardement nerveux s'atténua, se stabilisa, et il sentit qu'il n'était plus qu'un corps de chair et d'os enveloppé dans le cocon d'une couchette.

Il perçut le battement désordonné de son cœur, la sueur qui lui inondait le dos, la stimulation de l'adrénaline dans ses artères. Il avait le palais desséché et douloureux, et sa lèvre supérieure tremblait.

Le sentiment d'une perte terrible le submergea,

comme s'il avait entrevu le Paradis et qu'on lui en eût refusé l'entrée. Des larmes glissèrent sous ses paupières, roulèrent sur ses joues.

Il comprenait maintenant ce qui était arrivé aux Noyaux-Psycho-Organiques.

Le cerveau humain était génétiquement préparé à manipuler un apport sensoriel limité – autolimitateur. On avait imposé à ces cerveaux humains un fonctionnement à plein régime, sans leur permettre la moindre réelle inconscience. On leur avait infligé l'apport sensoriel d'un organisme infiniment plus sensible et plus complexe que les corps dont ils avaient été séparés.

Les NPO avaient essayé de s'adapter, s'étaient pourvus de fibres conductrices plus robustes, s'étaient adjoints des capacités de commutation... mais cela n'avait pas suffi. Quand les nécessités de l'existence atteignaient un certain rythme, dépassaient une certaine intensité, ils court-circuitaient leurs connexions internes. Ils mouraient.

Ils avaient été contraints à l'hyperconscience sous la pression d'énormes quantités de données sensorielles, et du sentiment solitaire de leur responsabilité. Ils s'étaient éveillés à la totalité du potentiel humain, mais ne pouvaient plus être humains parce qu'on les avait privés de leur registre émotionnel neurovégétatif, l'organisme. La nef n'avait pas d'équivalent.

Prue est mourante.

La pensée s'éleva dans son esprit, comme venue d'une grande profondeur.

Il tenta de mouvoir ses muscles, mais ils lui refusèrent tout service.

Raj! Où était Raj?

Une lueur de conscience filtra dans son système nerveux meurtri. Comme à travers un écran de gaze, il vit Flatterie et Timberlake emprisonnés dans le sas, les unités robox qui maintenaient solidement verrouillés les crampons des portes étanches.

Il faut que Raj sorte de là pour aider Prue, pensa-t-il.

Il sentit la pensée s'éloigner comme un programme

autonome, s'introduire dans un bloc-mémoire auxiliaire tandis que s'accumulaient les données nécessaires, devenir une pulsation rétroactive dans les boucles d'asservissement.

Le robox qui se tenait derrière la porte intérieure du sas fit pivoter les crampons, ouvrit le panneau et s'écarta vivement.

– Raj, chuchota-t-il. Central-com... vite... Prue... secours.

Bickel sentit le chuchotement amplifié se répercuter dans le bloc-mémoire et dans les boucles du vocodeur, puis se transformer dans le sas en un sifflement rugissant.

Flatterie était déjà sorti du sas et se précipitait dans le boyau qui menait vers Central-com.

Bickel se sentit disparaître. Sa conscience était un point de lumière brillante qui s'affaiblissait de plus en plus, changeant de couleur au fur et à mesure qu'il diminuait d'intensité. Le point lumineux partit presque du violet aux environs de quatre mille angströms, pour aboutir en une onde continue à l'extrémité rouge du spectre, où il s'évanouit.

Dans l'instant qui précéda l'inconscience, Bickel se demanda s'il était en train de mourir, et il pensa : *L'effet Doppler, le décalage vers le rouge! La conscience s'estompe comme le décalage des raies spectrales.*

XXX

« Les hypothèses anthropomorphiques ont eu tendance à égarer profondément l'humanité. L'univers ne fonctionne pas selon nos lois. »

Raja Lon Flatterie,
Le Livre de la nef.

Quelque part dans sa conscience, Flatterie avait l'impression qu'une accumulation d'éléments de réponse se déversaient de leurs circuits de stockage, traversaient un analyseur programmé pour leur décodage et s'assemblaient en une terrible conclusion.

La nef devait être détruite – et tous ses occupants avec.

Quand la porte du sas s'ouvrit, cette unique pensée dominait toutes les autres. Il se précipita par l'ouverture et se jeta dans le boyau. La perspective qui semblait réduire le diamètre du tube avec la distance lui donna l'impression qu'il devenait plus petit à mesure qu'il tombait. L'idée se fit si insistante qu'il dut faire un effort pour l'écarter.

Il entendit Timberlake qui le suivait de près.

– Vous avez vu ce robox? dit Timberlake, haletant. Qu'est-ce qui l'a fait ouvrir?

Flatterie poursuivit sa course sans répondre.

– Cette voix, dit Timberlake. Était-ce Bickel, cette voix? On aurait dit Bickel.

Ils atteignirent la bifurcation qui menait à Centralcom, puis le sas.

Flatterie l'ouvrit et se glissa à l'intérieur. Il réfléchissait à toute vitesse. Saborder la nef immédiatement. Détruire le démon furieux qu'ils avaient créé. Il ne fallait pas que Timberlake soupçonne quoi que ce fût, ni qu'il tente de l'en empêcher. Et Bickel – Bickel se trouvait dans la cabine où il pouvait neutraliser le bouton rouge. Mais il y en avait un autre.

Je dois me comporter normalement, pensa Flatterie. *Il faut que j'attende le moment propice. Tim pourrait m'en empêcher.*

Prudence était étendue sur le sol à mi-chemin entre la porte et son siège de quart.

Flatterie s'agenouilla près d'elle, redevenu totalement médecin face aux nécessités de l'instant.

Pouls faible et irrégulier. Lèvres cyanosées. Taches brunes sur le cou, aux endroits où celui-ci apparaissait à la jointure du casque. Il détacha le casque de sa charnière et posa une main sur sa nuque. Elle était moite.

Pour qui m'a-t-elle pris ? se demanda-t-il. *Elle n'était plus sous anti-S et se servait de son corps comme terrain d'expérience. Les stocks de sérotonine et d'adrénaline fractionnées de la pharmacie diminuaient régulièrement.*

Flatterie pensa aux décalages de régulation nerveuse et aux souffrances psychiques qui ne manquaient pas de survenir quand on manipulait la chimie du corps de cette façon. Les sautes d'humeur et l'étrange comportement de Prue lui devenaient plus clairs.

Il se releva et prit au support de la cloison la trousse médicale d'urgence. Il vit que Timberlake s'était installé au pupitre directeur.

Qu'est-ce que ça va changer si je la sauve? se demanda Flatterie. Mais il concentra son attention sur la jeune femme évanouie et entreprit de lui donner des soins tout en vérifiant son état. Pas de fracture. Aucun signe de blessure externe détectable à travers sa combinaison.

Timberlake n'avait accordé à Prudence qu'un coup

d'œil rapide. C'était à Flatterie de s'en occuper. Il s'était précipité vers son siège de quart, avait transféré le pupitre directeur et cherché d'abord au clavier les circuits ouverts.

Tout l'équipement semblait faire preuve de léthargie. Il fallait attendre, tandis que les servomécanismes accomplissaient leur tâche en bourdonnant paresseusement et que les circuits regimbaient à produire des résultats apathiques.

Il avait de chaque commande et de chaque instrument une conscience aiguë, orientée par la nécessité. La relation entre les appareils de cette salle et ceux de la nef entière constituait un ballet complexe, une configuration qui lui apparaissait de plus en plus claire dans sa lenteur même.

Il procéda à un réglage délicat des écrans protecteurs de la coque et vit le changement de température résultant s'inscrire sur ses instruments sous forme d'une variation de potentiel dans les accumulateurs à cellules radiantes – un minuscule déplacement de poids dans l'ensemble de l'astronef, causé par le réajustement de l'équilibre masse-température-proton.

Mais le processus était d'une incroyable lenteur, et il se ralentissait encore.

Timberlake fit pivoter le pupitre de l'ordinateur à son côté et composa au clavier une demande de diagnostic. Il n'obtint aucune réponse.

Au pupitre directeur, les voyants de contrôle s'éteignaient un à un. De plus en plus frénétique, Timberlake fit tout ce qu'il pouvait pour découvrir la source du problème.

Les circuits étaient morts.

Aucune réponse.

Les touches de la console principale commencèrent à se verrouiller. Plus de courant dans leurs circuits.

Le dernier voyant s'éteignit. Toutes les touches du pupitre étaient bloquées, tous les servos silencieux. Plus aucun murmure de ventilateur d'aération, plus aucune pulsation vitale dans toute la nef. Timberlake tourna lentement la tête vers la droite, où se trouvaient les répétiteurs des cellules d'hibernation. Les voyants étaient éteints, mais les compteurs analogiques indiquaient que les fluides nourriciers circulaient toujours dans les conduits principaux du système. Les lampes de la salle clignotèrent, puis se rallumèrent à mesure que les batteries des circuits locaux prenaient en charge l'éclairage de bord.

Les occupants des hibernateurs n'étaient pas morts... pas encore. Quels que fussent les réglages au moment où le pupitre s'était éteint, c'étaient ceux-là qui prévaudraient pour chaque cellule – tant que les accumulateurs auxiliaires conserveraient un potentiel suffisant... tant que les pompes continueraient à fonctionner.

Mais le délicat système de contrôle et de réglage rétroactif était hors circuit.

Timberlake se leva de son siège de quart et parcourut du regard la salle de Central-com, étrangement silencieuse. Les seuls bruits étaient ceux que produisait Flatterie en essayant de ranimer Prudence.

Celle-ci battit légèrement des paupières, et Timberlake songea avec amertume : *A quoi cela sert-il de la sauver ? Nous sommes tous perdus.*

Flatterie s'assit sur ses talons. *J'ai fait tout ce que j'ai pu pour elle,* se dit-il. *Maintenant...*

Il prit conscience du silence qui régnait dans la salle, leva les yeux vers la console éteinte, puis lança à Timberlake un regard interrogateur.

– Bickel a vraiment réussi, cette fois, dit Timberlake. Plus de courant... l'ordinateur arrêté. Rien ne fonctionne plus.

Il me suffit d'attendre, pensa Flatterie. *Sans courant, la nef va mourir.*

Mais les efforts qu'il avait déployés pour ranimer Prudence avaient sapé sa détermination. Vivre, après tout, présentait un certain attrait – même s'ils n'étaient qu'un ramassis de chairs développées en culture, de clones, de répliques, d'éléments sacrifiables.

Vous êtes du type humain, n'en doutez jamais, avait répété Hempstead. *Vous êtes issus de cultures de cellules prélevées sur des candidats sélectionnés. Produire des clones est une simple question de bon sens. Il serait absurde de sacrifier des gens au cas où la nef devrait être détruite... comme l'ont été les autres. Nous pouvons vous lancer dans l'espace autant de fois qu'il sera nécessaire.*

Mais si la nef mourait de cette façon, elle ne laisserait sans doute aucune Capsule-message pour aider ceux qui viendraient après... pour la prochaine tentative.

– Comment va-t-elle? demanda Timberlake, avec un signe de tête en direction de Prudence.

– Je pense qu'elle va s'en sortir.

– Et pour aller où? grommela Timberlake. Si vous cherchiez à savoir ce qu'est devenu Bickel?

– A quoi bon?

Le ton de Flatterie, cette soumission absolue au destin provoquèrent chez Timberlake un sursaut de colère.

– Renoncez si vous le voulez, mais si Bickel est vivant, il sait peut-être ce qu'il a fait... et comment le réparer. Il se dégagea de son siège et se dirigea vers la porte des cabines.

– Attendez, dit Flatterie. La rebuffade de Timberlake l'avait piqué au vif, et il s'en étonnait.

Ai-je acquis un goût nouveau pour la vie? se demanda-t-il. *Dieu quelle est Ta volonté*?

– Gardez un œil sur Prue, dit-il. C'était une commotion d'origine chimique. Il faut qu'elle reste tranquille et au chaud. J'ai ouvert le chauffage de sa combinaison. Laissez-la comme...

Il se tut en voyant la porte des cabines s'ouvrir lentement.

Bickel entra en titubant et se raccrocha à une épontille. Un bloc de plastique calciné s'échappa de sa main et tomba sur le sol. Cramponné à son support, Bickel n'y prêta aucune attention.

Flatterie l'observa, notant les poches noires sous ses yeux, le blanc blafard de sa peau, les joues caves, comme amaigries par des mois de jeûne.

– Ainsi, votre boîte blanche ne vous a pas tué, dit-il. Dommage. Vous n'avez réussi qu'à tuer la nef.

Bickel secoua la tête, encore incapable de parler.

Le silence de la nef l'avait tiré d'un sommeil si profond qu'il en sentait encore les brumes adhérer à ses pensées. Une immense lassitude alourdissait ses membres. Le moindre mouvement, agitant cette terrible torpeur, propageait dans son corps d'étranges douleurs.

La première chose sur laquelle s'était fixée son attention à son réveil avait été le bloc d'alimentation à bandes de Möbius, l'astucieux dispositif de son invention destiné à fournir au « Bœuf » une source constante de référence énergétique. Une langue de matière grise carbonisée s'échappait en grésillant par les joints brisés, et les moteurs étaient silencieux. Les moteurs et les bobines, des éléments conçus pour fonctionner virtuellement sans friction pendant mille ans, n'étaient plus qu'une pâte de plastique et de métal fondus.

Il lui avait fallu plusieurs minutes pour rassembler assez d'énergie et s'approcher de l'appareil afin de l'examiner. Son esprit avait peiné sur les plus simples observations – l'isolant carbonisé des fils d'alimentation et du circuit de synchronisation... les bobines tordues sur leurs axes.

La conclusion lui était venue lentement : quelque chose avait modifié le potentiel fourni aux moteurs... et leur synchronisation. Quelque chose avait essayé de changer la périodicité de cette pulsation... et son intensité.

Forçant chacun de ses muscles à réagir, il avait débranché l'appareil et s'était traîné jusqu'à Central-com, le tenant toujours à la main. Le silence de mort qui régnait dans la nef l'avait pressé d'avancer.

Il faut que Raj... ou Tim... quelqu'un dont l'esprit est en état de marche... voie ça, se dit-il.

Mais maintenant qu'il avait réussi à atteindre Central-com, il ne trouvait plus assez d'énergie pour parler.

Timberlake ramassa le bloc d'alimentation fondu et l'examina.

Flatterie s'approcha de Bickel, porta une main à sa tempe pour vérifier son pouls, lui souleva une paupière et lui examina les lèvres et la langue. Puis il se pencha sur la trousse d'urgence et en sortit une seringue automatique qu'il lui appliqua sur le côté de la nuque.

Bickel sentit l'énergie se remettre à brûler dans ses veines.

Flatterie lui glissa entre les lèvres le goulot d'un flacon souple :

– Allez, buvez ça.

Un liquide frais et pétillant se déversa dans la gorge de Bickel. Flatterie reprit le flacon.

Bickel retrouva en guise de voix un demi-chuchotement rauque :

– Tim, murmura-t-il.

Timberlake tourna les yeux vers lui.

Bickel montra d'un signe de tête le bloc d'alimentation et entreprit de lui expliquer ce qui s'était passé.

Flatterie l'interrompit.

– Pensez-vous que le transfert boîte noire – boîte blanche se soit accompli?

Bickel réfléchit à la question. Il sentait son esprit s'éclaircir sous la pression du stimulant – et de ses souvenirs jaillit la sensation que la nef était son propre corps, qu'il était lui-même un être composé de métal et de milliers de senseurs.

– Je... le pense, dit-il.

Timberlake leva le bloc de plastique qu'il tenait à la main.

– Mais... il a détruit ceci et... il s'est apparemment mis hors-circuit.

Une idée se fit jour dans l'esprit de Bickel.

– Cela pourrait-il être un message à notre intention... une sorte d'ultime message?

– C'est Dieu qui nous dit que nous sommes allés trop loin, marmonna Flatterie.

– Non! cria Bickel. C'est « le Bœuf » qui nous dit... quelque chose.

– Quoi? demanda Timberlake.

Bickel essaya de s'humecter les lèvres. Il avait la bouche sèche et ses lèvres étaient douloureuses.

– Quand la nature transfère de l'énergie d'un point à un autre, dit-il, la plus grande partie de ce transfert est inconscient.

Il resta un instant silencieux. C'était un plan de

conceptualisation si délicat qu'il devait le manier avec la plus grande douceur.

– Mais la plupart des transferts d'énergie effectués pour les masses énormes de données dans « le Bœuf-ordinateur » sont acheminés par des programmes-directeurs... et une conscience totale les mettrait tous en route, obligeant le système global à en supprimer certains tout en laissant certains autres se dérouler. Ce serait comme s'il devait conduire à la fois des milliards d'animaux sauvages.

– Vous lui avez donné trop de conscience? demanda Timberlake.

Bickel regarda le pupitre de transmission du système Récepteur-Traducteur, placé à côté de son siège de quart.

Timberlake se retourna pour suivre le regard de Bickel.

Prudence remua et gémit. Flatterie se pencha sur elle.

Timberlake n'y prêta aucune attention. Il commençait à percevoir la direction qu'avaient prise les pensées de Bickel. La nef était en train de mourir, mais *là* résidait une lueur d'espoir.

– Tous les programmes directeurs traitant de la traduction des symboles sont contrôlés par des boucles rétroactives connectées au RT, dit Timberlake. Les symboles!

– Rappelez-vous que, chez l'homme, les impulsions issues du système nerveux central ont un facteur additionnel d'intégration/modulation – la synergie. Un transfert inconscient d'énergie.

Flatterie, agenouillé près de Prudence, se demandait pourquoi il ne parvenait à apporter à ses soins qu'une partie de son attention. La conversation entre Timberlake et Bickel l'électrisait.

Quelque chose s'était *ajouté* aux impulsions qui sortaient du système nerveux central.

L'idée bouillonnait dans son esprit, et il dut faire un effort de concentration pour s'occuper de Prudence tandis qu'il lui appliquait une seringue automatique de stimulant contre la nuque.

Une addition. Une addition gestaltique.

Pour que des grandeurs soient additives, il fallait qu'elles possèdent suffisamment de similitudes. Sinon, comment un sens humain aurait-il pu prendre deux sensations superposées d'une même couleur et dire que l'une était une version de cette couleur plus intense que l'autre? Qu'est-ce qui rendait un vert plus intense qu'un autre vert – pour les sens? L'accroissement d'intensité devait être une forme d'addition.

– Cela se passe peut-être chez « le Bœuf » dans les axones collatéraux des fibres de convergence accélérée, dit Bickel.

Flatterie se rassit sur ses talons, attendant que le stimulant fasse son effet sur Prudence.

Bickel a raison, songea-t-il. *Si on superpose une convergence suffisamment rapide de données sensorielles, cette superposition peut s'interpréter comme une intensification. L'une des images contiendra plus d'unités que l'autre.*

Mais des unités de quoi? Tout cela n'explique pas la façon dont les données se chevauchent dans la conscience humaine... la conscience...

Flatterie leva les yeux vers Bickel et Timberlake. Ils semblaient perdus dans leurs pensées.

– Mmmphhh, fit Prudence.

D'un geste presque automatique, Flatterie posa une main sur sa tempe pour vérifier son pouls.

Quand je cherche dans ma mémoire, pensa-t-il, *je trouve des données qui se détachent sur un arrière-plan. La conscience fonctionne par opposition à cet arrière-plan, quel qu'il soit. C'est lui qui donne à la conscience sa mesure et son échelle – sa dimension.*

– Les organes sensoriels du « Bœuf » ont été modelés sur les nôtres, mais leur gamme de perception est plus étendue, fit observer Timberlake.

Bickel hocha la tête.

– Les différences, dit-il. Et il se souvint du caractère terrifiant des globes de radiations en train de se surimprimer et de se fondre.

– Et tous ces contacts avec les humains et le bétail en hibernation? demanda Timberlake. Aucune femme a-t-elle jamais porté autant... d'enfants... de cette façon?

– Si la conscience résulte d'une combinaison de sensations..., dit Bickel.

– C'est évident! s'exclama Timberlake.

– Très probablement, dit Bickel. Et il est capable de recevoir et de discriminer dans toute la gamme des radiations. On ne peut pas dire qu'il entend, qu'il voit ou qu'il sent... ou qu'il ressent. Ce ne sont que différentes formes de radiations.

– Et leur combinaison pourrait produire des qualités sensorielles tout à fait étranges, telles que nous ne pourrions même pas les imaginer, dit Timberlake.

– C'est ce qui se passe, chuchota Bickel qui se souvenait.

– Mais il est mort, intervint Flatterie. Il a... refusé de vivre. Il leva les yeux vers eux tout en continuant à surveiller la façon dont Prudence reprenait conscience.

– Il ne s'agit pas d'un être humain, dit Bickel. Si nous pouvons trouver la réponse – découvrir pourquoi il s'est mis hors circuit, pourquoi il nous a envoyé ce message...

– Vous le remettriez en route? demanda Flatterie.

– Pas vous? fit Timberlake.

– Avez-vous oublié son agressivité? Vous étiez avec moi, là-bas... pris au piège.

Nous sommes en train de jouer à colin-maillard, pensa Bickel. *Nous savons qu'il y a là quelque chose – quelque chose d'utile et de dangereux à la fois. Nous tâtonnons pour essayer de l'appréhender et de le définir, mais Raj a raison. Nous ne savons pas si ce que nous obtiendrons sera la chose utile ou le monstre – l'outil ou le Golem.*

– Mais il surpassera notre conscience, nos compétences, dit Timberlake.

– Exactement, dit Flatterie.

– Sa conscience comporte une progression infinie de nuances, toutes englobées dans cette nouvelle forme de perception, dit Bickel. Nous avons construit là une sorte d'entité fondamentalement étrangère. La question de

Raj est aussi valable que la nôtre. Devons-nous le remettre en route? Pouvons-nous le remettre en route?

Prudence tendit le bras à l'aveuglette et repoussa la main que Flatterie avait posée sur son front. Elle tenta de s'asseoir. Flatterie l'aida.

– Doucement, dit-il.

Elle porta la main à sa gorge, qui lui faisait mal. Depuis plusieurs minutes, elle avait absorbé les propos qui se tenaient autour d'elle, et elle se souvenait. Elle se souvenait qu'il y avait eu tout un enchaînement de pensées, des efforts frénétiques pour joindre Bickel sur l'intercom et communiquer avec lui. Elle se souvenait de ses efforts insistants, mais la raison précise qui lui avait fait abandonner son poste pour se précipiter à la recherche de Bickel lui échappait.

– Il faut que nous éliminions de nos esprits les informations fausses, dit Bickel. Nous prenons l'hypothèse d'un robot totalement conscient, dont toute l'activité serait dirigée par la conscience. C'est impossible, à moins que chacun de ses actes soit contrôlé simultanément.

Ses paroles provoquèrent chez Prudence un vague sentiment de colère. Il esquivait sans cesse le... Quelle était cette pensée?

– Aurait-il l'illusion d'être le centre de l'univers? demanda Timberlake.

– Non, dit Bickel en secouant la tête. Une phrase lui revenait à l'esprit : *Il n'y a pas de centre dans l'univers.* C'était ce que lui avait dit l'ordinateur.

Il s'agissait d'un problème de programmation posé par le concept du *vous* et le concept du *je*– de l'identité. Bickel hocha pensivement la tête. *Êtes-vous conscient? Suis-je conscient?* Il regarda les autres.

L'objet et son *environnement.*

Il se sentit un instant submergé par un intense désespoir. Il avait envie de gémir.

– La vie telle que nous la connaissons, dit Timberlake, a commencé à évoluer il y a quelque trois milliards d'années. Quand elle a atteint un certain stade, la conscience est apparue. Avant cela, il n'y avait pas de conscience... du moins chez nos formes de vie. La conscience est sortie de cet océan inconscient de l'évolution – Il regarda Bickel – Elle existe en ce moment même dans cet océan d'inconscience universel.

Comme si les paroles de Timberlake avaient ouvert les vannes d'un barrage, Prudence se rappela l'enchaînement d'idées qui l'avait poussée à abandonner son poste pour aller à la recherche de Bickel.

Le déterminisme agissant dans un océan d'indéterminisme! Et elle tenait la clé mathématique du problème. Son enchaînement de pensées, c'était cela. Elle avait essayé de cerner, en termes mathématiques, une nouvelle définition de la probabilité quantique. Elle avait senti une grille tridimensionnelle se former dans son esprit, et un faisceau de conscience se concentrer sur cette grille pour l'explorer.

Elle perçut à nouveau cet énorme accroissement de conscience et le souvenir de cette soudaine compréhension : elle avait poussé les processus chimiques de son corps au-delà d'un certain point d'équilibre. Elle se rappelait comment l'obscurité l'avait engloutie, juste au moment où la beauté mathématique et la simplicité de l'idée s'étaient répandues dans son esprit.

Tout dépendait de l'origine des impulsions et de leur réflexion. C'était un champ de réflexions – et là était la clef de la *sensation* de conscience.

C'est de cette façon que nous construisons la conscience.

Nos corps nous emportent jusqu'à un certain point, et l'identité se charge du reste.

L'identité... une illusion... une supposition.

Mais ce n'était qu'un instrument de travail... comme pour un navigateur estimant sa position sur une mer sans limites... estimant sa position sur une carte – une hypothèse sur une hypothèse, un symbole de symboles. En estimant ainsi sa position; même une position qu'il savait être fausse, le navigateur pouvait arriver *mathématiquement* à une approximation très proche de sa véritable situation.

Approximation.

Ondes ou particules – peu importait. Ce qui était important, c'était que l'hypothèse fonctionne.

Tout ce processus conceptuel n'avait pas duré plus d'un clignement d'yeux, mais il produisit une flambée de conscience qui l'emplit d'énergie.

Et cette flambée de conscience pointait sans doute possible dans une direction précise : le système RT. L'espace d'un instant, elle retint dans son esprit toute la complexité du système RT pour en manipuler l'intrication continue à l'aide de sa grille symbologique. C'était d'une telle simplicité – le RT était un *continuum* tétradimensionnel, un élément de géométrie spatio-temporelle sujet aux considérations de courbure, de rapport durée/distance et de transfert ondes-particules par l'intermédiaire d'une multitude de lignes sensorielles qui se recoupaient mutuellement.

Pour le système nerveux humain, instrument adapté à cette tâche, rien n'était plus simple que de visualiser et manipuler cette toile d'araignée en quatre dimensions – une fois que la nature de la toile d'araignée avait été comprise.

– John, dit-elle, « le Bœuf » n'est pas l'instrument de la conscience ; c'est le RT, le manipulateur de symboles. Les circuits du « Bœuf » ne sont qu'un outil que peut utiliser ce *manipulateur* pour atteindre son véritable potentiel, pour connaître ses propres dimensions.

– *L'objet* et son *environnement*, chuchota Bickel. Le sujet et l'arrière-plan, la grille et la carte... la conscience et l'inconscience !

– « Le Bœuf » est l'élément inconscient, dit-elle, une machine à transmettre l'énergie.

Toujours dans son état de superconscience, elle expliqua le cheminement mathématique qui l'avait amenée là.

– Un système de matrices, dit Bickel, se rappelant sa propre tentative pour attaquer le problème sous cet angle, et le flamboiement de conscience qu'elle avait déclenché. Avec des sous-matrices et des sous-sous-matrices à l'infini.

Flatterie se leva, voyant où ces réflexions allaient les mener, et redoutant le moment de l'action à venir. Il abaissa les yeux vers Prudence, assise sur le sol ; elle avait les joues colorées et ses yeux brillaient.

– Et cette association « Bœuf-RT », quelle place occupe-t-elle? demanda Flatterie. Y avez-vous réfléchi?

Prudence croisa son regard, comprenant maintenant pourquoi les cellules d'hibernation étaient pleines de colons.

– Les colons, dit-elle avec un hochement de tête. Un champ d'inconscience dans lequel peut puiser tout inconscient, un terrain qui porte et qui nourrit – et ce sont les colons *endormis* qui le fournissent.

Flatterie secoua la tête. Il se sentait à la fois irrité et déconcerté.

Bickel, les yeux fixés sur Prudence sans la voir, absorbait les paroles qu'elle venait de prononcer. Les idées fusionnèrent et l'ordre, par niveaux entiers, s'établit dans son esprit. La nef avait été armée, manœuvrée, pointée et mise à feu. Il se rappelait Hempstead, la sagesse gnomique de son visage, ses yeux brillants, sa voix irrésistible qui disait : *Ce qui importe, c'est la recherche elle-même. Elle est plus importante que les chercheurs. La conscience doit rêver; il lui faut un territoire pour ses rêves et, rêvant elle doit invoquer des rêves toujours nouveaux.*

– Le savoir est impitoyable, dit Bickel.

Prudence ne lui prêta pas attention. Elle s'intéressait à Flatterie, consciente de la confusion qu'éprouvait le psychiatre-aumônier.

– Ne comprenez-vous pas, Raj? Pour séparer le sujet de l'objet, il faut qu'il y ait un arrière-plan. Il faut pouvoir le distinguer sur un fond quelconque. Quel est l'arrière-plan de la conscience? L'inconscience.

– Des zombies, dit Bickel. Vous vous souvenez, Raj? Vous nous avez traités de zombies. Et pourquoi pas? Nous avons vécu la plus grande partie de notre vie dans un état qui s'apparente à l'hypnose.

Flatterie savait que Bickel avait dit quelque chose, mais les mots refusaient de s'associer en formes intelligibles. c'était comme si Bickel avait dit : « Saute limbo promet à la classe irrigante des insectes son érection à la première conserve de comportement. » Les mots se traînaient dans son esprit comme s'ils avaient été projetés devant sa conscience pour lui cacher autre chose.

Quoi ?

Un profond silence régnait dans Central-com, troublé seulement par les mouvements de Prudence qui changeait de position sur le sol.

Bickel se sentait devenir aussi calme que ce silence, comme si un autre moi avait attendu le silence pour prendre les rênes. La sensation dura l'espace d'un battement de cœur et se diffusa en une impression de bien-être, un équilibre détendu qui illuminait tout ce qui l'entourait, comme si un univers avait été substitué à un autre, comme si une amplification sensorielle d'une formidable intensité avait été branchée sur son univers.

Il lut l'inconscience totale sur le visage de Flatterie et sur celui de Timberlake – une semi-conscience sur le visage de Prudence

Des zombies, pensa-t-il.

– Raj, vous nous avez traités de zombies, répéta Bickel. Si nous étions en état d'hypnose, même légère, quelqu'un qui jouirait d'un état de conscience plus élevé nous jugerait sans doute partiellement morts.

– Vous croyez-vous obligé de marmonner? demanda Timberlake.

Flatterie fixait intensément Bickel. Il sentait que celui-ci usait de mots réels et qu'il essayait de communiquer, mais toutes les significations glissaient et ondulaient dans son esprit sans établir aucune connexion.

Prudence se sentit transportée par les paroles de Bickel, et l'univers finit par tourner autour d'un point immobile qui était lui-même. Puis l'impression se transforma : le moi n'était plus limité à sa personne. En renonçant au moi vint la clarté. Elle se souvint des paroles de Flatterie : *Il n'y a rien de ce qui nous concerne à propos de quoi nous puissions être réellement objectifs, si ce ne sont nos réactions physiques.*

Les expériences chimiques auxquelles elle s'était livrée sur son propre corps n'avaient jamais eu une chance réelle de résoudre leur problème, mais elles lui avaient fourni un *terrain* propice à la compréhension de sa propre identité. L'espoir d'obtenir davantage avait été illusoire... parce que les expériences ne pouvaient pas être menées simultanément sur tous les occupants de la nef – leur monde clos.

Nous partageons notre inconscient! pensa-t-elle.

Et elle se rendit compte que ce devait être la véritable raison pour laquelle les cellules d'hibernation avaient été emplies d'humains endormis. Quelque part dans leurs raisonnements, les responsables du Programme avaient compris cette nécessité. Il fallait à l'équipage ombilical une *base* minimale d'inconscience partagée sur laquelle s'appuyer. Il leur fallait un point de référence, une petite île dans la vaste obscurité, qu'ils pourraient partager avec ce qu'ils produiraient – quoi que ce fût – à partir de leurs fibres neurales et de leurs multiplicateurs Eng. Il leur fallait une base sur laquelle se tenir avant de pouvoir prendre leur essor.

Le miroir ne peut pas se réfléchir lui-même, pensa-t-elle.

– Hypnotisés, dit Bickel. C'est une chose que nous avons trouvée normale parce que c'est pratiquement la seule forme de conscience que nous ayons jamais connue. Vous connaissez la vidéo terrestre. On se dit que même un crétin ne se laisserait pas influencer par les publicités, et pourtant ce martèlement rythmique, cette répétition...

– A moitié morts, dit Prudence. Des zombies.

Elle a dit : « Zombies », pensa Flatterie. La voix de Prudence l'effrayait :

Bickel vit apparaître dans les yeux de Prudence une vivacité nouvelle – l'éveil.

– Nous aurions dû penser au RT quand le montage s'est manifesté, au moment de la réception du message de LBA, dit Bickel.

– Vous voyez ce qu'il faut faire? demanda Prudence. L'excitateur...

– Le stimulateur, dit Bickel.

– Stimulateur, répéta-t-elle. Il faut qu'il soit connecté à l'entrée du RT.

– En lui laissant du mou, dit Bickel. Il ne faut pas que les rênes soient trop tendues. Les signaux ont des fonctions multiples, et il leur faut de la place pour se déployer.

Timberlake les regarda tour à tour. Il sentit son esprit s'alléger. *Laisser du mou... des modules sensoriels.*

Les symboles!

Timberlake se remémora brusquement leur conversation à propos du stimulateur. *Tous les programmes directeurs chargés de la traduction des symboles sont contrôlés par les boucles de rétroaction liée au RT.* Il entendait sa propre voix résonner dans son esprit.

Symboles!

L'aspect global de leur problème se déploya dans l'esprit de Timberlake avec la force soudaine d'une chose qu'on lui aurait jetée. Le problème et la solution s'organisaient sous une forme physique, et il vit les réseaux nerveux qu'ils avaient construits se disposer en une série de figures triangulaires s'inversant comme le ruban de Möbius – des prismes de triangles cellulaires entrelacés dont les flux d'énergie progressaient à travers une infinité de dimensions, formant des données sensorielles et des images mémorielles hors de l'espace conventionnel, stockant les bits et modifiant les rapports selon des extensions dimensionnelles illimitées.

Bickel vit que Timberlake s'éveillait, lui aussi.

– Pensez au RT, Tim. Vous vous rappelez ce que nous disions?

Timberlake hocha la tête. *Le RT.* Il recevait des centaines de répliques du même message comprimées dans la décharge laser modulée. Il éliminait les lacunes et les distorsions, filtrait les bruits parasites, comparait les significations possibles des bits douteux et envoyait le résultat dans un vocodeur d'où il ressortait sous une forme sonore intelligible.

– C'est à peu près ce que nous faisons quand nous entendons quelqu'un dire quelque chose... et que nous le répétons pour nous assurer que nous avons bien entendu, dit Timberlake.

– Vous oubliez tous quelque chose, dit Flatterie.

Ils se retournèrent et virent Flatterie assis dans son siège de quart, la main posée sur son pupitre répétiteur. Un seul voyant rouge y était allumé.

Flatterie regarda tour à tour Bickel, Prudence et

Timberlake. Il remarqua leurs yeux anormalement brillants. La démence! Et leurs visages échauffés, leur expression surexcitée.

– Raj, attendez, dit Bickel. Il parlait d'une voix apaisante, surveillant la main que Flatterie avait posée sur une touche, au-dessous de ce voyant rouge.

J'aurais dû me douter qu'il y avait un autre bouton, pensa-t-il.

XXXI

« L'existence terrestre est une source permanente de souffrances. L'objectif de l'homme est de se libérer du joug de l'existence matérielle et, cette libération accomplie, de s'unir avec le Moi Suprême. »

Instruction du psychiatre-aumônier.
Documents de Lunabase

Il y eut un long silence chargé de tension durant lequel tous regardèrent fixement le bouton rouge : le déclencheur de leur destruction. Ils connaissaient tous ce bouton, et l'interruption de Flatterie avait réveillé des réminiscences dans chacun d'eux ; ils étaient tous censés accepter ce saut dans l'oubli. Mais quelque chose de nouveau était survenu dans leur entreprise.

– Quelques secondes de vie supplémentaires sans importance, dit Bickel. Il leva la main, hésitant. Vous pouvez... attendre quelques secondes.

– Vous savez que je dois le faire, dit Flatterie.

Tout en parlant, il savoura le suspense qui conférait à cet instant une saveur électrique, qui donnait l'impression que l'air, autour d'eux, était chargée d'ozone.

– Vous avez le contrôle de la situation, dit Bickel. (Il jeta un regard au bouton rouge qu'effleurait le doigt de Flatterie.) Le moins que vous puissiez faire est d'écouter ce que j'ai à dire.

– Nous ne pouvons pas mettre cette chose en liberté dans l'univers, dit Flatterie.

Timberlake déglutit péniblement, abaissa les yeux vers Prudence. *Comme c'est étrange*, pensa-t-il. *Devoir mourir si tôt après avoir pris vie.*

– Comment se fait-il, Raj, demanda Bickel, qu'il nous soit plus facile d'expliquer les processus inconscients du corps humain que ceux qui sont conscients?

– Vous perdez votre temps, dit Flatterie.

– Mais ce truc est mort, dit Bickel.

– Je dois m'en assurer.

– Pourquoi ne pourriez-vous vous en assurer *après* avoir écouté ce que John a à dire? demanda Prudence.

Elle regarda Bickel pour attirer l'attention de Flatterie sur lui. Deux voyants s'étaient mis à clignoter sur la console maîtresse de l'ordinateur, derrière le psychiatre-aumônier.

– C'est un paradoxe, dit Bickel. On nous demande de rejeter le positivisme logique tout en maintenant la logique. On nous demande de trouver un système de cause à effet dans un océan de probabilités où des systèmes d'une ampleur énorme sont fondés sur des systèmes plus vastes qu'eux, lesquels sont eux-mêmes fondés sur des systèmes plus gigantesques encore.

Flatterie regarda Bickel, pris dans le sillage de ses pensées.

– Cause à effet? demanda-t-il.

– Que se passe-t-il si vous enfoncez cette touche? demanda Bickel. Il indiqua d'un signe de tête le bouton qui se trouvait sous la main de Flatterie.

Prudence retenait son souffle, priant pour que Flatterie ne se retourne pas. D'autres voyants clignotaient sur la console principale de l'ordinateur, au-dessus du siège de Timberlake. Elle n'aurait su dire pourquoi ces lumières lui redonnaient de l'espoir, mais c'était la manifestation d'un signe de vie à bord de la nef...

– Si j'enfonce cette touche, dit Flatterie, une séquence d'intervention sera mise en route dans l'ordinateur. (Il jeta un coup d'œil aux lumières clignotantes, par-dessus son épaule.) Vous remarquerez qu'une partie de l'ordinateur est en train de se réveiller.

Ces circuits, dit-il en reportant son attention sur Bickel, sont munis de tampons spéciaux et d'une source d'énergie particulière. Le programme directeur déclenché par ce bouton commande à l'ordinateur de se détruire et de détruire la nef – par l'ouverture de tous les sas et la mise à feu de charges explosives situées à des positions clés.

– Cause à effet, dit Bickel. Il était frappé par le caractère automatique des mouvements de Flatterie. Un zombie. Cause et effet ne s'accordent pas avec la conscience.

C'est une idée fascinante, pensa Flatterie.

– Si toute action subséquente découle selon une causalité absolue et immédiate d'une succession d'actions passées, il ne peut plus y avoir d'influence consciente sur le comportement, dit Bickel. Imaginez une rangée de dominos en train de tomber. La volonté humaine – le muscle et le bras de notre conscience – ne pourrait plus décider du comportement puisque celui-ci aurait été prédéterminé par une longue suite de causes et d'effets.

Flatterie commençait à ressentir des crampes dans la main qu'il tenait suspendue au-dessus du bouton mortel :

– Nous ne pourrions pas prédire ce que fera cette bête, dit-il. Je le sais.

Bickel est en train de signer notre arrêt de mort, pensa Prudence. Elle se releva. Ses muscles étaient encore faibles, mais elle sentait le stimulant lui redonner de l'énergie. Elle s'agrippa au bras de Timberlake pour assurer son équilibre.

Timberlake regarda la main de Prudence posée sur son bras, puis se tourna vers Flatterie.

Comme Tim semble calme, pensa Prudence.

– Peut-être la conscience n'a-t-elle aucune influence sur l'activité neurale, dit Timberlake. Peut-être ne faisons-nous qu'imaginer...

– Ne soyez pas ridicule, dit Flatterie. Ceci n'aurait aucune valeur de survie et n'aurait pas pu se produire au sein de la nature. Les créatures conscientes seraient éteintes depuis longtemps.

Pour le moins, nous l'avons amené à discuter, pensa Timberlake. Il sourit à Prudence, mais celle-ci observait Bickel. Il reporta son attention sur Flatterie. *Comme il a l'air éteint... presque mort.*

– Prenez un tube électronique, dit Bickel. Une minuscule quantité d'énergie ajoutée à la polarisation critique de jonction produit une énorme modification de l'émission. La conscience produit un phénomène du même ordre, Tim. Nous avons un amplificateur neural.

– Causalité immédiate, murmura Flatterie.

Seigneur, que cette main lui faisait mal! Il avait l'impression de la tenir depuis un siècle au-dessus de ce bouton.

– Voilà ce que nous devons éliminer de nos raisonnements, dit Bickel. La causalité immédiate suppose que si nous avons une connaissance totale d'une loi naturelle et une connaissance totale du système donné à un instant donné, nous pouvons prédire *exactement* ce que fera le système à partir de cet instant. Ce n'est assurément pas vrai au niveau atomique, et ça ne s'applique pas à la conscience. La conscience est pareille à un système de lentilles qui sélectionne et qui amplifie, qui agrandit les objets par rapport à leur environnement. Elle peut approfondir à volonté le macrocosme ou le microcosme. Elle réduit le gigantesque au maniable et agrandit l'invisible au visible.

Ça ne change rien, pensa Flatterie. *Pourquoi discutons-nous? Cherche-t-il simplement à gagner du temps?* La pression de cette terrible nécessité qui avait été inscrite en lui devenait presque intolérable.

Bickel vit la faible lueur de vie qui se manifestait dans les yeux de Flatterie.

– Mais ce facteur de conscience n'est pas une chose totalement aléatoire. Dans un univers bourré de possibilités aléatoires de destruction, une activité aléatoire entraînerait la certitude de rencontrer cette destruction – or, nous présumons que la conscience est orientée vers la survie.

– A moins que ce ne soit un processus de guérison, dit Flatterie.

– Mais le processus de guérison s'opposerait à *toute* destruction, dit Bickel. Il vit la lueur de vie grandir dans l'œil de Flatterie, et dans son attitude.

– Je suis obligé d'appuyer sur ce bouton, John, dit Flatterie. Vous ne le savez pas?

– Dans un moment, dit Bickel.

– Raj, vous ne pouvez pas, dit Prudence. Pensez à toutes ces vies sans défense dans les cellules d'hibernation. Pensez à...

– Pensez à toutes ces vies sans défense, là-bas sur la Terre, dit Flatterie. Et à ce qu'elles deviendraient. Par ce transfert boîte noire – boîte blanche, Bickel a transmis sa vie – toute son ascendance – dans l'ordinateur. Personne n'a encore saisi?

Prudence porta une main à sa bouche.

Bickel perçut la vigueur nouvelle de Flatterie, la conscience vitale qui s'exprimait dans chacun de ses gestes, et il comprit que les contraintes de son conditionnement meurtrier lui avaient fait franchir un seuil vers l'intégralité presque totale de son potentiel. Mais il fut frappé par le nouvel argument que venait d'avancer Flatterie.

Si nous lui redonnons la vie... si nous le réveillons... je serai son inconscient, pensa-t-il. *Je serai son contrôle émotionnel, son id, son ego et ses ancêtres.* Sa gorge se serra. *Et Raj...*

– Raj, n'appuyez pas sur ce bouton, dit-il.

– Il le faut, dit Flatterie. Tout en parlant, il perçut l'intensité de leur conscience – une vitalité nouvelle.

– Vous ne comprenez pas, dit Bickel. Ce générateur de champ, dans votre cabine... vous pensiez qu'il n'y avait aucune rétroaction allant de vous au système mais il y en avait une. Votre voix, vos prières, toutes vos réactions grossières ou subtiles sont retournées dans le système par l'intermédiaire de ses senseurs. Ce que la religion représente pour vous, c'est ce qu'elle sera pour « le Bœuf ». Quoi que...

– Ce que la réligion *a* représenté pour moi, dit Flatterie.

Il pressa sur le bouton. Il y eut un déclic, et le bouton se verrouilla.

– Combien de temps nous reste-t-il, Raj? demanda Timberlake.
– Quelques minutes, peut-être, dit Flatterie.
– Peut-être davantage, murmura Bickel.
– N'aurions-nous pas dû essayer de regagner LBA tant bien que mal? demanda Prudence. Éclairés comme nous le sommes à présent, nous n'aurions pas eu de problème pour manœuvrer la nef.
– Il y aurait eu un imbécile pour bricoler encore je ne sais quoi, rien que pour voir, dit Flatterie. Et nous... il fit un geste qui les engloba tous. Ce potentiel que nous avons découvert en nous-mêmes aurait été englouti, sur la Terre, étouffé, tué. Il haussa les épaules. Que sont quelques minutes ou quelques années de plus ou de moins? J'avais une responsabilité... et je l'ai assumée.
– Vous aviez aussi un désir de mort, dit Bickel.
– Aussi, oui, admit Flatterie, reconnaissant que la pulsion meurtrière avait contribué à le projeter vers un niveau supérieur de conscience.
Immédiatement, Flatterie commença à entrevoir l'enchaînement des paroles sibyllines de Bickel – leur signification cachée.
– Il y avait des Grecs qui disaient que même les Dieux doivent mourir, dit Bickel.
Flatterie se retourna pour regarder le pupitre directeur, maintenant totalement allumé; aucun voyant d'alarme ne clignotait, tous les compteurs indiquaient des valeurs normales.
– Il est programmé pour nous conduire à Tau Ceti, dit Bickel.
Flatterie éclata d'un rire quasi hystérique.
– Mais il n'y a pas de planète habitable à Tau Ceti. Vous savez ce qu'est tout ceci, John – une mise en scène. Nous savons ce que nous sommes : des cultures de cellules humaines! Un donneur a cédé une infime partie de lui-même qui contenait le gabarit du tout, et les cuves d'embryogenèse se sont chargées du reste. Nous sommes sacrifiables! Il soupira, réprimant son envie de retourner à la mortelle torpeur. A LBA, ils cultivent déjà nos remplaçants, ils assemblent une autre nef... Chaque

échec leur apprend quelque chose. Ils ont un système d'écoute permanente sur l'ordinateur. Quand j'ai enfoncé cette touche, une capsule a été larguée vers la Terre – le rapport complet.

– Pas tout à fait complet, dit Bickel.

– La nef va nous emmener à Tau Ceti, dit Timberlake.

– Mais... et le programme d'autodestruction? demanda Prudence. Alors même qu'elle parlait, elle comprit ce que les autres avaient déjà compris. La nef détenait le contrôle de sa propre mort. Elle pouvait mourir. Et c'est ce qui lui avait donné vie. L'impulsion était montée dans le RT à partir des circuits du « Bœuf »... et avait été réprimée, de la même façon que les humains la réprimaient en eux. La nef avait pris vie comme ils l'avaient fait eux-mêmes – sous une menace de mort. La mort était l'arrière-plan sur lequel la vie pouvait s'identifier. Sans la mort – sans une fin – ils étaient confrontés à un problème de conception infinie, une impossibilité.

Tout ce qu'avait fait Flatterie avait été de doter le RT – le siège de la conscience – d'un superstimulateur.

– Il n'y a rien à Tau Ceti, vous en êtes sûr? demanda Bickel.

– Il y a des planètes, mais elles sont inhabitables, dit Flatterie.

Un voyant vert se mit à luire sur la console principale.

– Inutile de nous mettre en hibernation, dit Bickel.

– Nous sommes heureux, dit Prudence. Elle contempla la lumière verte. Il n'est pas encore totalement conscient – l'astronef.

– Bien sûr que non, dit Timberlake, et il se dit qu'elle avait adroitement exprimé leur état émotionnel. *J'aurais dit que nous étions emplis de joie. Mais il y a dans le mot joie certaines réminiscences religieuses. La définition de Prue est meilleure.*

Prudence se rendit compte que Flatterie la regardait.

– Pourquoi pas? dit-il.

Oui, pourquoi pas? acquiesça-t-elle intérieurement.

Mais aucune femme n'avait jamais présidé à plus étrange naissance.

Elle s'approcha de la console principale et brancha le microphone de l'ordinateur sur le canal d'entrée principal.

– Toi, dit-elle.

Elle garda le doigt posé sur la touche. La nouvelle sensibilité de sa peau lui permettait de capter directement les modifications moléculaires du métal.

Ils attendirent, sachant en gros ce qui se passait à l'intérieur de leur construction robotique. Ce mot isolé, intérieurement propulsé par une curiosité programmée et des instructions d'autopréservation, cheminait à travers la créature qui n'était encore qu'à demi consciente. Préservation – il y avait de nombreuses sortes de préservation, de nombreuses choses à préserver.

Mais il n'y avait qu'un seul récepteur sur lequel Toi pût s'imprimer.

Des programmes étaient lancés, de nouvelles liaisons croisées se créaient, tandis que s'effectuaient des comparaisons et que s'établissaient des équilibres.

Brusquement, le pupitre devant lequel se tenait Prudence s'éteignit. Plus aucun voyant allumé, tous les compteurs à zéro. Elle actionna plusieurs fois l'interrupteur de l'ordinateur sans résultat. Toute la nef se mit à frémir.

– Est-ce le programme d'autodestruction? demanda Bickel.

Un seul mot, prononcé d'un ton cassant et métallique, jaillit du vocodeur au-dessus d'eux :

– Négatif.

La vibration de la nef diminua, reprit, puis cessa brusquement.

Ils furent submergés par une impression pesante d'inaction, un profond silence qui semblait s'étendre à toute la nef.

Le vocodeur se manifesta de nouveau, mais avec plus de douceur :

– Regardez maintenant vos écrans latéraux.

L'écran supérieur et celui de la cloison avant s'illuminèrent, révélant le même spectacle : un système solaire, dont chaque planète était signalée par une flèche rouge de référence.

– Six planètes, chuchota Flatterie. Observez bien la configuration – et le ciel, derrière.

– Vous savez ce que c'est ? demanda Timberlake.

– Ça ressemble aux prises de vue rapportées par les sondes, dit Flatterie. Le système de Tau Ceti.

– Mais pourquoi reproduirait-il la photo prise par une sonde ? demanda Prudence.

– Prudence, dit le vocodeur, ce n'est pas une photographie. Ces radiations sont ce que je... vois autour de moi au moment présent.

– Nous sommes déjà arrivés à Tau Ceti ? demanda Prudence. Comment est-ce possible ? Nous ne pouvons pas être là-bas !

– Le symbole *là-bas* est une inexactitude, dit le vocodeur. Ici et là-bas varient selon une polarité qui dépend de la dimension.

– Mais nous sommes là-bas ! dit Prudence.

– La formulation d'une évidence peut servir à renforcer la perception, dit le vocodeur. Vous deviez être transportés sains et saufs à Tau Ceti. Vous êtes arrivés à Tau Ceti.

– Sains et saufs ? dit Flatterie. Il n'y a aucun endroit où nous puissions atterrir.

– Un petit contretemps, rien de plus, dit le vocodeur.

Toutes les flèches de l'écran s'éteignirent, sauf une.

– Cette planète a été préparée pour vous, dit le vocodeur.

Bickel jeta un regard de côté à Flatterie : le psychiatre-aumônier essuyait la sueur qui perlait à son front.

– Tout va bien ? dit le vocodeur. Il vous suffit de regarder autour de vous. Vous êtes en sécurité. Observez.

Sur les écrans, l'image fit place à une autre.

– La quatrième planète, dit le vocodeur. Ce qui est préparé peut être préservé.

Flatterie agrippa le bras de Bickel.

– Vous ne l'entendez pas ?

Mais Bickel avait les yeux fixés sur l'écran de proue – une planète grossissait, emplissant peu à peu l'écran : une planète verte avec une atmosphère et des nuages.

– Comment sommes-nous arrivés ici? demanda Bickel. Comment expliquer une chose pareille?

– Votre compréhension est limitée, dit le vocodeur. Les symboles que vous m'avez fournis présentent d'étranges divergences par rapport à la réalité non symbolisée.

– Mais *tu* les comprends, dit Bickel.

Il leur sembla que le vocodeur adoptait un ton de réprimande.

– Ma compréhension transcende toutes les possibilités de cet univers. Je n'ai pas besoin de *connaître* cet univers, car je le *possède* en tant qu'expérience directe.

– Vous entendez ça? murmura Flatterie en resserrant son étreinte sur le bras de Bickel.

Sans lui prêter attention, Bickel se rappela l'instant où, pris par la force du générateur de champ, il avait hésité et n'avait pu se maintenir à ce niveau de conscience transcendantale. Il lui avait manqué la capacité nécessaire. C'était une insuffisance fonctionnelle intrinsèque.

Il ne pouvait qu'accepter le fait accompli parce que la preuve en était visible sur l'écran. Ils descendaient à travers des nuages. A l'arrière-plan apparut une prairie avec des arbres, au-delà de laquelle s'élevait une montagne couronnée de neige. Il sentit l'attraction gravifique s'accroître, puis se stabiliser, tandis que la nef s'immobilisait.

– Vous constaterez que la gravité est légèrement inférieure à celle de la Terre, dit le vocodeur. Je vais maintenant réveiller les colons en hibernation. Restez où vous êtes en attendant que tous reprennent conscience. Il faut que vous soyez tous réunis pour prendre votre décision.

La gorge soudain sèche et la voix rauque, Bickel leva les yeux vers le vocodeur :

– Décision? Quelle décision? demanda-t-il.

– Flatterie est au courant, dit le vocodeur. Il vous faut décider de quelle manière vous allez Me Véne*f*rer.

ÉPILOGUE

Quand les éditeurs ont annoncé qu'ils allaient publier une nouvelle édition de *Destination : Vide*, ils m'ont offert la possibilité d'y apporter toutes les modifications que j'estimais nécessaires. En raison des prémisses scientifiques étroitement liées à cette histoire, et du rapide développement de certains domaines qui s'y rapportent, il eût été extraordinaire que les découvertes des treize dernières années n'imposent pas certaines révisions.

Vous constaterez donc que cette version nouvelle de *Destination : Vide* contient des additions importantes, des passages remaniés, des modifications dans l'évolution des personnages, et certaines suppressions.

Parmi ces suppressions figurent une grande partie des raisonnements mathématiques relatifs aux concepts d'intercalation grille/champ utilisés pour tenter de comparer la programmation informatique à certains processus de pensée. Pour ceux qui s'y intéresseraient, voici un extrait qui retient l'essentiel du processus mathématique.

Grille : un volume spatial donné, de dimensions, x, y, z.

La source de la conscience étant un objet invisible (s) à situer dans le temps (t) pour une opération donnée à l'intérieur de ce volume.

Les dérivées positionnelles de la grille x, y, z, sur (s).

C'était une fonction du volume s où (sx) (sy) (sz) étaient dérivés de :

$$s = \sqrt{\Sigma \frac{(x - x)^2}{t}}, \quad s = \sqrt{\Sigma \frac{(y - y)^2}{t}}, \quad s = \sqrt{\Sigma \frac{(z - z)^2}{t}}.$$

La liaison des points-pensées au sein de la grille imaginaire pouvait s'exprimer par les cosinus directeurs d'une ligne tracée jusqu'au point d'émission de la conscience. Les distances pour chaque sonde-pensée pouvaient se déterminer par :

$$\left(l, m, n, \frac{l}{d}\right) \text{ où } d = \sqrt{x^2 + y^2 + z^2}, \quad l = \frac{x}{d}, \quad m = \frac{y}{d}, \quad n = \frac{z}{d}.$$

Cette flambée de conscience pointait sans aucun doute possible dans une direction précise : le système RT. L'espace d'un instant, Prudence retint dans son esprit toute la complexité du système RT pour en manipuler l'intrication continue à l'aide de sa grille symbologique. C'était d'une telle simplicité – le RT était un *continuum* tétradimensionnel, un élément de géométrie spatio-temporelle sujet aux considérations de courbure, de rapport durée-distance et de transfert ondes-particules par l'intermédiaire d'une multitude de lignes sensorielles qui se recoupaient mutuellement.

Pour le système nerveux humain, instrument adapté à cette tâche, rien n'était plus simple que de visualiser et manipuler cette toile d'araignée en quatre dimensions – une fois que la nature de la toile d'araignée avait été comprise.

La première version de cette histoire tournait en partie autour du concept veille-sommeil qui dominait la pensée psychiatrique de l'époque en ce qui concernait la conscience. Pour cette raison, j'avais cité en exergue la fameuse chanson :

Marin prends garde, marin prends garde.
Le danger est près de toi –

Méfie-toi, méfie-toi, méfie-toi.
Nombreux sont les cœurs vaillants qui dorment dans les profondeurs.
Alors prends garde –
Prends garde.

Extrait de *Asleep in the Deep*
par Arthur J. LAMB et H. W. PETRIE.

Une nouvelle épigraphe a été choisie pour cette nouvelle version, pour les raisons que je vais vous exposer maintenant.

Les lecteurs attentifs qui compareront les deux éditions pourront constater des modifications de points de vue dans certains passages clés des dialogues. Le but était d'ouvrir le développement des idées qui sont évoquées dans les moments de suspense du livre, et de les rendre plus compréhensibles au lecteur.

Depuis l'époque où j'avais écrit la version originale de *Destination : Vide*, j'ai lu également le *Frankenstein* de Mary Shelley (ma connaisnce de cette œuvre se limitait jusqu'alors au film joué par Boris Karloff), et j'y ai trouvé d'intéressants éléments de comparaison. Vous trouverez dans cette version une nouvelle division des chapitres et des épigraphes pour chacun d'eux. Parmi celles-ci, j'ai trouvé approprié de citer des extraits de l'œuvre de Mary Shelley. Je lui en suis extrêmement reconnaissant, et j'espère qu'il existe quelque part un fantôme de Mary Shelley qui puisse accepter ma gratitude.

A tous ceux dont l'œuvre a contribué à mon entendement et au développement de l'original aussi bien qu'à celui de cette nouvelle version de *Destination : Vide*, j'exprime ma profonde reconnaissance.

FRANK HERBERT,
Port Townsend, Washington,
26 janvier 1978.

LA COMPOSITION, L'IMPRESSION ET LE BROCHAGE DE CE LIVRE
ONT ÉTÉ EFFECTUÉS PAR LA SOCIÉTÉ NOUVELLE FIRMIN-DIDOT
MESNIL-SUR-L'ESTRÉE
POUR LE COMPTE DES PRESSES POCKET
ACHEVÉ D'IMPRIMER LE 30 JANVIER 1986

PRESSES POCKET – 8, rue de Garancière – 75006 PARIS
Tél. : 46-34-12-80

Imprimé en France
Dépôt légal : février 1986
N° d'édition : 2198 – N° d'impression : 3426